我和我的学友们

时光未央 不诉离殇

夏明宇◎编著

西南交通大学出版社
·成都·

图书在版编目（CIP）数据

我和我的学友们 / 夏明宇编著. —成都：西南交通大学出版社，2017.11
ISBN 978-7-5643-5879-2

Ⅰ. ①我… Ⅱ. ①夏… Ⅲ. ①纪实文学－中国－当代
Ⅳ. ①I25

中国版本图书馆 CIP 数据核字（2017）第 269092 号

WO HE WO DE XUEYOUMEN
我和我的学友们
夏明宇　编著

责任编辑	秦　薇
助理编辑	罗俊亮
封面设计	严春艳
出版发行	西南交通大学出版社 （四川省成都市二环路北一段 111 号 西南交通大学创新大厦 21 楼）
发行部电话	028-87600564　028-87600533
邮政编码	610031
网　　址	http://www.xnjdcbs.com
印　　刷	四川煤田地质制图印刷厂
成品尺寸	170 mm × 230 mm
印　　张	12
字　　数	222 千
版　　次	2017 年 11 月第 1 版
印　　次	2017 年 11 月第 1 次
书　　号	ISBN 978-7-5643-5879-2
定　　价	58.00 元

为文为人，亦师亦友

——夏明宇新作《我和我的学友们》序

当夏明宇先生（为行文方便，以下简称老夏）把他新的一部书稿《我和我的学友们》发与我分享，并希望我能够写上几句话作为序言时，我既深为感慨，又略感惶恐。

感慨之情，一方面源于老夏笔耕不辍的精神。不知不觉间，他已坚持写作40年，出版著述19本——这可不是一个轻飘飘的数字，更不是一般人能够做到的；另一方面我深深感动于老夏诲人不倦的育人情怀，没有想到他曾对那么多的学生给予过那么细致的关怀与用心的指导。

之所以说惶恐，是因为和老夏交往这么多年来，我为他写的文字实在太少，而他总是那么赏识我，对我那么客气，这既让我没有推脱的理由，又担心写得不好辜负了老夏的一片信任。

一气读完《我和我的学友们》，我将全书的总体印象概括为："笔下有文，笔下有人，笔下有情"。

一

"笔下有文"是指该书文体有新变、书中有文章、文风有味道。

按老夏所言，这是一本回忆录，回忆了自己近40年办报育人、教书育人等人事经历。他也觉察到，这本书的体例"有些特别"，既有贯穿始终的叙述，又巧妙关联了诸多的学生作品。

是的，较之于老夏之前所著的18本书籍，《我和我的学友们》在文体形式上有了新变，是老夏创作的又一次探索。本书以写人、叙事为基础，同时勾连了消息、通讯、评论、散文、诗词等众多文学品类，赋予回忆录这种体式新的样态。

我们知道，回忆录的写作在东西方都有着悠久的历史。尤其到了近现代的中国，越来越多的文化学者积极倡导自写人生经历，通过回忆录将自己那一代人的生活经历记录下来。因此，回忆录不仅是一个人的记忆，更是一个群体的记忆，是一种文化的积累与沉淀。

从这个意义上说，《我和我的学友们》是老夏与学友们的群体记忆，也是一种传统文化的隐形积淀。在书中，老夏以第一人称的视角，采用质朴平实的语言，线条般勾勒自己指导过的每一届学生，回忆生活中温暖的点滴细节。

或许，在老夏看来，这是“自言自语”式的半生回忆，但在读者特别是书中所关涉的学友看来，这里有历史，包括学校的发展变迁、高等教育的改革变化，还有渝西这片土地上几近半个世纪高校学子的生活轨迹。这一份记录，是客观真实的，是自然流畅的，是温馨可人的，是对校友情怀的别样抒发，是对学校校史的有益补充。

就文体形式而言，本书在回忆录的基础之上，既摘录了每位学友的代表作品，又在作品之后进行了简短的点评，还在附录中收录了学友们回忆性的文章。这是一种文体上的大胆创新，也是老夏为文几十年的一次跨越。老夏把内心深处珍藏着的弥足珍贵的陈年旧事，通过平视的视角，把一个个人物和故事串联起来，进而串联起他一生的编辑出版及教学生涯，更是从一个侧面反映了将近半个世纪的教育变迁。他笔下流淌的文字，温暖而真诚，尤其是书中的一些细节，更是彰显出他作为一位资深的编辑、作家、高校教师对他所经历的人事的深情驻足。

二

“笔下有人”是指该书既写活了众多校友，又写出了老夏自己的个性。

老夏心中有记忆，笔下有形象。《我和我的学友们》写到了60余名历届学友，从20世纪70年代末开启，一直延续到当下，已达40余载，记录下所历时代的变化特征。例如，知青下乡，《中华人民共和国残疾人保护法》颁布，全国批判《河殇》，大学毕业生援藏，等等。每一个时代的变迁，虽说不上全面、系统，但多多少少有所涉及。时代是个极其庞大的概念，于国家、于社会，都有着深沉的影响，具体到高校，这种影响也慢慢沉淀在了莘莘学子之中。这些，老夏都看在眼里、记在心里、落笔成文，隐隐中便带上了每个时代的变迁气息。

书中所写的诸多学友，多为主动拜入老夏门下的学生，也有个别为他人推荐而来，当然也有老夏自己登门招揽的。后者实为古时先生之风，殊为难得。

这些一届接一届的学生，每一届都带着那个时代的鲜明特征——20世纪80年代的淳朴与勤奋、90年代的激情与热血，新世纪以来的锐气与创新。这些冥冥中的变化，都流淌在老夏的笔下，让人追忆，让人留恋。

老夏是小说家，同时又是新闻人。他以自己特有的话语方式娓娓道来，在一个又一个波澜不惊的故事讲述中，写活了一位又一位真实的人物。这些人物，除了校报学生记者之外，另一大群体来自于校内学生社团，诸如星湖写作社和渝西青年社。老夏不拘泥于专业门墙，他指导学生并非只限于中文系，而是遍及到全校众多专业，外语、数学、体育、生物、音乐、美术无所不包，他不愿意错过任何一位“可造之材”。聂荣、张采兵、尹莉梅、尹道勇、李文富、吴朝平、陈政权，等等，都展现出了鲜明的个性、特长，也都有着深挚的感恩情怀。

写者无心，读者有意。读罢其文，能见其人。从文本自然平实的叙述中，从学生深情脉脉的回顾里，一个少为人知的老夏跃然笔下。他善待学生如对待子女，既特严厉，又更有爱心；他关注学生的写作进步，更注意培养学生的人品及做事的态度；他爱写作，因而喜欢亲近每一个喜好写作的朋友；他工作严谨，谁有差池绝对逃不脱他的批评，然而他又谨守对事不对人的原则；他工作之中常常不苟言笑，但一遇知音，志趣相投，或者看到学生取得佳绩，他也难免手舞足蹈，邀你吃豆花儿，喝单碗……

老夏是个有心人，他不仅坚持用实际行动栽培学生，而且注重不断总结自己的育人心得。他提出“少、高、博、爱、严”五字办报育人要诀。他认为，培养学生记者，数量不宜过多，贵在用心、精心培养，确保学生记者的质量一定要高。他坚持认为，记者和编辑是“杂家”，知识面要广博，教师传授给学生的知识要尽可能地多。在培养指导过程中，不仅要关注学生的学习，更要在学生的生活上给予关爱，要为学生定下明确、严格的目标、任务和要求……

老夏的这一理念朴实无华、自成一家，但切实管用，确实也收到了很好的效果。他践行自己的理念，指导了一批又一批学生，不仅入乎校园之内，而且出乎校园之外，长年不断。尤其是在专职担任文化与传媒学院教职之后，他带领学生记者采写校园新闻的机会渐少，但并未中断培养学生的实践实战能力。他仍然利用周末或寒暑假带领学生走出校门，采访采写成功校友，收集民间文学研究素材，编辑协会报刊杂志，延续着他的写作情缘。

三

“笔下有情”是指全书满载着师友之情、学友之情，饱含着教育情怀、人文情怀。

老夏是一个沉静的叙述者，但他笔下并不缺乏深挚的人之常情和深刻的人文情怀。

从书名即可看出，老夏是真正把学生作为朋友对待的，他称自己的学生为“学友”。他总是把学生当成朋友对待，喜他们之所喜，忧他们之所忧。他关心学生毕业后的去向，关注学生事业发展的进展。

> 我比聂荣年长20岁，共事时恰好是亦师亦友，尽管师徒二人都生了副倔脾气，也难免有个碰撞或争执，但更多的总是精诚团结和通力合作。闲暇时又都爱抿几口老酒，前三皇后五帝的胡侃一通，他的酒量比我好，于是总揭发我猜拳赖酒——那时候就没有什么老少之分了。

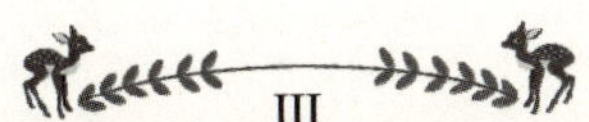

现在，2013级已经毕业，老实人张子艳已经提前踏上工作岗位了，刚才还给我打电话说正在贵州遵义出差；李帅上个月报告在山东老家考公务员考了江苏省综合第一名的好成绩；王海英则早在去年下半年就考到璧山区委宣传部带薪实习了——“儿孙自有儿孙福”，看来我不必太担心他们。因而目前想得较多的，倒是能干且甘愿默默无闻做事的“幺徒弟”陈政权，总想看能不能从实习起就给他考虑一个较好的去处……

这是从书中随手辑录的文字。老夏将深情掩藏于笔触之中，不露声色，云淡风轻，似乎只是在讲述刚刚过往的人和事。

然而，透过字里行间，我们不难读出老夏对于学生的一片真情。他在“引子”中写道：“我落拓半生且才识浅薄，原是个没有什么教师资质的人，却因天幸机缘巧合，拥有过文富等众多‘高足’，情谊恰如陈年老酒，窖藏迄今益觉甘醇。”

对于细腻而敏感、毕业后不知去向的江敏，他觉得自己关心不够，至今心怀遗憾；对于刚直倨傲、英年早逝的董志斌，他总为自己没有多作一些引导而心生自责；对于有文才又实干的张采兵，他既严加要求又给以欣赏和鼓励；对于沉静内敛、有文有才的陈挚，他更是欣赏有加，甚至忍不住称“陈挚，简直就是上帝送给我的一份礼物！”在退休之际，老夏收到2012级广电编导专业4班学生热情洋溢的慰问信后，更是掩饰不住自己的激动之情：“我何德何能，竟受学子们如此厚爱！一时间真是百感交集，以至于感动得热泪盈眶。”

如此种种，几十年间的大事小情，老夏可以如数家珍，信手拈来，而且笔端含情，足可见出他已经醉心于古人所谈的“得天下之英才而教育之”的君子情怀了。

不仅如此，老夏还对时代具有感激之情，对母校满怀感恩之情，对编辑工作充满不舍之情。他评价聂荣“既可看出他的本性善良，也含有他对母校师长的一份深情厚谊”。他发自肺腑地认为“感情是相互给予的，理解也是相互给予的”。他感怀母校的再造之恩，念念不忘“母校给了我一个平台和一片蓝天”。他认为自己是很幸福的，干的工作是自己喜欢的，自己喜欢的工作干了一辈子……

正是基于这样一种情感基调，老夏心无旁骛、宠辱不惊，以我手写我心，让一切来得那么真真切切，一切显得那么自自然然。

四

在写这篇小序的过程中，我总是忍不住羡慕那些熟悉的“学友”，为他们能

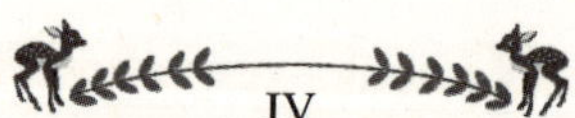

有那么真挚的老师，为他们曾有那么可贵的经历。

于是，我总是忍不住在想：我到底算不算、配不配作老夏的学友呢？于是，我忍不住回忆起25年来的工作和生活经历。

记得刚进校到中文系任教那几年，我也尝试着向校报投过几篇略显稚嫩的小稿，随后更是得寸进尺大着胆子向学报投了两篇论文。虽未得到老夏的当面指点，但文章均先后顺利刊出。我知道，老夏在我事业的起步阶段是给了鼓励的，对我的文章当然给以了宽容与修改。

说实话，那个时候我对老夏是充满着敬畏的，敬畏得让我不敢走近他。后来，我到了学校党委宣传部工作，与老夏的接触交流慢慢多了起来，慢慢成为知心朋友。他在我工作的低谷期给予过我最为真诚的鼓励与支持。再到后来，我回到学院，与老夏成为一个专业的同事。从工作上的合作，到兴趣间的碰撞，到事业家庭的关怀与提携，我更加深入地得以认识到老夏敬业、真诚、严谨、细心的一面，得以见证老夏心底无私、富有爱心、率性本真、重情重义的文人真性情，得以成为能与老夏把酒言诗、推心置腹的朋友。

平心而论，我对老夏一直是真心敬佩并充满感激的。及至老夏退休，我们依旧保持着较为深入的交流，老夏“用心做事，真诚为人”的原则也一直在潜移默化中影响着我。

老夏在后记中写道：“天意垂怜，竟赐我天福这样的挚友和忘年之交！”这既让我感动，又让我汗颜。我何德何能，竟能让老夏如此抬爱？

然而，能够被老夏忝列为“挚友和忘年之交”，于我的确是三生有幸！

五

写作，是一项寂寞而艰难的事业，是值得人为之忙碌一辈子的事情。这句话用在老夏与写作的关系方面，极为相称。

老夏是活在写作中的，写作几乎就是他的生活，就是他的世界。在农村的日子里，老夏不忘在艰辛的劳作生活中创作。工作之后，他兢兢业业奔跑在新闻写作、文学创作的道路上。年龄的增长，并不能消弭老夏对于写作的热情，反倒让他的写作情感愈加深沉、愈加执着。退休之后，老夏的创作激情更是喷薄而出，他几乎抛弃了所有的兴趣爱好，全身心投入到创作与研究工作之中，著述不断涌现，这总是让我等后生汗颜不止。

然而，老夏不是孤独的写作者，他总是想着把写作的乐趣带给更多的人。于是，他醉心于办报办刊这项为他人做“嫁衣裳”的职业，痴迷于教人为人为文的写作教学，并一生乐此不疲。

退休之后的老夏已不在教育一线了，但他仍然关注新时代的学生们。他笑称自己是“才迷”，希望为有文字功底的学生带一段路，尽可能多帮帮他们。或

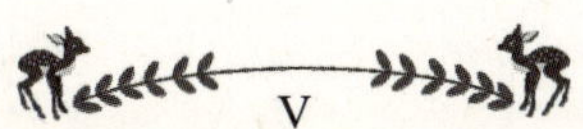

许，很多人不能理解老夏何所图、何所求，但我想，这或许就是老夏一生命定的写作情缘吧。

为文者，能够做到这个份上，谁能说不是一种境界？为师者，能够受到这么多学生的尊敬与爱戴，能够收获这么多学生的友谊，谁能说不是一种幸福？

所以，我是真心羡慕老夏，也是真诚祝福老夏的。祝福他身体更棒，笔头更健，写出更多的著述，带出更多的学友！

李天福[1]

2017年秋于重庆文理学院人和居

① 李天福（1969—），男，教授，硕士生导师，重庆文理学院文化与传媒学院院长，兼有重庆市写作学会副会长、重庆市永川区作家协会、评论家协会副主席等社会职务；已发表文学评论多篇，出版有《多维视域下的沈从文研究》等著作数部。

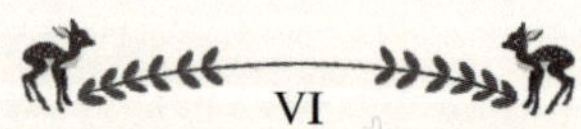

目录

引子… / 001

一　夏先生和况二先生… / 002

二　身残志坚的大师姐林梅… / 002

三　我和“大师兄”聂荣的故事… / 006

四　“星湖”老大和他的助手… / 009

五　1994 级的尹莉梅与董志斌… / 012

六　谢国超和她心中的歌… / 018

七　尹道勇曾经田野寻梦… / 021

八　喻奇树在初涉情人谷之后… / 025

九　朱刚令和他的《让人欢喜让人忧》… / 027

十　何永胜和江敏、唐延华… / 030

十一　体育系唯一留长发的女生蒋明琴… / 036

十二　升本之初巧识李文富… / 039

十三　埋头苦干的小女生吴朝平… / 045

十四　黄燕和她《没有悬念的故事》… / 048

十五　小精灵万晴勤和同学左海蓝… / 052

十六　王清、吴巧与戴锐… / 057

十七　研究生陈挚和周独奇的故事… / 064

十八　2005 级袁典妃等女子三剑客… / 071

十九　男侠王东岳和夏波的故事…／078
二十　我和 2007 级六君子…／083
二十一　王昭、孙佳森和姜斌…／091
二十二　我和小老板姚飞的故事…／097
二十三　彭冬肖、范范和杨钦越…／102
二十四　白月、胡月、孙月桦…／106
二十五　二杨、段段和晓梅…／113
二十六　“星湖”女司令霍瑞新…／122
二十七　晶晶、涛哥、晓霞和孙蔚萱…／126
二十八　贺琼、令狐莉和陈政权…／133
二十九　王海英、颜如玉和李帅…／143
三十　张子艳、陈霞和邓迪…／150
附录：学友心声…／152
难忘那些春风化雨的日子　陈　挚…／153
老师赠予我的改稿笔迹　李文富…／159
我和夏老师　喻奇树…／162
还向老师要真经　何永胜…／164
夏日，回忆我与夏老师　万晴勤…／166
与先生书　陈政权…／168
夏老师和我们　李　帅…／172
我的导师夏明宇教授　张子艳…／174
我眼中的夏明宇老师　陈　霞…／176
难忘我的大学编辑部　尹莉梅…／178
后　记…／180

引　子

2017年1月31日，农历正月初四。病中，学友文富君来看我，只得挣扎着下床来，陪他坐了坐，之后还蹒跚着到校门口吃了便餐。

文富跟在我身边学习，已是十多年以前的事情，而今他早过而立之年，且已在市委机关里任职，不想反倒越渐谦恭且多礼，体贴入微尤让人感动，经他慰问，病情顿似缓解了许多。

我落拓半生且才识浅薄，原是个没有什么教师资质的人，却因天幸机缘巧合，拥有过文富等众多"高足"，情谊恰如陈年老酒，窖藏迄今益觉甘醇。想到曾与文富等有约，要写点回忆性的纪实文章并附上他们经我点评的代表作品挂在"群"里边，甚至最好能成书出版，让大家看着也多一些念叹。"此时不干更待何时"，于是趁病情缓解翻身下床，坐到案前呵开冻笔……

是为引。

一　夏先生和况二先生

我初为人师，迄今已四十年。那时我还在农村学着“修理地球”，于半饥半饱中挣扎的乡亲们却要我“搭救睁眼瞎子”，好歹总要让他们认得自己的名字并知道如何记工分。推脱不过，我只得在自己那两间破茅屋里办起了“夜学”。虽然几年间进进出出的人不少，但真正让我印象深刻的，却唯独一个况二。他比我小一岁，学写字像握锄头棒那样双手捉住铅笔使劲往下戳，常常是笔头戳断几根、纸张戳出窟窿还戳不出一个大字来。除了跟着我识几个字，其他的诸如下田上树、打鱼摸虾，他样样比我行，很多时候我们是在互相学习。还记得有一次他翻保管室围墙把我被收缴的书又偷了出来。因此，我们两人“彼此彼此”，他叫我“夏先生”，我叫他“况二先生”。

到我终于要离开生产队时，况二端着家里做的一钵豆花来送我，我也拿出珍藏的江津老白干，和他一起就着豆花儿喝了好些酒。当然，我们都醉了。我从睡梦中醒来，发现是和况二共在一床，然而，我恐怕是嫌他脚臭，头歪到一边，离他老远；而他却把我长了冻疮的一双臭脚紧紧地拥抱在自己怀里，眼角还残留着风干的泪痕……

这个情节，我曾经在一篇小说里提到过，但它却是千真万确的。况二先生，我的第一个正式学生，跟着我学会了自己的名字，还有“人、手、刀、口”几个字，然而他回赠给我的东西却更多，精神上的和物质上的都有。

二　身残志坚的大师姐林梅

20 世纪 80 年代末，我在学校做了几年杂事之后，开始在重庆师专校报从事编辑工作，并且从 1990 年起“大权独揽”，在党委宣传部长的直接领导下，具体负责校报的组稿、编辑和印刷出版等全方位的工作。在那之前，我守过资料室，也学着编过学报和《书法教与学》报，基本上没有和同学们打交道。可现在不同了，校报直接担负着育人的责任，况且其作者和读者都多半是学生，想不和他们打交道根本不可能。在这种情况下，我这个自己都还没有出师的文字学徒又当起了师傅，得抽出时间给人改稿和讲解写作知识，必要时还得带领他们到现场采访和写稿。最先跟在我身后跑的是两个小女生，一个是数学系

1988 级的林梅，另一个是外语系 1988 级的周黎娜。

在我的印象里，那时的林梅是个忧郁的女孩，沉默寡言且多愁善感，但心细如发并颇知感恩：感谢国家的残疾人政策好，感谢重庆师专能破格录取她，感谢老师和同学对她的关爱，还说最应该感谢的是辅导员刘灿国老师：在无微不至地照顾她的同时还注意到了她在写作上的一点专长，于是介绍她进了校报编辑部这个第二课堂。因此，她非常珍惜这来之不易的学习机会，聚精会神地听讲观摩，专心致志地写稿改稿，即便是拆个邮件装个信封这样的琐屑事情，她也是一丝不苟。

“好了吧林梅，剩下的事情让周黎娜来处理。”

“没关系老师，黎娜还在做别的事儿呢——”

一事刚完，她便站起身，用没拄拐杖的那只手去拿扫帚。而这时周黎娜便会跑过去，把她先扶回椅子上，再抢夺她手中还握着的扫帚：

“看你好强的，把活路抢完了我做啥子呢，哈哈哈。”

是的，周黎娜十分活泼且爱笑，两个人若都在编辑部，那气氛便真是说不出的舒适与美好。

1990 年暑假，家住重庆主城的周黎娜深入江津四面山山区做社会调查，在采访一位扎根山村的女教师后，写了一篇题为《绿化沙漠的人——记一位无怨无悔的山村女教师》的通讯，在赞颂山村教师为绿化文化沙漠默默奉献的同时，又如实地反映了当时山村教育的窘迫状况。而林梅撰写的调查报告《来自残疾人世界的报告》更是旗帜鲜明，其主要内容包括三段经典的人物和事件描写，第一段是走访幽默风趣的聋哑技术员杨照强的笔记，第二段写了身残志坚的主治医生黄维乾，第三段则现身说法地向大家介绍了她自己的家庭。十年前，一场突如其来的疾病夺走了她全家六口人的健康，十二根拐杖取代了六双健步如飞的腿脚。但是，飞来的横祸并没有把这个家庭摧毁，他们擦干眼泪，齐心协力与残疾和偏见抗争，无数个煤油灯下的苦读和无数次晨露中的苦练，父亲不但找回了自己强健的体魄，还成为了一名律师，四个子女中有三人相继跨入了大学校门，母亲和留在家中的儿子共同经商……林梅是用自身的经历向世人诉说，“残疾是人类的悲剧和缺陷，但绝不是人类进步的阻碍，因为残疾人总是在以千倍的毅力和勇气弥补和超越他们身体上的缺陷，用激情演奏着‘奋进’这样一首永恒的歌……”

1991 年林梅大学毕业，正巧《中华人民共和国残疾人保护法》颁布，她被分配到了重庆市永川县（即现在的重庆市永川区）残联工作，兢兢业业地一干就是二十几年。2013 年世界残疾人大会在北京召开时，《人民日报》《光明日报》等权威媒体都纷纷报道了她的动人事迹，《人民日报》赞她“为残疾人撑起一片晴空”;《光明日报》说她“用残疾身躯温暖残疾人的心”。并且，她的家庭生活也十分美满，丈夫左国全二十多年来坚持每天接送她上下班，女儿左雨婷留学归来后在父母的母校重庆文理学院工作——当然，这些都是后话了。

且将林梅当年撰写的散文摘录一篇于后。

大约在冬季

林 梅

在风雨潇潇的冬季，送她已有两年多。每当想起她，我心中便会涌起一股难言的酸楚和甜蜜……

她是我初中和高一时的化学老师。那时她已二十五、六，可看起来实在比我们大不了多少。她秀气、小巧，一言一行都流露出一种超凡脱俗的气质。她是我们女生羡慕崇拜的偶像，那时我常把她当做我成人后的模特儿。我渴求有她的飘逸，有她的学识，有她的长发和白色连衣裙。

不知什么时候，她成了我知心的朋友；而我竟然也走进了她的内心世界。

我想，大概是那个雨天。我摔在稀泥成浆的路上，她悄悄扶起我，掏出洁白幽香的手绢，擦去我脸上的污泥，然后默默地扶着我往前走。我的手和心一起颤抖了，我强烈地感受到了她的善良和美好。很多年以后，我才明白我那一跤是摔对了，若不是那一跤，也许我永远不可能得到她这个良师益友。虽说我们有同样的性格、同样的追求，可是没有碰撞的机会，再相通的心灵也不会产生共鸣。我一直很自卑，一是因为有张不怎么好看的脸，二是因为有双不健全的脚。尽管当时我的成绩在班上名列前茅，令诸多男生也望洋兴叹，可我却缩头缩脑犹如一只呆小鸭。为了帮助我摆脱自卑，她常常带着我出入公众场合，故意让我在隆重的聚会上抛头露面。每当我为自己的双脚感到难为情时，她便对我说:“别人拥有的，你同样也能拥有，甚至还会比别人拥有的更多更好。”在她的鼓励下，我克服了心理的弱点，惊喜地发现了自身的价值。与她亲密的交往，最初只让我感到得意，随着时间的推移和我的不断成熟，我才真正意识到我们的友谊已经历一个又一个难关。每每想起，这句铮铮话语总会给我一种崭新奇异的力量。

感情是相互给予的，理解也是相互给予的。她能使我从困境中解脱，而她也能使我从迷惑中醒悟。她的爱人——陈老师是我们高三时的化学老师。我说过她人是漂亮的，而大凡漂亮的人都爱发脾气。一次学校举行篮球比赛，陈老

师当裁判。比赛刚进行到下半场，她突然到操场叫陈老师回家打水，陈老师没动，她便吵开了。这件事我没亲眼看见，事后听到许多同学都在议论，我便对她说："同学们平时都很佩服你，可大家认为今天这件事你有点不对……"她红了脸。尽管她在家里偶尔发脾气，可她在课堂上却始终面带笑容。一次她母亲病得很严重，在教室外，向我提起时还险些掉了眼泪，我真有些担心她上不好那堂课。可一踏进教室，她依然轻松自如，谈笑风生。有时候，我问她怎么能有这样大的自制力，她反而有些不解地问我："你们有什么过错？学生没有看老师脸色的义务。"我沉默了，想起了那些受了点气便对学生发泄的老师和因奖金少了便罢课的老师，如果他们也能这样该有多好！

十年寒窗，她是唯一走进我内心深处的老师，又是第一个让我和她分别时流泪的良师益友，两年多了，那滴亮晶晶的泪珠儿还挂在我记忆的闸门上。

她早已嵌入了我的生命之中。高二时，我和班上的一位男生遭到了流言蜚语的袭击。无辜的我不堪忍受谣言的攻击，倔强的我又不愿向谣言示弱。为此，我被班主任在班上不点名地大骂了一通，我委屈、愤慨甚至仇恨，我不明白一个堂堂正正的人民教师为什么说话如此不负责任。在我情绪极端低落的时候，她找到了我，一反平常温柔的模样严肃地对我说："你怎么这样没有勇气？人们的议论是真是假并不重要，重要的是你应该把握好自己！"正是这句话，让我勇敢地度过了一个学期。

"等你结婚的时候，我再回来。"分别时她突然一字一顿地说，脸上闪着圣洁的笑容。我羞红了脸，可又庄严地点了点头。我想，那样的时刻大约也是在冬季。因为冬季多雨，而雨又多情。

这篇文章，忆林梅和她中学老师的深情厚谊，发表于原《重庆师专报》1990年11月15日第4版，至今读来仍颇有情致。

而今幸福的林梅一家三口

再说当时，林梅和周黎娜都很勤奋，但稍嫌美中不足的是，她们更擅长写作的是诗歌和散文。在办报实践中我开始意识到：在学生中培养写作人才得有针对性，校报需要好的副刊作者，但更需要能干的新闻记者。基于这种认识，中文系1989级的学生聂荣进入了我的视野。

三 我和“大师兄”聂荣的故事

那时候的聂荣，体型和现在大不一样，脸是长条形，身材也瘦瘦的，远不似现在魁伟健壮。他在校报上发表的第一篇文章，就是“大块头”：几近两千字的《浅析〈河殇〉所推崇的文明》。因为那时候，全国批判《河殇》，校报也按上级要求设置了“大学生话《河殇》”专栏，聂荣的这一篇，是该栏目开栏的第三篇，发表在《重庆师专报》1990年4月25日第2版的头条位置。那之后不久，具体说是两个月之后的1990年6月25日，中国共产党建党69周年纪念日的前几天，他又在校报第2版发表了洋洋两千多字的《永远跟着共产党走》。发表“话《河殇》”那篇文章的时候，他还是“中文系1989级1班聂荣”，发表这一篇“跟着党走”，他的署名已经更改为“校团委宣传部聂荣”了。作为一个大一新生，他靠着两篇文章快速打入校团委宣传部并很快成长为部长，这自然引起了我的关注。但实事求是地讲，喜爱写作并且急于进取的聂荣，还没有等我去找他，他就已经大大方方地走到我面前来了。这一次，他依旧先在方格稿纸上署好名并且规定了发表方式：“本报评论员聂荣”。

我看了看稿，只得告诉他，这恐怕不行，首先这署名就有些不妥，因为报纸发表评论员文章是有规定的，“再说本报也还没有聘请你当评论员……”

“哦——”或许根本没想到还会碰钉子，他的脸红了，但随即就和我争辩起来，大意为此前没聘现在可以聘——不是提倡毛遂自荐么，自荐在我聘不聘由你！

哟，这家伙个性好强！我只得耐下性子来给他讲了番道理，并且告诉他，他已经是校报的通讯员了，再努一下力还可以当记者——总之一句话面包会有的，说不定哪一天你真能做评论员。

然而实事求是地讲，聂荣倒真是个能干的记者，人勤奋笔头也快，常常是当夜发生的事情当夜就成稿，并且基本上是每稿必中——稍事修改就能发表。但即便这样，聂荣仍有红脸的时候，那是因为囊中羞涩，“羞涩”到甚至连当天的午饭都成问题了。

“夏老师，赊几块稿费钱给我买饭票嘛!”

他幼年丧父家境贫寒，却偏偏比一些家境富裕的同学更乐善好施，遇到“捐献”一类活动时竟生怕落后，手头如果没钱便连饭票也捐了。知道这些，对于他的上述要求，我便从未让他再碰过钉子。

1991 年暑假，聂荣没有回家，留在学校跟我一起编印学校“纪念建党七十周年”论文集和“党在我心中”征文集两本内部资料性质的小册子。在当时这是大功一件，开学后学校党委书记在大会上作了表扬。他也因此产生了一点骄傲情绪，又由于他平时喜欢独自去驻守田径场上堆放体育器材的小屋（被同学们叫为土地庙），不大喜欢参与系里的事情 ——也在一定范围内受到了批评，幸亏我及时予以提醒，并在系里为他极力“斡旋”，才终未造成大的影响。

说句笑话，如果要说“善有善报”的话，1992 年我坚持让聂荣留校工作得到的回报，就是当年便得以抽身脱产到中共四川省委党校学习了三个月 ——那是我在岗工作几十年中，脱产学习时间最长久的一次。在那三个月时间里，聂荣顶起了编辑部的很大一部分工作，可是由于板凳没坐热，干了事还要遭老同事挤兑，有委屈也只能写信说说 ——至今想起来还怪难为他的！

留校工作后，聂荣在把校报版面编辑得颇有特色的同时，还写了不少好稿，他最擅长的是述评性新闻和杂文两类文体，杂文《敢于俭朴》《有感于靳羽西反对接风宴》《蝙蝠衫·一步裙》等，曾让学校不少青年教师为之倾倒。1995 年 6 月初写的时评《考试作假要严打》，被我用来作为本报评论员文章发表在 6 月 10 日的校报头版上，荣获了重庆市高校好新闻一等奖和重庆新闻奖的评论类二等奖，并且对学校从此进一步严肃考试纪律都产生了重要影响。现将他当年撰写的评论员文章展示于下。

考试作假要严打

本报评论员

考试，是一种检测教师教学效果和学生学习成果的重要手段。而长期以来，考试作假之风日益蔓延，由此而衍生出的假成绩、假文凭甚至假人才越来越多，已引起了广大师生员工和社会各界的强烈不满。为此，国家教委高教司日前召开了“加强高校学风建设，抓好考试管理”的专题电话会议，要求各高校认真贯彻执行，力争三两年之内使学风有根本好转。考试打假已经提上了重要的议事日程，我们学校也不应例外。

考试打假，要切实认清和抓好“一个目的”“两个方面”和“三个环节”。打假的目的是端正考风、改善学风。考试作假，混得虚名，影响学生的学习积极性，是败坏学风的关键性问题。而良好的学风是学校的宝贵财富，容易给学校创建“名牌效应”。大家要抓好两个方面：一是学生，二是教师。一些学生平常不努力，考试作假，想蒙混过关，是为可耻；而一些教师，尤其是青年教师，平常不严谨治教，考试“发水”，以保全声誉，更为可恶。教风不严，学风焉正？因此必须二者兼治。打假要抓好出卷、答卷和阅卷三个环节。考试前教师不能“勾重点”，更不能将原题漏给学生；考试中要严格制定和执行入场和监考制度；考试后要严格阅卷纪律，不能私自给学生更改分数，更不能“受人钱财，替人消灾”。

考试打假不能“假打”，要真打、严打。一是认识要严肃。要把学生作假看作是人生观价值观上出现的问题，把教师作假当成是违背职业道德和违反《教师法》的违法行为。二是处理要严明。不管老师学生、“皇亲国戚”、贫民子弟，出了问题，同等处理。三是处罚要严厉。据悉，山西大学学生一次作假不发学位证，二次作假开除学籍，还有的大学考试作假则把统招生转为自费生，等等，不妨借鉴一试。

学习要刻苦勤奋，复习要全面认真，考试要严肃审慎，才是上策。对此善意提醒，若有人要“假装”没听到，那就更该遭打！

1996 年，聂荣承担撰写建校二十周年校史的主笔并顺利完成任务。1998 年上半年，聂荣得到了一个于他个人发展而言极好的机会：市招办通过教委向学校要人去办《招考报》，其时学校刚决定独立设置处级建制的学报（校报）编辑部，我极不情愿失去他这个得力助手，但想到年轻人前途事大，即使留得住人也未必留得住心，便忍痛割爱放他走了。他这一走，于是有了后来的《招考报》编辑、《课堂内外》杂志副总编辑等一系列辉煌头衔。

我比聂荣年长 20 岁，共事时亦师亦友，师徒二人都是一副倔脾气，碰撞与争执在所难免，但更多的是精诚团结和通力合作。闲暇时又都爱抿几口老酒，前三皇后五帝的胡侃一通，他的酒量比我好，于是总揭发我猜拳赖酒——那时候就没有什么老少之分了。

如今，我和聂荣的这份亦师亦友的情谊，已经经历了近三十年风雨的考验，这里边值得一提的事情太多太多。多年以来，他们夫妇视我和秦老师为师父师母，千金希子叫我“爷爷”，我的儿女却叫他们夫妇“聂荣叔叔”和“小宋阿姨”（就有点像我和石天河老师一家的关系，我叫石老师夫妇老师和师母，周独奇却要叫我叔叔……）。小宋是我儿女的小学老师，我儿女高考的成绩出来后，还是聂荣第一时间用电话告知的——从自重庆师专调市招办那时起，聂荣其实成了许多人的“及时雨”——帮忙看分数、帮忙择专业、帮忙调剂学校等政策许可范围之内的事情。他到底帮了多少人，真是数也数不清，这里边既可看出他的本性善良，也含有他对母校师长的一份深情厚谊。

2014 年 11 月，聂荣率妻女返校探望并与本书编著者夫妇合影

四 “星湖”老大和他的助手

聂荣在重庆师专读书时跟了我两年半，毕业留校工作又共事近六年，在黄瓜山办校报，也算得上八年抗战。这期间除了编辑、写稿等工作，他还有一个功绩也不容抹杀，那就是和我一起培养了一系列后起之秀——一批继他之后的优秀学生记者。

当然，说是一批，却并非一大群，其具体数量是极为有限的。

1990 年代末，我写了一篇题为《校报培养学生记者刍探》的论文，论文的核心内容是“少、高、博、爱、严”五字要诀。这里的“少”，是说校报编辑要把主要精力放在办报育人上，即办好报，进行舆论导向，作广义的育人，因此，培养学生记者的数量和为其花费的精力都切切不宜过多；这里的“高”，是说校报培养的学生记者数量少但质量一定要高，即少而精；这里的“博”，是说编辑和记者其实是“杂家”，因此知道的东西是越多越好，所以传授给学生的知识一定要广博；这里的“爱”，是说校报培养少而精的学生记者，编辑老师尤其要给同学们一份特别的关爱；这里的“严”，即是说对那些少而精的学生记者在关爱的同时，还要时时处处给予严格的要求……

在这种纯属“一家之言”的“理论”指导下，1992 年聂荣毕业留校工作后，1993 级我们就只带了两个人，一个叫张采兵，他是“星湖写作社”的创始人和首任社长，但同时又是我们的学生记者。进校报到当天，他就抱着一摞稿子找到编辑部来，此后才是转系（转专业）和创办“星湖”写作社，并且没几天（具体说是 1993 年 10 月 10 日）已经在校报发表文章了；后来他为自己找到社长“接班人”后，还几乎是“全脱产”地跑到编辑部来当了一段时间的记者兼副刊编辑（聂荣于是得以抽身到北大去进修了一个学期）。那段时间，也是张采兵在重庆师专最辉煌的时候，因为在校内外发表了大量文章——他与杨胜亮合作的《我不洗衣我不扫地我坐三轮车》和他自己丢下刚捧着的饭碗跑到璧山去采写的《菜地长出个金疙瘩》等一系列通讯特写等，都得到了广泛的好评，校报刊发了张隆高老师为他撰写的 4 000 字的评论，还在办公楼当门橱窗为他办了个人作品展。1996 年春天外出实习时，我还在学校给他申办了特许不到教学单位实习的手续，并且联系了当年的《西南经济日报》作为他的实习单位。

现任大渝网总编辑张采兵

另一个叫杨胜亮，也是中文系 1993 级学生，但他没有张采兵那么辉煌的成绩和体面的身份，性格也比张采兵要疲沓得多。采兵是个拼命三郎，捕捉到新闻信息伸脚就跑，饭吃到一半，便连饭钵也丢开；杨胜亮却没有这般爽性，吃饭喝汤按部就班挨着顺序来，吃喝完便掏牙缝，便找草纸说还要上个厕所。采兵等不及了，便会在屁股上给他一巴掌——“格老子，懒牛懒马屎尿多！”

所以，很多时候杨胜亮只给采兵打下手，采兵“呵斥”他，他即便很不服气也只有噘着嘴、犟着脖子跑到旁边去嘟嘟囔囔，嘟囔半天都说不出所以然，到头来还得按人家说的办。其实，杨胜亮还是挺能干的，特别是在师专学习的最后一年，他也采写了不少的稿，只是由于性格使然，他从来没有挂在嘴边炫耀过。

当然，不说不等于杨胜亮心中没数，刚毕业出去，他便寄了信回来。

一封来自西藏高原的信

编辑部的老师们：

你们好！

今天是8月14日，给你们写几句，聊一聊。

几番波折，我是7月15日离开涪陵老家开始进藏征程的，在成都待了几天，直到7月27日才到达西藏昌都。一路辛苦而新奇，多了些生活体验。我最终被分配到昌都地区师范学校。这里已经开学，不过我上新生班的课，还要闲到9月中旬新生来校。我教文选，任班主任。

昌都气候我适应，没有高原反应，现在可以又蹦又跳地玩篮球。师范校绿化好，环境和条件还可以，面临澜沧江。据目前感觉，我选择西藏并不是很错。

在信息与人文方面，这里比内地城镇是要差一点，但话说回来，不差怎轮到我们来呢，不差怎么可比内地多拿至少一倍的工资呢？依我看，我分在师范，综合评估还是可以与分回内地的中学相匹。

进报社不好，这里报社成天改通讯员来稿，难有采访机会，因为下县采访往返得几天。刚来我便闯进报社闻了一下风声。

重庆师专一行近20人，有1人留在昌都县中，2人留在地区师范，其余全下到各县。

前几天去地区教委采访写了几篇报道。结果在地区教委各科室顺当行事，还有些熟了。教委主任打算让我兼职搞《昌都教育》，我说你叫我搞我还敢不来么。

这里月收入800元左右，月生活费300余元。看来，衣食还是足的。

这几天没事，又在试着写稿子。关于自己今后怎么过日子，怎么提高和爬行，没打算，以后再且思且行。前几天陪留校汉族女生上山采野花，也采蘑菇。

我在重庆师专生活了三年，应该说过得还可以，也有幸认识了你们几位老师，有幸得到你们的关心和帮助。没有不散的宴席，我们毕业了，离开了你们。离开才会想，一张师专报可观望学校风雨，此时倒对师专报有了感情。如果各方面允许，能否将师专报每期寄来品阅。

我们几个学生娃，那些时日偏离了专业搞写作，有一点进步，其中是有顾此失彼的遗憾的。正如夏老师所教导，文化底蕴不可轻薄也，写作者。我们以后要做的事情还不少。

再见了，几位老师，祝你们工作顺利，生活幸福。

西藏昌都地区师范学校杨胜亮

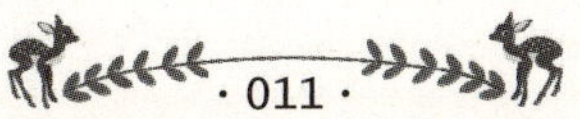

五　1994 级的尹莉梅与董志斌

继张采兵和杨胜亮之后，“星湖写作社”第二届副社长尹莉梅后来也主动申请到校报来做学生记者。这位现在看起来已经有些文弱的女士，当年却是个“侠女”，不但文章写得漂亮年年拿奖学金，而且在运动场上也常常拿冠军，有人说她的 100 米短跑“简直像疾风一样迅猛”，打篮球甚至敢和男生争雄，“眼镜片打碎了，痛得泪水涨满了眼眶也强忍住，没有让它流溢出来”。再说写稿，尹莉梅写散文或者新闻可都是一流的。这里也将她当年的“大作”录一篇于下。

不悔仪陇行

梅　莺

当黎明吞噬残月最后一圈光晕，我拎着简单的行囊搭上了西去的客车。立春节气已过，寒气却不减冬日里的锋芒，侵袭着我单薄的身子。我默然凝视这贫困而偏僻的山区，青山依旧，故人依旧。虽短短半月，这里却留下了我匆匆的足迹和我的一份青春。车启动了，载动我难以名状的情感。背后的小兵渐渐与车拉开距离，城里的人们逐渐远离我的视线。他们将成为我回忆中的一道美丽的风景。

半月的采写旅行在黑与白更替下悄声无息地飞逝，这一遭仪陇行，尽管我空得一身疲惫，并无累累硕果，但是依旧无怨无悔。

茫茫人海、大千世界，你我他相遇相识是缘，与志同道合者为友更不易。我喜欢一位诗人之言：“当魔鬼八面围袭，你我靠背而立，这就是人，相撑—拼搏—共存；当寒冷加剧，世界在零下结冰，你我生死相偎，这就是人，信念—情谊—凝聚。”

故我很珍惜第一次与男同学结伴远行采写的机会，很珍惜第一次在朱总司令故乡仪陇作客，怀念在仪陇的采写生活，难忘在那里遇到的每一个好人。

仪陇，这块贫瘠待垦的土地，虽没得到大自然的恩赐，却有让此地儿女骄傲的伟人朱总司令和人民的好战士张思德，拥有健康的思想和淳朴民风的渴望富庶的当地民众。白天，我们在外与形形色色的人为友，了解他们的喜怒哀乐。我们采写各类人，涉猎各行业。只要有新热点、新鲜事，无论路途遥远坎坷，我们都跋涉而去。干上这一行，我们始终精神焕发，内心狂热。偶尔遇上不合作对象，我们尽量赔笑脸说好话，或掏出学校颁发的采编证以证明身份，我学会了与人相处。晚上，我们收集采写材料，冥思苦想定主题，五次三番修改誊写，有时开着灯忙至深夜，虽忙虽累，但内心充实。通过采写，我更加体味农民的艰辛，明白当一位为人民着想的好记者是何等不易。

采写期间，我认识了许多朋友，他们带领我们各处参观、找资料，配合我们采访，甚至还有部分朋友“请客”招待我们，特别是供我住宿的小兵中学老师罗绵宗。罗老师与夫人天天做好饭等我们回来，从不埋怨嫌弃，更不收取一分一毫的费用，有时还要替我洗衣服。我与他们素昧平生，他们却给了我家一般的温暖和关怀，怎不让我永远怀念？

我们也珍惜难能可贵的异性友谊。尽管世俗的眼光总跟随着我们，闲言碎语总是萦绕在耳旁，这些都未曾在我们的心灵上投下阴影。我们坦白真诚地交往，相互鼓励、相互促进，在合作中互相提高。因我们明白，在这之前和这之后，一百年之前和一百年之后，你我在哪里？短暂的仪陇之行结束了，一切都化作一段回忆。

人活着并不只是为着金钱、爱情，有些东西让人一辈子也难以忘怀，正如这次旅行。我想，仪陇之行，我永远无悔！

在校时的尹莉梅、董志斌与本书编著者合影
（图中小孩系编辑部女编辑钟昭会女儿）

这篇文章，原载于《重庆师专报》1996 年 3 月 10 日第 3 版，记述的是她

在那年寒假的一个惊世骇俗之举，居然敢挑战传统的观念和世俗的眼光，和一个并非恋人的男生结伴去朱德故里采风，文章不长，但文笔优美，其理想抱负亦跃然纸上。

而就是这样一位“全才”，在毕业分配时也遭遇到了瓶颈：来自川西一个偏远县的她想留在新兴的重庆直辖市发展,尽管在沙坪坝区教委组织的考试中“高中”但是却要被分配到沙坪坝下面最偏远的青木关一带新区教乡中。

“老师，能不能帮帮我哟!”

极少求人的她，也在我面前哭丧了脸。

“好多人都是从教乡中开始呢!”

我嘴上抢白了她，心里却记下了这事。也算得是天幸有缘，两天后到市里开会，恰巧碰上了一位曾在我校挂职的领导，他又恰好新进了沙坪坝区领导班子，并且恰好管得着教育口的事。于是，也是极少求人的我，说起了我这个学生的事，说她如何优秀，并说她父亲年已老迈，早年曾到阿坝藏族羌族自治州“支边”……

“是只能进新区，”那位领导说，“新区条件最好的单位就是陈家桥中学了。”

“谢谢老领导!”我也听说了，当时刚划入沙坪坝区的所谓新区，就数地处歌乐山脚下的陈家桥中学条件最好，于是便连忙替尹莉梅千恩万谢了，回来告诉了她本人，她自然极高兴，感动得两眼都溢出了泪水。

事情本可告一段落了，谁知黑松林杀出个李逵，两天后学校有人找到我，要我把到陈家桥中学工作那个名额让给他，让他的侄女去。

“……!”我连想都没想就使劲摇了头。

事情还没完，他夫人又找到了我夫人，说那人不过是老夏的一个学生，而这人却是他们的嫡亲侄女，孰近孰远一目了然，这忙我们一定得帮。都说堡垒最容易从内部突破，要是别的事，这种迂回战术说不定就成功了，但这事当师母的也不糊涂，立刻说这事她也不能答应：一来老夏视学生如子女，在他眼里尹莉梅不一定不如侄女亲；二来呢，年轻人的心灵本是纯洁的，不能让他们因横遭打击而蒙上阴影——连自己就读三年的母校也一并看得黑暗了。

这么一来，尹莉梅到陈家桥的工作就终于落实了。虽然后来她还是离开学校到媒体工作了，但当时陈家桥目标的顺利实现，还是为她后来的发展进步奠定了良好基础。

较之尹莉梅，也是校报学生记者并且也于1997年毕业的董志斌，他的毕业分配就要顺畅得多。

董志斌是学校生物系1994级学生，因为品学兼优等多种因素，毕业时被重

庆市委组织部选定为优干生，分派到基层党政机关锻炼和培养，竟有铜梁、璧山等几个地方可供他选择。

“那你就走铜梁吧——铜梁离你的家好像要更近一些。”

当他跑来征求我的意见时，我不假思索地答道。

如果说我也有一点私心，那就是因为我自己就有几位同学在铜梁工作，知道那方水土很是养育人。

就这样，1997 年 7 月，董志斌毕业分配到中共铜梁县委组织部报到后，立即被分配到了离县城很近的一个大镇旧县镇工作，任党政办公室秘书。

董志斌的确是个人才，不但生物专业知识学得扎实，语文根底也打得比较牢，写作能力极为强悍，因此得到生物系领导的高度重视，不但培养他做学生干部、发展他入党，而且特意推荐他到校报编辑部，让他多一点锻炼机会。

重庆师专报

1995年9月25日

生命的涛声

属实难断

假广东行系列随笔之二

“我跨进了重庆师专”征文启事

小黄鼠狼鸣冤记

张采兵当年编辑的校报副刊一角

有这样一则小故事：那是1995年秋，也在校报锻炼的“星湖写作社”首任社长张采兵同学首次独立编副刊，他修改过就要付印的大样却被我拦了下来——因为我发现那上面还有不少错别字，其中尤数校内几位老师在上面发表的传统诗错得离谱，先是“三三眷友两两船”句中的“眷”字错成了“春”字，紧接着“举案齐眉忆往时”句中的“眉”字又错成了“骨”字。这时我就猜想，采兵那家伙，采写稿子像个拼命三郎，书是十有八九没好好读了，那典故呀成语的恐怕好多都还不知晓吧？

想着我就笑了笑说：“算了采兵，我们来填个空——填起这个空就算你已经把版面校对好了。”

“填空？”张采兵愣住了，望着我有些不知所措。

“对头，填空——”说着我就在纸上写了“举案齐”三个字，并且加了个空括弧在后面。

“哦——”他点了点头，但盯着空括弧看了半天，却始终填不出那一个字来。

“董志斌你来看呢，看这个空到底该怎样填!”我看见董志斌跨进门来，便大声武气地朝他喊道。

“这——是不是这个哟”董志斌过来看了看，挠了几下头发，忽然拿笔在空括弧中写了个“眉”字。

“对，就该是个‘眉’”我使劲把巴掌一拍喊道，“采兵你可看好了，人家比你矮一个年级，而且还是生物系的哈!”

“……!”采兵似有所顿悟，嘴巴动了动但终未说什么。而自那之后，便常见他自动端起了书本。我心里明白，关于书本上的“举案齐眉”等，采兵或许很快就会反应过来，他只是被校门外的“菜地长金疙瘩”等迷得太紧了。而就这么个玩笑，倒逼着他当时多读了些书，却未尝不是一件好事。如今，采兵已经是本市一家媒体的主要负责人，不敢说我对他的成长有多大贡献，但却可以问心无愧地说，“办报育人”，我一直是个忠实的践行者。

且说但自那之后，我便重视起董志斌来，我想这家伙，人长得帅帅的，态度谦谦恭恭的，该具备的知识和能力也基本有了，作为“优干生”，他到地方党政部门去工作应该是很有前途的。

谁知道我太盲目乐观了，后来的事实却不是那样。

董志斌毕业出去工作才半年多，具体说是1998年阳春三月回校春游，那样儿便起了很大的变化，衣服穿得新新的、皮鞋擦得亮亮的倒也罢了，年轻人爱美天性使然，挣了工资不穿还干啥？但在当时那种条件下，他腰悬BB机、胸前挂着“大哥大”满校园晃荡却未免太是招摇了，让人一见就皱起了眉头。

"老师，我这是在给你争面子呢！"

随便说了他一句，他便感到很委屈，嘟囔着作起莫名其妙的辩解来。

"稀罕你争面子！"我说，"志斌，最近写了些什么文章哟？"

满以为他会得意洋洋地报出许多的，谁知他却乘机叫起苦来，说党政办的文章一点不好写，成天就和指标啊数据的打交道，还要三个人两个人地合到起写，扯扯奔奔地烦也烦死了。

"你在学校的时候不是与人合作得很好么——不但长期和尹莉梅搭伙编副刊，还有好些篇文章以'董尹'的笔名联合发表……"

"那都比得么——人家尹莉梅好优秀啊！"

"哟！你还挺会找借口——"

知道他的问题有些严重了，我毫不客气地批评了他，但随后又不得不耐下性子和他说道了好一阵。

又过了一年，1999年暑假，我受学校委派带领"三下乡"社会实践总队到铜梁开展活动，其时董志斌已经是铜梁县旧县镇党政办公室主任了。然而他职务晋升了牢骚也更多了，说办公室主任说到底还是××一个打杂的差使，再过半年不提副镇长就干脆走人——他都在悄悄联系调主城某区了。

"混账东西——你总共才工作不到两年呢！"

我忍无可忍，气得竟骂了他，他听后默默地忍着。似乎就喜欢听我臭骂，他竟主动请缨做了重庆师专赴铜梁"三下乡"社会实践总队的联络员，跟在我身边跑了好几天。那几天无论我说什么，他都能静静地听着，并作了"要注意改正缺点"的承诺。但刚一转过身，随行的几位学校青年教师便纷纷跑来向我诉苦，说我们干脆就不要那个董主任来当联络员了，他背着你就逮着我们的学生队伍瞎指挥，还动不动就板起脸训人……

"志斌，你现在这个脾气真的很成问题，犯了众怒呢！"

当夜我和他作了次长谈，第二天一早送他回单位上班时又说，"你要是再不改，二天我也不想理你了。"

又过了半年多，大约是2000年春夏之交，我忽然得到了一个很不好的消息：董志斌突然因病去世了。

对于董志斌的死因，我心里曾经反复地想过，但别人没细说也不便多问；又因学校当时争取升本建院工作正忙，想请假去铜梁一趟也未能如愿。董志斌当时已经结婚，居然就这么扔下新婚不久的妻子和刚满月不久的儿子走了。尽管知道他的后事得到了非常妥善的处理，但我心里还是默默地难过了许久，总觉得自己对董志斌的关心其实很不够，特别是在他毕业之后的那两三年，他再犟也是愿意听我说道哪怕是训斥的啊，我为什么不再多说他几次甚至到单位上去看看他呢？

六　谢国超和她心中的歌

继1994级的尹莉梅和董志斌之后，1995级，给我印象最为深刻的学生要数谢国超了。

在当时不少人眼里，小女生谢国超是个幸运儿，进校的第二年就入了党，还有三好学生、优秀学生干部、特等奖学金获得者等一顶顶桂冠，叠起来就像金字塔一样堆在她头上。以至于那些跟在她身后的人，常常用舌头“啧啧”地打着感叹号。

这女生该不是真靠了什么关系吧？

这类言语听得多了，我的脑海里也打起了问号。然而耳听为虚眼见为实，当亲眼看到她在1997年年初以一首题为《心中的歌》的新诗荣获校庆20周年征文一等奖，接着又在暑期“三下乡活动”中被评为重庆市先进个人后，这个疑问就自然而然地消除了。且将她的《心中的歌》转录于下。

心中的歌

谢国超

你来自雪域高原
我生长在长江两岸
为了一个共同的心愿
会聚在瓜山脚下
星湖敞开她博大的胸怀
包容一切成长的信念
岁月，在年轮的脊背上
刻下了沧桑与不朽
时间也刻出了信仰和希望

母亲

糅山与水的精魂
用瑶池琼浆
滋润了我们的心房
当黎明从东方破晓
我们只让
只让五星红旗在胸中飘扬
迎着初升的朝阳
我们在巍巍的山顶放声歌唱
任青春的激情在胸中澎湃
任赤诚的血液绕在山间流淌

只有一息强劲的心律
搏动在苍山翠湖深处
为着世纪的梦想
我们像蜜蜂一样
采集满园芬芳
更醇更甜的美酒
就在这里酝酿
一缕绵长深切的馨香
浸透了明天的壮丽与辉煌

长江后浪推前浪
一代更比一代强
三分豪情
七分执着
我们深信
在不久的将来
我们也拥有满园芬芳
那时，我们的歌声将更加嘹亮
因为我们
我们用双手托起了新世纪
新一轮崭新的太阳

（原载《重庆师专报》1997年3月10日第4版）

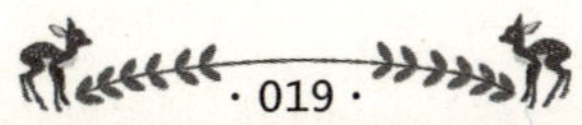

且不论她的新诗如何精彩，单说 1997 年暑假“三下乡”活动，这是重庆成为直辖市后全市高等学校的第一轮大型活动，各级领导高度重视，我校组织了三四十人的“三下乡”总队，远赴石柱县西沱镇开展活动，总队的负责人是我，谢国超在这次活动中担任宣传组组长，自始至终表现都十分卓越，经受住了烈日暴晒、暴风雨吹打、泥泞小路摔跟头乃至溪沟涨水阻路等一系列考验，让人不得不对她刮目相看。

1997 年暑期“三下乡”谢国超（前排右一）在
西沱对岸石宝寨与老师、同学合影

说到溪沟涨水，有这么一则故事，得从也是重庆师专学生的王涛说起。王涛既是我们的队友，又是本地人，那天，我们应邀去他家作客，半路上忽然天降暴雨，雨停后，小溪里涨满了水，就连个儿高的男生也要淹到大腿。

怎么办呢？——退回去吧，作为当地土家族群众的王涛父母又十分好客，已经盛情邀请过我们好几次了。

“夏老师，你就下决心让大家过嘛——你看我们女生都不怕。”“积极分子”谢国超说。

“对头，我们都不怕。”另外几个女生也接着表态。

结果，同时表态的几位女同学都是趴在男生背上过的河，唯独谢国超和美术系的孔小凤自己提起裤管走了过去。

“裤脚打湿了吧？”过了河我才问了她俩一句。

“没关系——”两人居然得意地笑了笑，“反正一会儿就干了。”

原来那西沱，是石柱土家族自治县唯一的长江水码头，除了时不时会遭遇暴雨，便是天天都阳光灿烂。谢国超为了获得写稿的第一手材料，天天跟着农技推广组串院落、跑田坎，脸上都被晒起了一层黑亮的“釉子”，同学们当面开玩笑叫她“黑妹”，背地里则干脆再加两个字叫她做“黑妹牙膏”，大概是赞誉她外表黧黑内心洁白美好。

谢国超还有一个优点，那就是性格极为开朗乐观，在1997年7月“三下乡”活动最艰苦那几天，不少人都因为中暑或者别的原因而愁眉苦脸了，她却依旧成天乐呵呵地闹喳喳像个花喜鹊，给大家平添了许多活力与情趣。

“哎呀，就多收点太阳存起来过冬嘛！”

“怕啥，中了暑请夏老师灸个痧就好了！”

1997年暑假“三下乡”之前，谢国超是学校教广台（教育广播电台的省称）台长，充其量算个“校报之友”，正式名称叫“特邀记者”，大家经常分享新闻信息等；1997年“三下乡”之后，她因为进入大三而从“领导岗位”上退下来，正式加入到校报学生记者中，写了不少文章发表。直到即将毕业离校的1998年6月25日，她还在校报第四版头条位置发表了题为《守住毕业前最后一份宁静》的美文，为稳定校园里毕业前的躁动起到了很好的导向作用。

谢国超很重情，毕业时因不舍老师和同学流了不少泪，毕业后作为“优干生”被分配到双桥区两路镇政府，刚好学校1998年“三下乡”总队到双桥，我带着女生蒋理和尹道勇、喻奇树等几位同学绕道去看她，她非要请大家吃了她亲手煮的稀饭才肯放行，忙乱中都让菜刀切伤了手指……

在镇政府锻炼后，谢国超先是调区里做团委工作，但是后来机缘巧合，竟让她换岗到了纪委，并一直就在纪委干了下来。现在想来，她工作态度严肃认真，重感情然而不徇私情，倒是挺适合干纪检工作的。

七　尹道勇曾经田野寻梦

谢国超之后，1996级有尹道勇、喻奇树、朱刚令三剑客。由于他们三人的

同时参与，编辑部里热闹了起来。

三位同学中，尹道勇有这样三个特点。

第一，他来自政史系，不谙诗歌、散文等“风花雪月”，就一门心思专攻新闻。

第二，他是本地人，在学校附近的石脚场上读过小学与初中，占有人熟、地熟等先天优势。

第三，他头脑灵活点子多多，有时候不按常规出牌，创出业绩竟出人意料。

1997 年寒假，才上半年师专的尹道勇见石脚中学要比自己先开学许久，便找到乡中校长要尝试着上上课，并且是上午才说好，下午就立刻上，那校长也大方，竟然就把初中二年级四个班的思想品德课都让他上了两个星期。那个时候，他身材很单薄，且是张娃娃脸，看着竟比初中学生大不了多少。为了消除上讲台的紧张感，他总是提前十多二十分钟就进入教室，下课也和学生厮混在一起，直到晚上回家睡觉还想着上课的事情。功夫不负有心人，两个星期的自发实习，他居然得到石脚中学领导和师生的一致肯定，许多初中学生都和他交上了朋友。1997 年 3 月 3 日，重庆师专的新学期刚开始，他就挟着根据自己实习感受写成的两篇文章到编辑部来应聘学生记者。其中一篇题为《尝试》的实习笔记发表在校报 1997 年 3 月 10 日的第 3 版上，另一篇题为《实习不是大三的专利 ——从自己的超前实习说起》的文章则发表在校报 1997 年 4 月 10 日的第 3 版上。其时全校 1997 届毕业生的教育实习正进行总结，他这两篇文章的发表在全校都引起了热烈反响。

1997 年暑假“三下乡”，尹道勇也跟着我远征石柱县西沱镇，竟在那十多天时间里迷上并学会了照相。回家后趁着暑假还长，竟挎着相机大呼小叫地走村串户招揽起生意来。见到老人他会说：“老人家，照张相嘛，我收费‘相因’（便宜）技术又好……”见到年轻人他又喊：“大哥大姐，快来照相哟，保证给你们照得巴适得很!”每天从清早奔走到下午，又累又饿还热得难受，然而却增长了知识、锻炼了才干且磨砺了勇气，这便是他丰厚的回报。

上大学之后的第三个假期，即 1998 年寒假，尹道勇又自告奋勇地在乡镇当起了特约通讯员，一个寒假走遍了大半个永川的乡镇和农村，自嘲说鞋底磨穿了几双，脸皮却磨得越渐厚起来，也培养了敏锐的新闻感知力。就是这个寒假，他发现线索后返校约我一起去采写了近万字的长篇通讯《爹妈，是你们第二次拐卖了我 ——一个打工女的坎坷人生》，在对开的《四川法制报》上发了一个整版；他在 1997 级新生中发现的特困生张华和在 1998 级新生中发现的残疾女生张蓉，结果都被他写成了轰动重庆全市的好新闻和优秀通讯稿，得了一系列的奖：重庆市高校校报好新闻一等奖，重庆新闻奖二等奖和全国校报的一二等奖。更重要的是，这些校内校外的种种历练，为他后来在事业上的长足发展奠定了基础。这里转录他当乡镇义务通讯员的《田野寻梦》。

田野寻梦

尹道勇

也许是淳朴、清新的田园深深地熏陶了我多年，抑或为某个借口，我对冬天里青青的田园有种说不出的向往。寒假初至，我迫不及待地操起蓄墨已久的笔，企图用它描绘真实的田野。然而，初出茅庐的我乍暖还寒，品尝到几多酸辣苦甜。

酸

我是Y镇的特约通讯员。一次，领导叫我去宣传一下×村，说该村干部为群众办了许多实事，文教方面也很不错。在迷雾中穿插了两三个小时，我来到这个偏僻的山村。这的确是个贫困村，多数人住的是千疮百孔的土墙房，还有不少草房。

我想找村长谈谈，可恰逢赶场天，村长一家人全上街去了，在他那幢嵌满花色瓷砖的小楼面前等到下午两点多，仍不见回来，一位老乡劝我别再等了，等到了也是白搭。笑问何由，他也笑笑："他们这些当官的赶场天都到酒馆去了，就是回来也啥子都说不清楚的"。于是我只好去找村会计。

走进会计家的别墅式小院，一位颇精明的中年男子问道："你干啥子的？"我说是镇上的通讯员。他倒以为是个官名，甚至还不小吧。忙把我迎进客厅，拿出红塔山，泡上茶，尔后叫家人准备饭菜，还问我要"考察"几天。这倒让我感到难过起来。

当晚，看电视时，得知我国发射卫星失利的消息，美国人嘲笑我国的卫星是用竹子做的。同事不服气地说，我们某些"研究"水平比美国还高明得多。

第二天到村里小学时，校长滔滔不绝地介绍起他个人的事迹——的确是个好材料，可我的笔却黏糊起来。后来勉强作一稿交镇上审查，"领导重视"几个字被提到了最前面。我心里一阵酸，却没有眼泪流出来。

辣

在一菜农家采访时，吃了个教训。那天恰巧男主人打米去了，只有先与

年近半百的大娘聊聊。也许我老实巴交的面孔、诚恳的态度打动了她，她滔滔不绝地讲起种菜的经历，甚至每天收入80至几百元也和盘托出。一小时后，曾在外闯荡多年的男“老板”回来了，先把我从上到下看了个遍，然后冷冷地说：“我们就只能找点盐巴钱，种菜有啥子收入啊。”女主人一听也立即改口，附和丈夫。我似乎一下变成了个打探情况的盗贼。心下暗自得意“手下得早”的同时，又在担忧：“假如我先遇见男主人，岂不白跑了大老远的山路？”后来在采访一位很有名气的养猪大户时，我耍了个心眼，称自己是生物系的，写实践报告回校交作业。不料他竟将一些养猪经验也告诉了我，还说：“如果你不是学生，我绝不跟你说这些。”有了一个好材料，我却犹豫了：要不要把他的秘方写出来？

经历的多了，我感到重庆人确实够辣的：口上辣，手上也“辣”。

苦与甜

作为一名还未走出校门的学生记者，在纷繁复杂的社会中奔波，时常会感到力量之微薄。而基于一种说不清的诱惑，我总又在向前迈步。

不必多说沾满泥的雨鞋踏在铺着红色地毯的办公室的尴尬，单是写好了稿件拿到政府去盖章，就是个苦差。现在实行双休日，周六、周日根本找不到人。而平时干部们又忙于这样那样的应酬、会议也难以找到人。好容易找到了，或称“正忙着”，或叫你去找具体分管的某某领导。一次写了一篇有关乡中学的稿子，与朋友一道去盖章，跑了三天路都没盖成，耽误了时效，至于往返路费更不消说。

一段时间来，我走遍了近半个县。脸皮稍厚了一点儿，刚换过不久的鞋底却又快要磨穿了。所幸写了不少反应群众生活的稿子，对各种社会关系也有了进一步的认识。在这个我不敢妄言什么的社会中，我的力量很弱。谨奉达尔文先生的“适者生存”原则，每个人都只有努力去干，少点儿埋怨，力争先适应后改造，多为社会做一点什么。

（原载《重庆师专报》*1998* 年 *3* 月 *10* 日第 *3* 版）

1999年6月25日，尹道勇在校报上发表了题为《车到山前必有路》的告别文章，文章写了“鼎沸的人才市场”和失意的竞聘者，劝慰大家少安毋躁另辟蹊径，显露了作者的成竹在胸和气定神闲。是的，他的工作已有着落了，由于一连串奖励的获得和一大批文章的发表，市里和区县的好几家媒体都表示要他，就看他自己愿花落谁家……

尹道勇夫妇 2001 年返校时与校报编辑部老师合影

八 喻奇树在初涉情人谷之后

与尹道勇相比，喻奇树似乎少了一些灵活与机变，但又显得更加厚道和笃诚。作为中文系 1996 级学生，喻奇树有一定的文学功底，进校初他相继发在校报上的两篇散文《我成了瓜山人》(《重庆师专报》1996 年 12 月 10 日第 4 版）和《情人谷探胜》(《重庆师专报》1997 年 1 月 8 日第 4 版)，就写得颇有才气。现将《情人谷探胜》摘录于下。

情人谷探胜

喻奇树

师专环境优美、人杰地灵。有山，巍峨高大；有水，柔情万种；有花，娇媚百态。然而久居此地，雅致渐怠，便觉其实不过尔尔。人说情人谷极富韵味，不妨去看看。

渐进深秋，总是糟透了的天气，薄雾浓云不断，或是绵绵细雨不绝。周末偶逢好天气，阳光融融，一时兴起，邀友同往情人谷，以了此夙愿。

情人谷在黄瓜山背后。山中林木丛生，怪石嶙峋，野菊花溢出清香。开满白花的山楂树，青青的松果和着大自然的气息，使人心下悠然悦然。

此前，想象中的情人谷定是个优美缠绵的地方，一如它的名字给人的情韵；有树有花，有溪有亭，或许还有南国的相思树，令人在料峭清寒中顿生“春来发几枝”的温情。然而错了，情人谷的名不副实让人失望。

沿着一条渐走渐陡的山路往前走，刚过谷口，就已气喘吁吁。置身谷中，举目四顾，触目处皆萧疏寥落。一条瘦溪，几墩凸石，几丛杂草，几棵松树，点缀出一片荒僻氛围。

久之，让人渐渐暗惭；竟被附庸风雅的名义所惑，亦恨言语之诱和人情虚伪。桃花岛有桃而无桃园氛围，情人谷有谷而非情人佳处，不禁让人神色黯然。情人谷、桃花岛、情人岛，寄寓了学子们求学之余的含情脉脉。一个个美丽浪漫的称谓，却包含着怎样一种欲掩不能的自慰和酸涩。

情人谷一游，未曾探得什么佳境，然而却探得此番心绪，也算不枉此行了。

“情人谷”探胜之后的新生喻奇树

这篇数百字短文，写得颇精练，表达了作者当时的落寞心情，同时还有一种不慕虚名但求实际的顿悟在里面。

然而，写散文文笔犀利的喻奇树开始采写新闻却找不住点子，即使 1997 年暑假随我赴西沱，整天转悠下来也不知道该写点什么。

“笨!”天热心烦，我狠狠地训斥他。

“嘿嘿——”挨了臭骂，他并不懊恼，倒将就手中的草帽儿给我扇了两下，“我老汉儿也爱说我笨。”

顿了顿，他又说：“我老汉儿还说，我学东西就是慢了点，但是只要慢慢地弄懂了就再也搞不忘……”

他这么个态度，让人一时间还真不好再说什么。有幸的是，暑假过后，他不但发表了一系列关于暑期“三下乡”的纪实散文，还当真就写起新闻来了，《师生欢度中秋　良宵观看月食》(《重庆师专报》1997 年 9 月 25 日第 1 版)、《百年光彩集团为教育作贡献　我校部分学生将得到资助》(《重庆师专报》1997 年 10 月 10 日第 1 版)、《我校支援农村文化建设　向三江镇赠书千余册》(《重庆师专报》1997 年 10 月 25 日第 1 版）等，一篇篇还真就像模像样的。且自那以后，半月一期的《重庆师专报》，喻奇树每期都有一二则消息发表。

1997 年 12 月 10 日，喻奇树采写并在校报发表了通讯《山中能圆科学梦——记重庆市首届高校十佳科技标兵杨斌》，这篇报道宣传于重庆直辖第一年在与众多名牌大学硕士生、博士生同台竞技中脱颖而出的重庆师专学生杨斌，克服重重困难攻克科技难关的动人事迹，写得有板有眼且生动耐读，故而被评为重庆市高校校报好新闻一等奖和重庆新闻奖三等奖。从 1998 年春天起，聂荣的突然调离给尹道勇、喻奇树、朱刚令三剑客，乃至黄火华等都带来了机遇，他们开始作为见习编辑参与了版面的排版和校对工作。刚开始的时候，我一个个地捉住手教他们规划版面和组版，其中学得最慢的又是喻奇树，但后来做得最认真的也是喻奇树。

1999 年惜别母校后，喻奇树应聘进了《华西都市报》，因为是“合同制”，不少类似情况者早已三番五次地跳槽了，他却一干近 20 年雷打不动，至今都还在《华西都市报》作资深记者，颇受领导重视和同事好评。

九　朱刚令和他的《让人欢喜让人忧》

在 1996 级“三剑客”中，朱刚令的身材较为适中，比尹道勇要稍微胖点儿，

比喻奇树则要稍微瘦一些。但是，在三人中间，朱刚令的头却比两人都大，加之他喜欢留个小平头，头大这个特点就更为突出。尹道勇瘦高、留长发，偏分头；喻奇树蓄短发、运动头，身材壮实但头脸不大；朱刚令小平头，头大爱笑而略带几分灵气，远看时就像个灵巧的小和尚。当时乃至在那之后的很长一段时间，我只要一闭上眼睛，他三个人的形象就会在脑海里映现出来。

在校报发表文章，朱刚令要稍微晚一些，直到 1997 年 9 月 25 日才发表第一篇，但是他后发却出手不凡，因为那是一篇经过冷静观察思考后的新闻述评，题目叫做《让人欢喜让人忧 ——对校园社团招生的冷静思考》，文中夹有“忧虑之一，鱼目混珠。忧虑之二，挂羊头卖狗肉。忧虑之三，金蝉脱壳。忧虑之四：一劳永逸”等四个小标题，纲举目张旗帜鲜明，且平添了文章的紧凑感和可读性。现在转录全文于下。

让人欢喜让人忧

——对校园社团招生的冷静思考

朱刚令

时下，校园内正掀起一场“新生抢夺战”。招生广告铺天盖地；成就展览争奇斗艳。各社团纷纷派出精英，四处奔波。“为提高学生素质”“为丰富校园生活”，各社团招兵买马本无可厚非，但其言行是否一致，目标与结果是否一致却令人深思。

学校社团的多寡往往是校园生活丰富与否的标志。如今众多社团的纷纷亮相，对新生了解大学生活大有裨益。同时各社团招收成员，一方面有利于新生学到一种本领，在各种实践活动中锻炼自己的能力；另一方面也有利于丰富校园生活，推动学校各项工作的顺利进行。以往一些社团还印发许多学习资料，请名师讲课，举办各种学术活动，这些都是大家所期望和欢迎的，同时也是他们为什么越办越红火的原因之一。但忧从喜出。广告太多，承诺太多，学费太多，忧虑也太多。

忧虑之一：鱼目混珠。见众多社团“生源兴旺”，一些学生个人或集体也办起了各种培训班，以收报名费饱其私囊，既没有教师指导又没有一定的教学设备和教学计划，这种培训班能完成海报上的承诺让人有点不可思议。笔者去年参加的音乐系学生举办的一个乐器培训班，几节课之后就不了了之便是最好的证明。

忧虑之二：挂羊头卖狗肉。一些社团广告上大列名师讲学，可出台却大打折扣。要么几个学生在那儿“肩挑重任”，要么名师虚晃一枪，一学期莅临一次。当新生交上报名费，明白其事实时，为时晚矣。如此做法与卖鱼翅的却端上粉丝又有何异？

忧虑之三：金蝉脱壳。海报上规定的教学时间不能实现，要么推三阻四，将学习时间地点变过来转过去让人捉摸不定，要么时间的安排与你的专业相矛盾，让你左右为难。社员要么不能安心学习，要么乱了自己的作息时间，却背上“自己不学”的罪名。

忧虑之四：一劳永逸。一些社团在“收人钱财”之后，体面地干上一回然后便“默默无闻”，让社员在漫长的等待中冷却了“心中的火”。社团本身就自身难保，你还能期望他帮你一把？

忧患之处一言难尽。我希望各社团懂得塑造和珍惜自我形象。对社员负责也对自身负责。弄虚作假受损的最终必然还是自己。同时也呼吁学校有关方面采取有效办法加强对社团招生的监督和对其工作的管理。

这篇文章，剖析到位且鞭辟入里，可看出朱刚令当时就具备了敏锐的观察力、判断力和强烈的社会责任感。而自那之后，一发不可收，朱刚令的文章分成随笔、言论和新闻报道几类不断发表，到 1998 年终于结出硕果来，他牵头采写的通讯《可贵的七小时等候 ——贫困生赵富生拾金不昧小记》(《重庆师专报》1998 年 5 月 25 日第 3 版）发表后当即在校内外引起热烈反响，获得了重庆市高校校报好新闻一等奖、重庆市新闻奖二等奖和中国校报好新闻一等奖等一系列奖励。

朱刚令写作《可贵的七小时等待》之后

1998年6月，朱刚令“专升本”考试榜上有名，因即将转入西南师范大学深造而在重庆师专提前毕业了，校报编辑部同仁在“师母店”炒了几样小菜为他践行，大家都恭贺他，对他说了不少祝福的话。可是，重情的朱刚令却哭了，两年的师生情、同学谊，让他难舍难分。

麻烦的是，见他一哭泣，尹道勇和喻奇树便也忍不住落泪，我毛下脸来一阵喝斥，叫他们男子汉要有男子汉的样子，切莫把喜事上演成悲情剧，这才把情绪稳定下来。

现在，朱刚令在重庆市人社局某处任处长，尹道勇已由《大足日报》总编任上调区委办公室具体负责全面工作，喻奇树则是《华西都市报》的资深编辑了，每次见面我都告诫他们，无论他们做什么，都要踏踏实实去做，只要能把工作做好我就高兴，再能够抽空写点文章就更不错了。

十　何永胜和江敏、唐延华

尹道勇等三剑客毕业离校之后，校报编辑部曾一度成为女生的世界——从1999年下半年起到2001年年底“渝西学院”正式运作前夕那两三年间，虽然也曾有过何永胜、曾伟、龙海波等几位男性的学生记者，但他们基本上都是“客串”，真正的主力队员始终是女生。

男生何永胜是临近毕业的“大三”那一年才到编辑部来的，且来的目的非常明确：“夏老师，我来学点本事好出去找工作！”

“你不是已经很有本事了么？”

“你不觉得你来得太迟了么？”

我还没有开口，编辑部两位年轻老师就你一句我一句地揶揄起他来。

“哎呀我晓得后来居上嘛！”这话太搞笑，惹得大家都大笑起来。

但何永胜果然说话算数，以后的日子，他果然天天到编辑部来，来了就踏踏实实地认真学习，不但学习编辑写稿，就连分发报纸、联系作者也从头学起。一位叫罗薇的女同学曾经笑他：“何永败，你咋个放着图书馆的部长不当跑来打杂呢？”

何永胜态度好，便叫他“何永败”也只是笑笑。这样两学期坚持下来，他居然也新闻、散文地发表了十来篇，临毕业时他又找到我，说他的家乡四川省渠县刚创办县报正在招记者，要我写封信推荐一下。

“好哇，原来你娃娃还果真就是居心不良！”

这话是开玩笑，有笑他到编辑部果然动机不纯的意思。但经不住他苦苦哀求，我还是以编辑部的名义给渠县县委宣传部写了封便函推荐他参加考试，不

想他回去一考居然就考上了，不久还做了渠县县报的金牌记者；三年后又一考还考上了四川省《教育导报》的编辑，现在也和喻奇树一样是成都的资深报人了。

下面录一篇何永胜当年发表的文章，或许也能勾起他的一些乡愁。

母爱的港湾

何永胜

小时候，十分依赖妈妈。上小学那年，我七岁，每天要到五里外的学校上学。每逢下雨，妈妈便会送我接我。趴在妈妈背上，我感到既安全又温暖。虽然小伙伴们挺讨厌下雨，而我却暗自祈祷天天下雨。妈妈背着我，听我背诵当天所学的课文，经常夸我聪明。妈妈是农民，每天要下地干活，可她把下雨天接我送我却看得比农活还重要。

妈妈十分关心我的成绩，看到我每学期带回奖状，她便十分高兴。到了初中后，她常说："妈妈只希望你好好读书，考个大学，为我们家争光。"这令我十分惭愧，为此，我常以考大学为压力和动力，成绩也一直还过得去。

有一次，我同伙伴们放学后在学校背后打扑克被校长逮住了，交给了班主任汪老师处理。汪老师把我们训斥了一番，说非要请家长，否则不准进教室。读书六七年，我感到自豪的是从没因违纪请过家长，这次却要打破纪录。如果那样的话，妈妈会很没面子，我坚决不请，就这样对抗着。第二天上课时，汪老师当真把我撵出了教室，无奈我只好回家。妈妈感到惊奇，上午回来干啥。我撒谎说学校大扫除回家拿锄头。妈妈给了我足够的信任，却不知道我骗了她。那是我备受良心煎熬的一次。原谅我吧，亲爱的妈妈！后来我以长达六页的检讨书加伤心的泪水，换取了汪老师的同情和宽容。每每想到此，我就愧疚不已，不敢直面妈妈慈祥的目光。

考上了大学，我踌躇满志，对大学生活充满了憧憬，但当我发现城里的同学对我这个农民的儿子投来不屑的目光时，便在沉默中自卑了。年轻活泼的我一下子沉默了许多，心里责怪自己是农民的儿子。虚荣也罢，自私也罢，我忽然觉得妈妈很渺小，一年到头辛辛苦苦积攒的钱还不如那位同学的经理爸爸半个月的烟钱。为了逃避，我两个多月没给家里写信。一天，生活委员给我一张汇款单。汇款单的附页写着："胜儿，怎么两个月没写信，还好吗？妈妈挺想你，给你寄了点钱来，不够先借着，等几天猪卖了再寄来"看着这些话，曾经发誓在大学不流泪的我再也忍不住了，泪水涌出了眼眶，而泪光中妈妈那瘦削的背影也顿时高大了起来……

我擦干了眼泪，昂起了头，走出了自卑的阴影。我发现天变蓝了，生活变得有目标了。我的心里多了一份永远的感激。妈妈平凡，但勤劳真实，妈妈土气贫穷，却给了我无私的爱。这才是最珍贵、最厚重的啊。

感谢你，妈妈，你是我心中永远坚实的港湾！

（原载《重庆师专报》1999 年 11 月 10 日第 4 版）

何永胜等在毕业前夕与校领导、编辑部老师及同学合影留念（后排右一为何永胜、左二为蒋明琴，前排右一为江敏，其余同学为冉扬伟、曾伟、龙海波、罗薇、刘成芳、吴阳红、陈寅等；前排居中者为当时的学校党委书记刘定云同志）

再说女生，这些女同学是唐延华、江敏、蒋明琴。

中文系 1997 级的唐延华。她主攻散文还略懂词曲，开始就是个副刊作者，后来也学会了写新闻，“三剑客”离校后还当过一段时间的见习编辑。这位姑娘的特点，恐怕是情商偏高，多思、寡语而显得忧郁。她发表在校报上的第一篇文章，是所谓的《无谓词》，还当真就写得颇有才气且凄凄切切，且看其上片。

轻舟一片，万碧丛中，恰我心意，融乐其中，悠悠复悠悠。望云断处，心荡漾，几时欢乐几时愁；此生永不复此舟，青天虹日也不同。噫吁唉，世上最有钟情树，人间难觅不移情，伊心为谁痴？移红烛，偏落泪。

（摘引自《重庆师专报》1998 年 6 月 10 日第 4 版）

因为发生了感情纠葛，1999 年暑期铜梁“三下乡”活动，唐延华做了一件在常人看来“正常却又离谱”的事：在一次深入田间地头的野外活动中，她谁也没告诉就独自爬上了一艘水库养鱼的小船并解开了缆绳，待大家发现时她已经和船儿一起漂到了离岸数百米远的湖心。恰巧这时，天气变了，火红的太阳钻进了云层，天上吹起了风，湖面泛起了波浪，把船儿拍打得一颠一颠的。唐延华既不扶舵也不抓浆，整个人就愣愣地趴在船头上，没有哭泣也没有喊叫，只是现着一副六神无主的悲惨样子。

“男同学哪些会游泳，快!”

情况紧急，我连忙掉头向队伍呼叫。

从这次“三下乡”活动后的 1999 年下半年起，唐延华再没有到过编辑部甚至也没有再投过稿，2000 年毕业也不知她去了哪里。但 2001 年我忽然收到她一封发自 ×× 殡仪馆的信（具体说只是一份她新发作品的复印件），而待我费尽周折联系上那家殡仪馆时，对方说她已经不在那里工作了。

美术系 1998 级的江敏。实事求是地讲，这是我在重庆师专时期认识的文笔最好的一位女生。她专攻散文而心无旁骛，文笔好意境也可谓极佳，读着常让人爱不释手。她第一次在校报发表散文，是 1998 年 11 月 25 日，至今还记得叫《丝雨轻愁》，并且至今还可以背出开头一小段：

最喜欢下雨的情绪，虽然那种凄清的寂寞有时候几近痛苦，但含着那些欲说还休的心事在雨中走走便不说也罢。常常在下雨的时候披件长长的旧衣，不打伞，踏尽校园的石板路……

她发表第一篇散文时署真名江敏，之后就一直用“千尘”作笔名，其创作自此一发不可收拾。诸如《梦里残花》（《重庆师专报》1999 年 3 月 10 日第 4 版）、《诸般可乐》（《重庆师专报》1999 年 4 月 10 日第 4 版）、《红原记行》（《重庆师专报》1999 年 5 月 25 日第 4 版）等，无论是抒情散文还是游记都美不胜收，而最精彩的恐怕还要数这篇鉴赏性文章：

偏　见

江　敏

郑渊洁有句话说，如果一本书任何一页乱抽五行，读了还不能吸引你的话，那就把它扔掉。这句话一直是我读书的指导。然而日本小说乱抽五行读是好的，

再抽五行读，也是好的，永远好的好的，却让人没有脾胃看完。文笔不可否认是淡的。然而不是“天高云淡”的淡，而是泡过很多遍茶水的淡。所谓高潮低潮，仅是茶水冷热变化而已。所以日本的推理小说好，因为这样冷静的文气淡漠的语词实在有利于叙述一件失踪或凶杀。

从这一段，你就可以看出，我是一个有偏见的人。然而，人们对自己以外的事物常犯的错误是只见森林不见树木。不可否认日本小说有的非但不是淡茶简直是浓茶甚至是上等龙井，可我看不到。有三点理由让我这样固执：一我是学生，二我才十八岁，三我是女生。你不能强求一个年龄小阅历浅文化低的女生不怀有偏见。因此，我还有以下偏见。

英语是尖锐的。有一句英文诗是这样：“光亮的发镯绕在骨上”。好像是爱伦坡的句子，读时只觉背上一阵寒意。而我看过类似意象的一幅中国人画的画：黑沉沉的棺材里有一件湖蓝色的旗袍，上面是散乱的干枯的玫瑰。同样凄艳而颓废，而后者，却温柔蕴藉得多。像《红楼梦》里写“愁多焉得玉无痕”的薛宝钗，作诗要好过“太过纤巧”的林妹妹一样。

很多现实主义的小说我都怕看。恐怖小说能让我欣赏那黑沉沉的语词而引不起我丝毫恐怖。而现实主义小说对人性赤裸裸地揭示令我害怕。作者把人分析透了琢磨透了写出来，无论于作者于读者都是一种严酷的考验。让读者发现人在现实面前的一步步后退即使身处悬崖也要退步，为了一个小小的生存愿望怯怯地卑微地微笑着面对那无所不摧的现实，让人看了总有万分悲哀。像契诃夫、莫泊桑小说里的小人物，牵得起一番心痛。人其实最怕认识自己，而偏偏有文化有思想的人就不自禁地要分析自己。这是痛苦的。像卡夫卡对人的理解入木三分，对人在现实的心酸理解入木三分,终究英年早逝。

前卫的小说，我是不喜欢的。外国最先的意识流小说实际上通过繁杂的意象来逃避对人本性的探讨。它就那么事无巨细地编造一个人的思想，在手法上可以冠以创新，在任务上，在以文学为宗教般神圣的不断探索的任务上，它是逃避。也许这我还能接受。可最怪的是，这里要引一下钱钟书先生的话：“外国的东西到中国来，来一件，毁一件。”小说还不至于，可也已变了味——当然是变成了有中国特色的意识流小说。简而言之，请君稍读充斥于文坛的各种先锋小说，简直无性不成小说，无晦涩不称前卫。当年顾城把长江比成裹尸布让我硬是愣了一阵，可现在如果我看见激进作家把裹尸布比长江我眼皮也不会抬一下。

严肃的作品是作者沉重的人生思考。——坏就坏在思考太多使作者不为不快，大部头世界名著有太多冗长的议论，让人产生一种硬着头皮前进的感觉。记得刚看完《战争与和平》时，我的第一感觉倒不是茅塞顿开，而是满头雾水长叹一口气终于看完了。抒情太多令人不耐烦，冰心就流于做作。呀，做批评真是好，这个不够，那个不好，实在痛快，可以名正言顺地眼高手低。

我是一个肤浅的人，我爱看幽默小说、童话和一些没有意义的恶俗的书。辞藻堆砌华丽的文章有一些错金镂彩的韵味。杂志和报纸的广告我也爱看，就那么自信而热情洋溢地介绍一种药或生产黄豆芽的机器，干净利落的文字到处是微笑的人生。喜气洋洋的、晦涩的诗和散文让我惶恐，怕自己猜错了作家的意思，就那么提心吊胆步步为营地欣赏不如不看。一些比较直露的诗我也喜欢，像"楚凤放娇衔玉佩，赤鳞狂舞拨湘弦。"其实与《诗经》里"执子之手，与子偕老"一样，都是对人对己的坦诚。

十三岁是个——用钱钟书先生的话来说，"充满了少年维特的而并非奇特的烦恼"的年纪。那时候读一首秦观的词，里面有一句"哪堪片片飞花弄晚，蒙蒙细雨笼晴"，脑袋里轰的一声响，心灵深处一根弦被弹动，心都碎了。从此明白文字的魅力不可抗拒。中国的旧诗词是最影响人的，读那一篇诗林词海，恰如走进毛毛雨里，自己不觉得，多待一会儿，其实衣服早已湿透了。

还是爱看中国的小说，虽然现代小说大都不甚好。太多太强的使命感责任感使作家的笔沉甸甸的。天才倒能举重若轻，如钱钟书如张爱玲，而更多的非天才作家则是人也迷惘文也迷惘，读现代文、现代文史是一件痛苦的事，那个年代是一个变革的年代，一切尚未定型，就如成长着的少年，自己内心固有种种苦痛，连看着他跌跌撞撞长大的旁人也要不禁为他烦恼。现代文学给我的感觉像李商隐的一句诗："一春梦雨常飘瓦，尽日灵风不满旗"。诗里混杂迷惘失落的意象恰如那个混乱而忧伤要冲也冲不出去的年代。

但抗战时赵树理的文章又不同了，朴素干净而明朗亲切，像白底青花大瓷碗，叫人一见就忍不住拿在手上慢慢看细细品，读二十遍也不烦。孙犁的也好，比起赵树理的质朴，更有一份清秀。

大学以前，虽说十年寒窗，实际上并没有读到什么书，时间和精力都用在对付一次次考试上了。念大学了看到图书馆汗牛充栋的书好像崔莺莺发现"原来姹紫嫣红开遍"而自己却守着"断墙颓垣"，更糟糕的是已经"似水流年"，还敢不珍惜时间多读书么？

这篇文章，除了文笔的生动活泼外，还充分展示了作者涉猎之广与眼界之高。这篇文章的发表时间是1999年9月25日，此后，千尘（江敏）还发表了《诗与诗人》(《重庆师专报》1999年11月10日第4版)、《心灰》(《重庆师专报》1999年12月25日第4版)、《寝室老鼠们的幸福生活》等诗文和影评《荆轲刺秦王观后杂感》(《重庆师专报》2000年3月25日第4版)等，2001年4月10日发表的散文《爱着的是弱小的》，是她毕业离校前的告别之作。其时因为学校升本建院杂事正忙，没有顾上多关心她一下，而她偏偏是个极为自爱和敏感的女孩儿，见我忙着就索性不来打扰，于是连她毕业后去了哪里竟也不知道，至今想来还甚是遗憾。

十一　体育系唯一留长发的女生蒋明琴

还有体育系 1998 级的蒋明琴。蒋明琴曾说，她是当时体育系唯一一个留长发的女生，也是几乎唯一一个热爱读书和写作的女生。因此，大一的第二学期，系里就安排她编辑系报《晨曦》。体育系稿源少，稿件质量也差，她组稿和改稿都吃尽了苦头，很多时候还不得不自己重写。唯一的好处就是能力锻炼出来了。大二的时候，她被校报选聘为学生记者，同时继续负责系里的《晨曦》报，把在校报学到的东西拿回去料理《晨曦》，于是慢慢地更加得心应手了。

蒋明琴在校报发表的第一篇文稿，是 1999 年 11 月 10 日的头版新闻《第 28 届校运会圆满落幕》，紧接着又于同年 11 月 25 日在第 2 版发表了思想杂谈《真心面对》，文章号召大学生朋友多一些直面困难的勇气，多几分坚强与执着、谅解与宽容，用气度去面对黑暗，用真心去憧憬光明，而无须怪罪“梁间燕子的无情”和“青橄榄带来的苦涩”。再接着于同年 12 月 25 日，她又在当日校报副刊上发表了散文《红脸·白脸》以面部特征的红白作为引子切入正题，着力刻画了自己初中两任班主任性格的刚柔和共同的爱心，读着让人感到她已具备谋篇的匠心与功力。此后，从 2000 年 6 月起，她或独立或与人合作发表了《书生尚武健体魄 ——我校首届武术散打比赛纪略》(《重庆师专报》2000 年 6 月 10 日第 3 版)、《学子沙场秋点兵 ——来自军训场上的报告》(《重庆师专报》2000 年 9 月 25 日 3 版)、《我在“三下乡”的日子》(《重庆师专报》2000 年 10 月 10 日第 3 版)、《恢弘的场面·良好的祝愿 ——记体育课第一阶段操练验收成功》(《重庆师专报》2000 年 10 月 25 日第 3 版）等大量文章。2001 年 4 月，教育实习回校的蒋明琴随队参加重庆市第四届大学生运动会，返校后又经过几夜奋战，终于牵头完成了堪称她在校期间巅峰之作的长篇通讯《千锤百炼出真金 ——我校赴市四次大运会代表队赛况写真》，文章从头版头条位置开始，加图片占了几乎整整两个版面，有深度、广度，也有亮点、有背景材料并精彩纷呈。如果她得以读本科的话，这篇文章即便作为她的毕业设计也是优秀的。2001 年临近毕业时，蒋明琴还获得一大荣光，被评为了学校的“十佳青年”。

毕业以后，蒋明琴在中小学干了几年后终于于 2006 年考入了铜梁新闻中

心，圆了自己一直念念不忘的记者梦，后来还做了部门主任，并被评选为铜梁全区的“十佳记者”。

第二版　　2001年5月10日

四届十佳青年简介

工作积极，在已经完成的五个学期的学业中，期期均获得一等或二等奖学金，被批准为中共预备党员并被评为优秀团干。尤为突出的是，作为物理学生，他刻苦钻研科技，动手能力极强，1999年和2000年暑期两次随队“三下乡”，担任家电维修组组长，冒着酷暑为群众服务，深受群众赞赏和老师、同学好评，获重庆市大学生暑期“三下乡”先进个人称号。

姜春（1980—），男，共青团员，美术系99级学生，系学生会主席。

他学习努力，工作踏实，勤于思考，敢于创新，在1999—2000学年度第一学期荣获“优秀学业成绩”一等奖，第二学期荣获一等奖学金。历任班长、系学生会主席等职，能在同学中间起表率作用，并团结和带领大家开展工作，在学校开展的知识竞赛，师能竞技和文艺汇演中均获得团体奖励，个人在武术散打比赛、教广台宣传工作和农忙下乡学雷锋活动中均获得奖励。

蒋明琴（1979—），女，共青团员，体育系98级4班学生，校报编辑部学生记者。

她学习勤奋刻苦，工作积极努力，兴趣爱好广泛，曾任体育系学生“晨曦文学社”社长、通讯社副社长等职，现在是校报编辑部的学生记者和见习编辑。她多次在学校运动会中获奖，多次获专业一、二等奖学金，三次在校内征文活动中获奖，还在全校黑板报评比和系书法比赛中获一等奖，演讲比赛和手抄报评比中获二等奖，所发表的新闻作品在1999年重庆市高校好新闻评比中获得三等奖。

龚艳琼（1979—），女，共青团员，音乐系99级学生，现任系团总支副书记。

她于1999年9月由开县师范学校保送进入我校音乐系学习，思想进步、综合素质好，专业成绩尤其优异，进校三学期期期获一等奖学金，1999年11月她编排的舞蹈《在欢腾的大地上》获表演、编排特等奖，《牛背上的摇篮》赴永川市演出获二等奖，2000年春获我校校园十佳歌手称号，同年5月被评为校三好学生，12月又赴永川市演出获优秀奖，最近被评为市三好学生。

朱桦（1981—），女，中共预备党员，我校成教学院文秘专业99级学生、院文艺部部长。

作为一名成教学生，她奋发向上，刻苦努力，处处严格要求自己，思想进步综合素质高，已被党组织吸收为中共预备党员，并且是校级三好学生和二等奖学金获得者，担任院文艺部部长认真负责，表现出较强的组织管理能力，自编自导自演的各类文艺节目多次在全校获奖，担任过多次大型文艺演出活动的节目主持人，也曾经被评为校园十佳歌手，在演讲比赛中也获得过奖励，还曾经是校运会女子组的短跑亚军。

从左到右上排依次为：万书辉、曹勇、肖艳、李勐、梁丽娜
下排依次为：廖长荣、姜春、蒋明琴、龚艳琼、朱桦

蒋明琴被评为全校十佳青年的光荣榜

“踏遍青山人未老”，2001届毕业生蒋明琴满打满算才30多岁，她和所有原《重庆师专报》的学生记者一样，脚下的路还很长。这里转录她当初牵头发表的一篇新闻通讯。

书生尚武健体魄

——我校首届武术散打比赛纪略

蒋明琴　陈　镜

备受全校师生关注的重庆师专首届武术散打比赛于 5 月 27 日晚 7:30 在体育系艺体房隆重开幕。本次比赛由重庆师专体委主办，体育系协办，武术协会承办。校长助理兰刚、校团委书记李德全、体育系主任李进、校体委副主任张映东等出席了开幕式。兰刚同志致开幕词，在振奋人心的锣鼓声中，比赛正式开始。

长宽各 8 米的墨绿色的比赛场地分外引人注目。场地前是主席台，分别坐着各位领导、裁判长、记录员、计时员、宣告员，四周坐着五位裁判员。主席台对面是观众席。比赛刚开始，艺体房就已经被围得水泄不通，师生们情绪激昂，加油声、欢呼声一浪高过一浪，场上的散手队员更是打得难分难解，套路队员打得酣畅淋漓，南拳北腿，或刚或柔让你大饱眼福、叹为观止。比赛间隙还有精彩的健美操表演。散手比赛分男女两队，男子又分甲组、乙组，有 48、52、56、60、65、70、75 七个公斤级。套路又分拳术、刀棍、棍术等。就让我们驻足在观众台上看一下这一幕幕精彩的场面吧 ——

场面一：卓仁国与李海兵的比赛，两人实力相当。比赛一开始，两人就挥臂打了起来，你避我逼，你踢我打，你抗我摔，难分胜负，两人都拼尽全力，两局一下来，比分 1∶1，稍喘一口气，第三局比赛开始，两人如夺食的猛虎，互不相让，都打红了眼，卓仁国稍有闪失，脸上重重地挨了一拳，顿时涕泪横飞，但轻伤不下阵，斗勇更需斗智，最后卓仁国以微弱的优势取得了胜利。一下场，两人又抱在一起开心地笑了，场下，他们依旧是好友。

场面二：谁说女子不如男，散打场上多了女性，比赛显得更有魅力。因为它不仅要求强有力的体魄、过硬的技术，还得有敏锐的洞察力和过人的气、智、慧。这在女生身上是很难得的，许多女生不是怕这种硬碰硬的肉搏，就是怕那种打得血淋淋的伤痛。当女子 60 公斤级的高燕与何阳怡两位小女生一上台，场下立刻爆发出阵阵掌声，两人很快便进入了角色，打得相当投入，比起男生来也毫不逊色。

场面三：最值得一提的是美术系的田仁刚和姜春在决赛中的表现。虽是争夺冠亚军，但两人仍以友谊第一、比赛第二为原则，赛出了风格，赛出了水平。两人台上都显得十分自信，虽是美术系的同学，他们良好的赛风和过硬的技术博得了台下观众的一致喝彩。在男子甲组比赛中，美术系是建系以来第一次参加武术比赛，而且是本次比赛普通组取得成绩最好的系，这显然与系里的重视和培养分不开。

为期四天的比赛在5月31日晚胜利闭幕，本次比赛受到了学校领导的高度重视和好评，体育系的领导、老师们为了办好这次武术散打比赛更是忙碌奔走，苦心策划，精心准备，真正做到了万无一失，比赛得到杨芬医生支持，她将药箱搬到了现场，对受伤的同学进行急救，保证了本次比赛的顺利进行。

本次比赛以弘扬武德，培养顽强拼搏精神为主旨，以为我校选拔优秀人才和实施素质教育为目的，取得了较好的成绩，男子甲组齐波、姜春、李伟、陈其松夺得第一，男子乙组黎川文、冉力、黎国强、卓仁国、苏玉红分获几个公斤级的冠军。

（原载《重庆师专报》2000年6月10日第3版）

十二　升本之初巧识李文富

到了蒋明琴等2001届毕业生离校的时候，教育部同意原重庆师专、渝州教院合并组建全日制本科的渝西学院的文件已经印发到重庆市了。“升本成功，建院路长”，在经历几轮狂欢之后，全校上下都清醒地端正了认识。作为学报（校报）编辑部负责人，想到现在的一报一刊即将（因与渝州教院的学报合并）扩展成一报两刊，本科院校的报刊要提高质量更要有新气象，我丝毫不敢懈怠，在拓展学报稿源、加强编辑力量和培养学生记者等方面都作了一些新的思考。

可是，先是筹备建院庆典，后来又参与中干竞聘，在一个接一个的运动冲击之下，2001年下半年，我甚至比此前担任报刊主编、党群机关支部书记和升本建院宣传组负责人更疲于奔命，忙得几乎没做几件正经事情。折腾到12月，中干竞聘尘埃落定，由于学校机构的精简和一批新人的起用，我等自诩劳苦功高的一批“老黄瓜”却名落孙山。由于对学校的新政不够理解，又背着个自诩劳苦功高的思想包袱，我们这批人都非常抵触，总认为自己没什么不好，感到自己是在被人驱使够了、愚弄够了之后便随手抛弃了，因此心中愤愤不平。我忍痛割舍了自己熟悉而且热爱的报刊编辑工作，到中文系做起了专任教师。

很多人都认为这是一步险棋，因为当时我虽然拥有两个以上的“副高”任职资格和高校教师资格证等合法手续，学校领导却完全可以在愠怒之下下令让中文系不聘我，这是其一。其二，因为过去十多年几乎所有的时间都用在了报

刊工作和别的工作上，我只是在暑假中上过几次成人教育的面授课，从而还没有正式地站过高校讲台，现在上去如果站不住则后果堪忧——几乎再没有什么退路可走了。

幸好，天不灭曹，上述两种情况都没有发生——虽然一个学期经受了十余个教学班数百学子的检验和三次以上的学校大员听课考核，但由于有背水一战的思想准备，各方面工作都做得比较认真，我终究挺了过来。

这样，到了 2002 年 9 月新学年开学时，我已初步熟悉课堂规律，从而显得气定神闲，开始有余力关心课堂以外的人和事，诸如自己并没有直接授课的 2001 级新生李文富、吴朝平等。

那个时候，李文富的身材要比现在单薄得多，可脸型仍略显宽，仍是小平头。事情也正如他自己所回忆的那样，在星湖广场边的香樟路上，他率先向我招呼，我因忙着去教学楼上课故未予寒暄，但心里却记下了他，知他是《渝西青年》骨干和校报学生记者后更爱屋及乌，一来二往，话便渐渐多了起来。我告诉他，他 4 月 25 日发表在校报上的抒情散文《永恒的星湖》内容太是单薄了，6 月 10 日所发消息《我院首次面向外省市招生》，因内容涉及有湖北、河南等“外省”、广西等“外区”而并无外市，故而标题应更改为“首次面向外省区招生”。此后，他的文章越写越长，消息报道越来越快，到年底我即将“复出”回编辑部工作时，他已是采写校报头二条消息的骨干记者，但仍旧很谦虚，每条稿写成后都先让我审阅——尽管那时我还不在编辑部。

2014 年 11 月李文富返校时与本书编著者夫妇合影

关于我的“复出”，当然也有着复杂而深刻的背景。一个最直接的原因是，自我离开编辑部后，校报的发展跟不上形势的发展，学报甚至不能按时出版，有时几乎深秋了才出当年的春季刊。这种情况诱发了为我“鸣冤叫屈”的高潮，恩师石天河乃至一些校领导都说，如果仍是×××办报刊，质量决不至滑落至现在这样，更可贵的是，与我素不相识的原渝州教育学院老教授×××等，居然为我直接面谏当时的学校最高领导……

于是，就在那个学期末，公历刚跨入2003年没几天，学校发文重新独立设置报刊编辑部，任命我为编辑部主任。到了2月新学期开学时，当时党政一肩挑的学校最高领导在全校干部大会上郑重宣布了我的任职，并说我是他“三顾茅庐”请出来的——当然，这里说的“三顾茅庐”，其实就是路上碰面时打招呼说过两次，而后又专门打电话强调了一回，客观上都体现了领导的重视和“给足了面子”。主观上已令我感激不尽，我虽已习惯课堂教学，但骨子里的报刊情结并未消失，更不忍辜负众多好友，何况还有文富等学子期待着，因此也没怎么推辞便乖乖“就范”了。

2003年上半年，全校防治、抗击“非典”，师生们甚至不能随便出校门，我让几位年轻编辑和学生记者少安毋躁，大家都静下心来读书、写文章。2003年三四月间，我带领文富、李秋蓉等采写了好几个长篇通讯，诸如《立足长远绘宏图，抓紧机遇建新区——孙泽平副院长就红河校区规划建设问题答本报记者问》《一位默默地攀登高峰的人——记出席第24届国际数学家大会的我院数计系教授谭昌眉》《碧血浇开并蒂花——记市人民代表杨晓莲和她的丈夫》等，在当时都激起了全校性反响。稍后，文富与秦荣廷合写了长篇通讯《六战六捷建奇功，梅花香自苦寒来——我校田径代表队赴全市第六届大运会征战记》（《渝西学院报》2003年4月10日第3版），独立撰写了通讯《他坚守在学院的“隔离观察区”》（《渝西学院报》2003年6月10日第3版）等。2003年暑假，文富得到一个很好的学习机会，与周杰一起到重庆团市委机关实践了差不多整整一个月。回来后在校报上发表了一个整版的心得体会。他又于新学期开学即筹办以中文系学生为主体的“读书研究会”，兴旺时竟聚集了一二百人，惜乎当时全校尚缺乏学术氛围，这个带有学术性质的社团在他毕业离校之后不久便夭折了。

“读书研究会”成立前，文富也曾因少不更事而备受责难，而今筹建的“读书研究会”以中文系学生为主并挂靠中文系，实在为一个“赎罪”之举，系领导万书辉、何云贵都出席了筹备会以及后来的成立大会。“读书研究会”成立后，文富牵头开展关注全校同学读书状态的社会调查并且撰写、发表了调查报告，为学校的课外读书活动做出了一定贡献。

从2003年下半年起，文富开始担任负责校报第3版的见习编辑，除了每期必写的消息报道，他的通讯写作开始转向关注大学生生存状况，例如《为了20位贫困生一个月的生活费——中文系学生苏波创建“勤工俭学服务队”纪略》

(《渝西学院报》2003 年 9 月 25 日第 3 版)、《楠竹丫扫帚与一名女大学生——记数计系 2002 级的晓品》(《渝西学院报》2003 年 12 月 25 日第 3 版)、《谷把子，你磨穿了我的手，却更磨砺了我的意志——2004 级新生胡永强打谷子挣学费的故事》(《渝西学院报》2004 年 9 月 10 日第 3 版）等文章。2004 年，文富已经开始重视新闻言论的写作，发表了一系列针对性强并有一定质量的言论文章，诸如《街头用字应规范》(《渝西学院报》2004 年 5 月 10 日第 2 版)、《大一新生如何走出入学调适期》(《渝西学院报》2004 年 9 月 10 日第 3 版）等、组稿画版更驾轻就熟——此时的他，已经成长为一个比较成熟的校报编辑了。2004 年下半年，编辑部工作人员刘承云考研走后，我索性把校报 3、4 两个版面的责任编辑都让文富一个人担当了，并让他连校报的发行也一并管起来——正好那时他本科学习的主要课程已基本上完，在编辑部几乎就是一个全职的工作人员了。现摘录他其中一篇通讯于下。

为了 20 位贫困大学生一个月的生活费

——中文系学生苏波创建“勤工俭学服务队”纪略

李文富

苏波开始还神神秘秘的，直到那天问我如何与学生工作部主管勤工俭学的同志联系时，才抛出事实的真相：创立勤工俭学岗位——在新生军训期间，统一规范地提供矿泉水服务，解决 20 位贫困大学生一个月的生活费。

东想西想想出来的办法

其实事情并非从找学生工作部开头，而是在上学期期末考试的时候，他就开始思考了。那段时间，同寝室的室友都在为期末考试而早出晚归，苏波却在他那蓝皮的笔记本上写着什么。大家都不知道他到底记的是什么，也没问，即便问了，他也笑而不答。直到 7 月 2 日已经进入集中考试阶段，才透出一点信息，他要策划一次活动。至于什么活动，他守口如瓶。

现在，活动已经结束，他才告诉我事情的起因，谈话中，我看到了他眼中成功的喜悦。他说，6 月底那几天很热，睡不着，睡不着就“东想西想”；想到了军训，想到了去年军训的酷热和训练场边排满的空矿泉水瓶；想到了校外个体户甚至周边农民零星、散乱的兜售矿泉水的情况，不仅价格高，而且这种“打游击”的方式给校卫队的管理造成了不小的麻烦，还有损学校规范有序的形象；

想到了他一直关注着的贫困大学生问题……于是，他灵机一动，何不借大一新生军训之机，组织贫困大学生在统一规范的管理下勤工助学呢？

有了这个想法后他更睡不着了。

他找到了同寝室的张宇和同班的陈其利。苏波会“吹”，吹得大伙激情高涨，再加上受他那执着的劲头感染，使得大伙恨不得即刻就开学，即刻就大干一场。

模糊的思路，一步步明朗开来

然而，好事多磨，正如苏波自己所说，要干一件事，看起来像是一件小事，很容易，做起来却很难。实际上，晴空万里之前，天上往往总漂浮着阴云，苏波梦想与现实的天空也是这样，他的思路还不清晰，他不知道究竟该怎样做，怎么才能做好。

苏波与教政治经济学的牟华清老师比较熟，毕竟这种事还是第一次，而且要承担风险，于是，他打电话去牟老师家“侃大山”。牟老师听了苏波的想法后十分支持，建议他在征得学校相关部门的同意后，开展一次有组织、有纪律的勤工助学活动。牟老师告诉他，开展这样的活动要顾全大局，要谨慎，要有科学的规划和安排。并且，在实施过程中，各方面都必须严格、正规，特别是矿泉水的质量。要注意学校的形象，给教官和新生留下好印象。在服务队组建方面，要让全校各年级辅导员推荐家庭经济困难学生，一方面要考虑到有代表性，另一方面要做到切实为贫困大学生作想，为大家谋利。他们谈得很投机，谈了很久、很久。

回来后，苏波便一边准备期末考试，一边准备活动方案。

他把想法告诉了中文系团总支代理书记张健，也得到了赞许和支持。张健告诉苏波，要把想法和方案写成文字材料向学生工作部申请。苏波在忙于期末考试的情况下，写好相关材料。张健如实报到了学生工作部的“学生教育管理科”。

漫长的等待，终于迎来愿望成真

然而，因为是期末的最后几天，批复一直没有下来，张健十分诚恳地约苏波在新学期开学前的 8 月 25 日再打电话联系。

漫长的暑假一天天过去，终于熬到了 8 月 25 日，可是，新学期虽然已经上班，但由于工作繁忙，张健告诉苏波——还在讨论。

8 月 27 日，苏波提前一周返校，在等待中心急如焚的他终于按捺不住了，想当面找学生工作部“管教科”的同志申请，以便及时得到批准，早作安排。“管教科”代武春科长热情地接待了他，告诉苏波，他的想法很好，学生工作部也很重视，但这是首次由学生自己来创立勤工助学岗位，涉及方方面面的问题，

必须慎重处理。

9月3日，结果终于下来了，得到批准。但同时苏波被告知必须严格执行这样的要求：（1）必须挂牌上岗；（2）必须保证矿泉水的质量；（3）价格必须合理；（4）不能乱卖乱售；（5）必须规范场地；（6）必须保持校园干净整洁。

这下，苏波心头的乌云终于散去，然而第二天军训就开始了，时间紧迫！苏波立即联系货源，他与陈其利共凑集了1200多块钱，买了第一批货。与此同时，中文系各个年级辅导员也把贫困大学生的名单提供给了苏波（由于时间关系，原计划向全校各系各年级招收成员的方案无法实施，所以只好仅限于中文系）。

9月4日，满怀激情的苏波和他组建的“勤工俭学服务队”以为这下可以“合法开展活动”了，于是到木工房去借桌子，然而，后勤集团有关同志不借，告诉他，这事还必须经后勤集团许可，否则货物将被全部没收。苏波呆了，他心里嘀咕：“还真麻烦。”怎么办？他又去找到“管教科”，代武春科长立即与后勤集团的何小兵副总经理取得联系，何副总在详细了解了情况后果断作出决定，同意“勤工助学服务队”开展活动。

苏波终于舒了一口气。

接下来，第一天，货基本销售一空。然而天公不作美，第二天就变了脸色。第三天，竟下起了雨。第四天，9月9日，依然下雨。这几天几乎没什么“成绩”，乌云不仅布满了天空，同时也布满了苏波的心头。10日、11日，天色略有好转。12日、13日又是下雨。军训在13日下午就基本结束了，即意味着整个活动宣告结束。

心系贫困生，有志者将不懈奋斗

把没卖完的货退了后回到寝室，苏波似乎不感到疲惫，虽然给了同学们的工资（凡是当日参与了的，在不影响上课的前提下，哪怕只到了一节课的时间，也至少有10块钱），利润已所剩无几，算是白累了近十天，然而他依然很爽朗地笑着，他笑的时候露出两排洁白的牙齿，脸上立刻现出两个盛福的小酒窝。黑色小椭圆的眼镜，藏不住深邃的目光，饱含精神和活力。他自豪地对我说“整个活动应该是成功的，是吧，虽然天气终究给人留下了遗憾。”我知道他所说的遗憾是，解决参与同学一个月的生活费愿望还没有完全实现。

他忘不了在他那蓝色的笔记本上记下的话，也许这次难以忘怀的经历也确实应该记下点什么……我看到这样几段话：

“2002年全国普通高校在校生总人数为953万，经济困难的学生约182万人（其中特别困难的学生约为79万人），占在校生总人数的19%（特别困难的学生占在校生总数的8%）……令我们欣慰的是——‘完善国家资助贫困生的政策和制度'已写入党的十六大报告，这充分体现了党中央对解决贫困生问题的高度重视……（摘自《中国教育报》）同样，在我们学校，如何解决好经济困难学生的学习和生活问题，一直牵动着学校党政领导的心……"

"作为一名大学生，虽然我自己并不贫困，但也应该想大家之所想，急大家之所急，为解决贫困大学生问题出一份力，虽然这次活动没能完全成功，但我却从中看到了希望；看到自强自立的贫困大学生为了明天和理想，哪怕非常艰辛。也绝不会放弃拼搏……"

"我会继续努力和贫困生同学一起为创造美好的未来而不懈奋斗！"

（原载《渝西学院报》2003年9月25日第3版）

这篇文章，不但展现了学生中先进分子的高度社会责任感，也客观、具体乃至细致入微地描述了大学生创业的万般艰辛，提供给读者的信息可谓不少，采写这篇报道的文富非但是功不可没，眼界和立足点亦当更高，我后来郑重其事地推荐他评了奖。

十三　埋头苦干的小女生吴朝平

文富虽然"牛"，其成长却并非是一帆风顺的，甚至也曾经不止一次地哭过鼻子。我的原则是，当他的言论或主张与编辑部惯例发生碰撞时，凡是有理的地方就让他坚持，但凡是没道理的地方就一定要他改。诸如，文富爱学习，声言自己从不缺课，而以往的学生骨干记者因为采访或印报缺课的情况却是常有的，编辑部会为他们出具请假证明，现在我觉得他"不缺课"的习惯是个好习惯便尽量迁就他，甚至宁愿早半天或者晚半天印报也不让他缺课。文富喜欢做写写画画一类的技术活儿，不爱干杂务，曾因为编辑部×老师强令他折报纸、装信封而哭喊"剥削人"。为此我狠狠地训斥了他：写稿和装信封都是编辑部的活儿，不是哪个老师个人的私事，为什么写稿不叫剥削，装信封就成了剥削呢——编辑部钱再少，不是每个月都给同学们发放了一点儿勤工助学金么！

然而说归说，做归做，在实际运作中，我还是会尽量照顾文富的兴趣和特长，尽量少让他做一些杂务。并且，避开文富等，我也向编辑部老师们重申：对待学生记者要用其所长，要说服教育循循善诱不搞强迫命令，尤其不准叫学生为自己干私活。

在报刊编辑部，真正做扫地抹屋和折报纸、装信封一类杂务的，是吴朝平，大学四年，她的课余时间多半都耗在了编辑部里，并且事无巨细抓着就做，说她是一条埋头苦干的小黄牛，我想这话不会过分。

吴朝平是我侄女的姨表妹，转过弯来也算是侄女，但我和她的关系，主要是师生。这是因为，其一，如果不是她考上渝西学院来到我面前，我根本就不认识她；其二，如果她并非品学兼优而是个娇小姐或者懒虫，即便是亲戚我也会避之唯恐不及，万不会把她带在自己身边而成为累赘。

正是在知道她从小家贫，五六岁就压上了割草的大背篼，初中时便开始挣自己的学费，天不亮就背包谷，一跟斗摔倒被大背篼带着滚了几道坎也不觉得疼等动人事迹后，我采写了通讯《大背篼，你永远也压不垮我——数学系新生吴朝平的故事》，相继发表在校报和《四川法制报》"百姓周末"专刊的头版上，在校内外都激起了强烈反响。

作为2001级新生，吴朝平进校不久就开始发表文章了。她的《别有一番滋味在心头——军训心得纪略》，发表在校报2001年9月25日第3版上；她发表在校报2001年12月10日第3版上的《渝西，我与你同行》是一篇抒情散文，抒发了一个新生对新学校的爱，以及愿与母校风雨同舟和奋发向上的满腔豪情；2002年她也发表了通讯《好人好梦——一个从不幸中站起来的女孩》等。现也将其中一篇摘录于下。

渝西，我与你同行

吴朝平

翻开作业本，崭新的一页呈现在我的眼前，望着崭新的一页，我思绪四起。

渝西，一个崭新的名字，一个响亮的名字。新千年伊始，你翻开了你崭新的一页。新的渝西与新千年同行。正是此时，我选择了你，跨越"烽火硝烟"，历经千辛万苦，我终于接近了你，认识了你，了解了你，爱上了你。渝西，你二十多年拼搏到今天，我十年寒窗苦读到今朝，同样崭新的你和我，同样雄心壮志的你和我，请让我与你同行。

随着西部大开发的一声春雷，你加快了发展的步伐，新的教学楼拔地而起，环境设施不断改善，教育水平不断提高，如今，学院已迎得了它历史性的飞跃——升本建院。这为学院的长足发展提供了更广阔的空间，也为我们每一位学子赢得了更好的发展机会。

是啊！同样崭新的一页，我们应怎样去书写呢？曾经挥洒的汗水耕耘了我

们今天的收获。在新的里程碑里，渝西，请让我与你同行，我将用我的汗水去书写出我们共同而又崭新和辉煌的一页。

渝西，我与你同行。

（原载《渝西学院报》2001年12月10日第3版）

但是，从2003年起，我把吴朝平的工作作了调整，让她侧重帮助老师们校对学报以及做一些稿件收发、归档之类的内务，从此她便更加默默无闻了。然而，吴朝平的作用却不容低估。特别是2004年搞“三标”认证，她成了报刊编辑部“贯标”工作的绝对主力，由于用心深、情况熟、准备充分，在审核专家面前对答如流，那位北京来的权威专家，一直把她当成编辑部的正式工作人员，并且还直夸“这姑娘能干”。

“好好干，以后把你调到北京去帮我！”

一句笑话，却体现了专家的最高褒奖。

2004年暑假，吴朝平又面临新的挑战，刚刚由计算机专科升入数学本科年的她，竟被系上选中作为参加全国数学建模竞赛的预备选手，开始接受数学建模的强化训练。在那还没有空调的年代，她浑身汗水湿了干、干了又湿地奋战酷暑，学习论文写作、学习程序设计、学建模应用三管齐下，饿了啃半个预备的冷馒头，渴了喝半盅晾好的白开水，原本就瘦小的身形又瘦了一大圈，终于一路过关斩将，和搭档高峰、徐小红一起夺得了大学生全国数学建模竞赛的一等奖和全国大学生课外科技作品大赛重庆赛区的特等奖，开创了渝西学院大学生课外科技活动的新纪元。

吴朝平与领导、老师在领奖台前

2005年上半年，2001级本科生就要毕业了，而我因学报由季刊改办双月刊得到了一个进人指标，很想就在自己亲手培训过而且已经用熟了的本科生中留下一人。学校人事部门问我那人是谁，我居然不假思索就回答说："李文富"。

是的，我直接想到的就是李文富。吴朝平当然也很优秀，但吴朝平和我沾亲故我得避嫌，再加上吴朝平是数学系毕业生，隔编辑专业远，即便报上去了也可能不会被批准。那次谈话之后，我很快向学校递交了进人报告。

这些情况，吴朝平也是心知肚明。难能可贵的是，生性质朴的她，非但没半点儿非分之想，而且还能够正确对待，一面远赴石柱土家族自治县到一所中学联系了工作，一面按照老师的要求，完善自己已获得重庆赛区特等奖的参赛作品参加全国总决赛……

但是，造化弄人，想不到事情的结果会这么戏剧化：先是学校最高领导驳回了我选留李文富的进人报告，说学校从现在起一般不再留用本科毕业生；但接着学校又作出决定，以破格留校工作的重奖奖励首次获得全国数学建模竞赛一等奖的吴朝平等三名本科生。于是，就在文富洒泪惜别母校两三天后，已经到了石柱等地中学的吴朝平等被紧急召回；并让我在三人中选用一个……

从破格留校进报刊编辑部开始至今，吴朝平已经干了十二年，若加上当学生那四年见习期，她的资历则更为丰厚。目前，她已经数次被评选为重庆和全国的优秀青年编辑并取得硕士学位，但我还责怪她自己刊发的文章还太少，在学术上的建树不多，主要原因就在于没有把寒暑假很好地利用起来。她听着，心中或者有一千个理由想和我辩白，但是从来不顶撞。

较之吴朝平，李文富这十二年变化颇多。由于根和魂已经留在这边了，惜别母校回到潼南，所到中学条件也不错，而他居然只是个过渡，很快就通过考试回到母校，在党委宣传部相继当了干事和科长。2008年我卸任到文传学院做专职教师后，报刊编辑部被分解为三块，他接过其中的校报去办了段时间，但很快就又通过考试上调到中共重庆市委机关，接着便连上下挂职等锻炼都经历过了。

文富有望成参天大树，但文富还应在实践中不断地完善和提高自己。

十四　黄燕和她《没有悬念的故事》

我是于2004年年底评定正高级专业技术职务的。那时候学校的教授还少，一旦评定正高职称想不兼课都不行，我2005年上半年便被"拉壮丁"兼了半学

期“古代汉语”，从 2005 年下半年起开始正式担任广电 2003 级的专业课。

广电新闻专业是学校升本后创办的新专业，广电 2003 级是这个专业招收的第一届学生，全年级一个班就 30 多个人，精英却不少，曾经被评为重庆市先进班集体。这个班最先在校报发表文章的人，有班长肖跃东和胡彦、官雪莲、余莉莉等，还有小精灵谭云丹，一手随笔体散文写得很不错，但最后被我收入门下作私塾弟子的却是黄燕。

黄燕能忍让。那是 2005 年 10 月底，我让他们班集体采访第八届 CUBA（中国大学生篮球联赛）重庆赛区的比赛，专门腾出校报 3、4 两个版面给他们发表文章，不料却把其中一篇文章的署名张冠李戴了，并且直到见报后才发现。

“哎呀，夏老师——”班长肖跃东喊着我说，“这篇文章是黄燕写的！”

“哪个叫黄燕？”当时我还不怎么认识她，余莉莉等人于是把她给我带到了面前，我注目一看，呀，这姑娘好漂亮！文文静静、大大方方的，不事雕琢但很精神。我说：

“对不起，黄燕同学……文章的稿费一定发给你。”

“没关系”，她莞尔一笑说，“我听老师的。”

第一次发表文章就当了无名英雄，她心中其实一定很在意，但她竟表现得若无其事。

黄燕懂规矩。她上课从不迟到早退，也从不磕个瓜子儿打个盹儿玩什么小动作，难怪都上课半个学期了，我还不认识她。2006 年暑假，我把她和教科系的万晴勤一起叫到当时还在星湖校区的编辑部办公室校对学报大样，说好工作时间共为三天，第三天下午五点钟走人。第一天、第二天两个人都坚持得很好，到了第三天下午“小精灵”万晴勤坐不住了，一会儿看表一会儿又反复问回重庆的末班车到底是多久，黄燕却仍端坐着伏案看稿连头也不抬一下；四点半钟的时候她的手机响动，明显是有人在发短信催了，她仍旧没理睬；四点四十分时窗外有人影晃了一下，我也忍不住了便开口问她：

“燕子，是不是男朋友催上门来了？”

“不是他——”她居然依旧连头也没有抬一下，“他难道不想在学校混了么！”

女编辑钟昭会忍不住跑到门口看了看，折回时也不禁惊异得直笑：“燕子乖乖，你真的好自信——那个人是想找夏老师交稿……”

黄燕有悟性。于 2006 年 4 月下旬举办的重庆市第九届大学生田径锦标赛，我只派了她一个人随队采访。临行我特地交代她说：

“燕子同志，请注意哈，全市大学生运动会年年有一轮，又年年都是我们学校稳拿冠军，但文章可不能跟去年写成一样……”

“哎呀——”她把头一扬，脑后的燕尾儿也漾了一下，“干脆点说，你想我把文章写成啥样？”

“总的说来是，出点新意嘛——”我说，“具体说台前和幕后都要体现，点上的有面上也要有，最好还有点回顾与展望……”

“你要求好高啊——”钟昭会轻轻嘟囔一声，编辑部几个老师便都笑。但她却爽快地应一声“作数”便扭头走了。几天后返回写成的长篇通讯《这个夏天，我们又被文理健儿感动——我校赴重庆市第九届大学生田径锦标赛代表队巡礼》果然不同凡响，在往年的基础上又有所创新，并且果然连回顾与展望都有了。

在那之前和之后，她分别与肖跃东和李文富合写了人物通讯《永不停止跃进的脚步——记我校教育科学系裴跃进教授》(《重庆文理学院报》2006年3月10日第3版)和事件通讯《以文化人树文人，化人为文铸人文——我校文学与传媒系育人纪略》(《重庆文理学院报》2006年9月25日第3版)，记人叙事都各具特色，之后独立采写的《秉承文理教育之思想，铸就理学教育之支撑——我校数学与计算机科学系育人纪略》(《重庆文理学院报》2006年10月10日第3版)如果说亦有力度的话，《OUTLOOK·开眼看世界——我校外国语系发展纪略》(《重庆文理学院报》2006年10月28日第3版)则堪称别开生面，在内容和风格上都别具一格。

当然，这些都是命题作文，她自主采写的《一个没有悬念的故事》还更有特色，于2006年11月25日在校报发表后，获得了重庆市高校校报好新闻一等奖和重庆新闻奖三等奖。也将其全文转录于下。

一个没有悬念的故事

黄燕

许银没有想到，当她走到桃花岛的“岛”字时，她就真的“倒”了下去。

刘元龙同样没有想到，刚洗完澡半个小时不到，他竟然又洗了一次！

10月27日晚上8点多钟，我校2006级新生许银跟同寝室的两个同学晚饭后散步到桃花岛，三人在入岛的路口坐了一会，两个朋友就招呼许银一起绕湖边逛逛。于是她们选择了走岛右边用碎瓷片嵌着“桃花岛”三个字的那条石板路。两个朋友走在前面，许银在后面不紧不慢地跟着。

那天是许银第二次去桃花岛，又是晚上，兀自想着心事的她竟没留意脚下。

到了该转弯的地方，她居然还是径直向前走。右脚踩空的时候，许银还在天真地想，这个台阶好像有点高，我的脚怎么还没有落到地面哟！直到听见“咚”的一声水响，她才暗叫了一声糟糕——知道自己已经掉进湖里了。

听见“咚”的一声水响，湖对面看不清楚情况的2005级体教专业学生刘元龙想：谁那么缺德啊！搬着大块儿的石头往湖里扔。

但是紧接着刘元龙就听到了两个女生惊慌失措地喊救命的声音，当时他什么都没想，立马就冲了过来。那天刘元龙穿着一件跳街舞的黄色外套，很大。他看了一眼许银的位置，连忙脱下外套跳了下去。刘元龙身高174厘米，跳到湖里，水似乎刚好淹到他的鼻子。而再往前游几下，水深就显得不可测了。这个时候刘元龙伸出手，已经刚好就可以拉到许银。

许银落到水里之后，她的两个朋友很着急，冲过来的刘元龙很着急，附近闻讯而来的同学也很着急，最不着急的好像是她自己，她强作镇定地想：应该不会有事的，同学不是在帮着喊么。因此，她就不太慌乱，更没有哭。靠着学到的一些常识，她开始还有意识地用手划几下，让自己不至于很快就沉下去，听到有人已经跳下水救她，她就索性不动了。

刘元龙呢？事过之后他说，当时自己的动作有些粗鲁，用了很大的力，因为担心如果拉不过来的话，可能反将对方推到水更深的地方去。他先是抓到了许银的头发，然后相继是脖子，手，腰，最后总算把她托举到岸边，由岸上的同学拉了上去。上岸之后，许银觉得自己全身都没了力气，整个人都软了。在地上坐了一会儿，把整个过程回想一遍，她开始后怕了：“要是没有人救我，今晚怎么办？”

刘元龙也有些后怕，他也就是上初中的时候学过几把水，最多也就能游个四五十米远，而且已经快五年没有游泳了。当时他连水有多深都不太清楚，如果没有顺利抓住许银，他就必须游到她身边。那样的话，保险系数有多大，他自己也不知道。

上岸之后的刘元龙看到许银有朋友照顾，只交代了一句：“快点把她送回寝室，莫感冒了”，就拿起外套离开了。回宿舍经过管理员办公室的时候，宿管老师问他怎么全身湿透了。刘元龙开玩笑说：“又洗了个澡”。

回去之后，许银才想起来，自己连是谁救的都还不知道，也没有说声谢谢。

第二天她开始和同学商量着怎么在星湖校区的几千人中找出这个人。于是，他们花了两个小时，总算做好了几张足有几百字的《寻恩人启事》，把刘元龙的特征描述得很清楚。启事才贴了第二张，就有人知道是谁了。一个男生看见之后，叫了一声“哇噻!”就冲进了男生一舍。之后不久，许银就接到了男生一舍宿管老师的电话，让她到值班室去一趟。然后宿管老师打电话把那天一身湿透，并且告诉他“又洗了个澡”的刘元龙叫到了办公室。

初见面时，刘元龙很不自在。一会儿把外套穿上，一会儿又脱下来拿着。怎么都还是觉得别扭，到后来自己都嘲笑自己像条变色龙一样。他没想到许银会来找他，因为他觉得：“看到有人落水，就应该赶紧救人，这是很自然的事情。”而许银则觉得：“别人既然冒着危险救了我，就应该找到人家说声谢谢，这也是很自然的事情。”他们两个都没有想到，就是这样一个几乎没有什么悬念的故事，在老师和同学们中间传了很久。

“有为有位”，这话颇在理。到2007年上半年停课在编辑部实习时，黄燕也和两年前的李文富、吴朝平一样，俨然成了我不可或缺的得力助手——编辑部的正式一员，学校好几个部门的负责同志看着眼红，便纷纷打听她的毕业去向，想把她招到自己的部门工作。

可是，也只能怪造化弄人，类似吴朝平毕业时的那种良机已经不再。2007年7月初，我带着万分惋惜的心情把黄燕送到了由尹道勇担任总编的大足日报社。而到当年9月《重庆文理学院学报》（社科版）增刊刊出黄燕的优秀毕业论文《故事中国，人文天下——从地域特色看重庆卫视的麻辣风格》时，自然又引发了一阵阵“人才难得”的感叹……

黄燕于毕业前夕与本书编著者及已留校工作的吴朝平合影

十五　小精灵万晴勤和同学左海蓝

谈到毕业论文，前前后后我带的文传学院学生毕业论文少说也有一百多件

了，而只有黄燕，是论文写作质量最高也让我最为省心的一个主儿：从论文的选题到文章的谋篇布局都是她自己在不长的时间内一气呵成，我还真就只是帮她“把把关”盯一盯错别字而已。

有人说，黄燕居然没有读研究生，可惜了！而我则以为，如果有条件让她深造，她便是上个名牌大学的博士也是极有可能的。

当然，黄燕也不是没有缺点，太多的掌声和溢美之声，也助长了她的骄傲情绪。她的这种情绪具体表现为曾经一度心浮气躁，遇事总是急于求成……

黄燕走后，编辑部还有万晴勤、左海蓝、王清、吴巧等几位学生记者，还有专门负责报刊发行的戴锐。万晴勤是教科系小教理科2004级学生，但我发现她比认识黄燕还要早半年。

那是2005年暮春时节，校团委举办学生技能大赛，照例把我等几人请去当评委。然而就是这次，一位娇小玲珑的女生深深地吸引了我，她脑筋思考判断题，嘴巴朗诵宋词手提毛笔书写大字，脑、嘴、手各行其是但一气呵成，判断正确，朗诵感人，书写精彩，看得我一拍巴掌跳了起来：“高分，这个学生得高分没问题！”

我这人是“才迷”，很快就把在技能大赛上表现卓越的万晴勤网罗到了自己的门下。她也没有让我失望，从2005年下学期开始，带着厚厚的一摞稿子提前到学校，试着当校报副刊的见习编辑并连载她自己撰写的系列散文《老屋，你好》，一载就是好几期，并且尝试写新闻也出手不凡，与张华林联合采写了长篇通讯《生命在律动中闪光——记我校美术系张咏清教授》，发表在校报2005年11月25日的第3版上。这里转录她《老屋，你好》的第一部分。

老屋，你好

万晴勤

本以为真正的感情是不可道白的。它总是爱遮上朦胧的细纱，如此才觉得完美。好比说欣赏一朵娇美的鲜花，我们最好是远观其容、近赏其芳，而对于一具枯木，你又会怎样呢？我不求枯木逢春，只愿它在枯朽之前再在记忆之中画上深深的一笔，最后道一声：“老屋，你好！”

想想老屋的衰败也就是近十年的光景。在以前，它也算是热闹着呢！想想吧，四层楼一共住了四十八家人，又是公用阳台、公用厨房、公用厕所、公共走廊，一切可以公用的，大家都毫不吝啬地公用着。当然，还有那欢声与笑语、

郁闷与悲伤。人们流动其间，穿梭如鲜活灵动的鱼，但在岁月的河流中，终究有一天还是游累了……于是，一切都像年代久远的老照片，影像发黄而不真实。

再次踏上去往老屋必经的青石街与年久失修、凹凸不平的石板路，却感不到一丝倦意。逃离了城市的喧嚣，步入似乎被这繁华都市遗忘的角落。近了的是依旧泛着红晕的老屋，远去的竟是留不住的青春，是她的，也是我的……慢慢地懂得了珍惜。

（一）

“李伯伯，掺开水了！才烧开的‘新鲜开水’！”这是母亲每天早上起来后的头等大事（比出早操还准时）。她叫的“李伯伯”，其实就是住在我家隔壁的李家爷爷，他是我见过的最懂情谊的老头。

李爷爷退休前是眼镜行的技术工人。在那个年代配副眼镜不是易事，但不管谁请他帮忙，他都乐于相助，从不求什么回报。“都是街坊邻里的，没得啥子”，“说这些做啥子嘛，都几十年的邻居了”“没问题，下次再说声就行了”……至今也总有长辈提起曾经那副得来不易的眼镜和那个不太爱笑的李老头。

听到父辈们将他们小时候的路灯弄坏了、保险弄粗了或是其他什么，李爷爷总是不多说什么自己就悄悄地换了、修了，也从不说钱不钱的……到我都快十岁的时候，自然他也老了，那把“雷锋的枪”便传给了他的大儿子。李爷爷在妻子张婆婆去世后紧随而去。时光在生命的来来往往中对每一个人说了再见，直到现在老屋都快拆了，人们也早已逐一搬出了这里，枪在无奈中“失传”了。灯，由它自生自灭吧……

（二）

一带黑如墨的远山，一段抹不去的往事。遥望正对的南山，一轮如血的夕阳。曾经还清晰可见的老君洞，而今尽已如那仙境般云雾缭绕。一人，一树，一支昔日传唱的歌谣，从未尘封的忆境引出略显梦幻的童年，童年的记忆中有一座老屋。

不知没有回头的路叫不叫远方，没有喧嚣的老屋是否越发离我远了？左脚的黎明刚刚迈出，右脚的黄昏就已赶上。老屋是这样，老屋中的人亦是如此。

张婆婆走了，先登极乐并让李爷爷也随之而去，楼上的老人们一个接一个像是在冥冥之中早已排好了队，都悄悄离我们而去。现如今就只剩下几位，用他们满头的银丝和满脸的皱纹见证着老屋过去的辉煌。

上完那十六步陈迹斑斑的木阶梯，只见邓婆婆一人坐在竹椅上，他们一家是唯一还未搬出 80 号的老邻居了。她是前些天摔坏了腿。80 几的老太太平日里虽然雪丝披头，但身手都很利落，而现在一个人萎缩在椅子上，让人见了难免有些鼻子酸涩。

邓婆婆是个苦命人，年轻时候家里还是书香门第，后来又嫁了个军官，应该算得上是好命了，但谁料战火连年，1949 年以前竟然走散了，她一个人挺着个大肚子，还带着自己的大儿子和丈夫的小妹妹，几个人在四五十年代的旧重庆四处奔走，最终扎下了根，就是在这栋砖木结构，当时被称作“新房子”的老屋……

当年的“小精灵”万晴勤

一则好潇洒好活泼好有人情味儿的记叙散文，后面几则当然也是不乏精彩，真后悔没引导她专攻散文！进入 2006 年，万晴勤的新闻写作已步入正轨，独自采写了《树立社会主义荣辱观也要从小事做起 ——记一些发生在笔者身边的平凡故事》（载《重庆文理学院报》2006 年 4 月 10 日第 3 版）、《乘“三标一体”之风而来 ——记新任我校生科系副主任的李传印教授》（载《重庆文理学院报》2006 年 6 月 10 日第 3 版）等好几篇大块头文章，其中《树立社会主义荣辱观……》一篇尤其具影响，当时学校好几个部门的负责人，都曾向我打听万晴勤是谁。

“嘿，就忘记了么 ——就是嘴头朗诵‘大江东去浪淘尽’手头拿着毛笔写‘奋进’那个女生呀！”

这么答应着，我竟比自己出了彩还要得意。

万晴勤嗓音好，入主教广台时每天清晨报晓的那段说辞，曾被人们录下来沿用了很久。在野外为练嗓子放声尖叫，声音可以轻而易举地传播几百米。

万晴勤很重情。2007 年下半年离校外出实习时，她就送了我一件她亲手织就的丝织品和两张照片。两张照片我迄今珍藏着，丝织品却在搬家时不慎遗失，迄今想起来尚着实不安。

除了万晴勤，外语2004级的左海蓝也是一位很好的学生，她是我在《大学语文》课中发现的苗子，上课时总爱早到，抢前排位子，课间也喜欢托着腮帮思考问题。在编辑部行走那两年，长长短短地也发表了不少文章。但她的性格，与黄燕和万晴勤都截然不同，似过于文静了些，来去轻轻，轻得没半点声响，现在回忆起来便太艰难，特将她发表在2005年3月10日校报上的短文《压力便是动力》转录于后。

压力便是动力

左海蓝

上周四的写作课上，×老师将他刊于大学学报上的两篇论文用作范文来讲解议论文的写作要求。其中第一篇就是老师本人所作的《校报学生记者培养刍探》。鲜明的题目立刻吸引了我。我想起上学期期末×老师在办公室对我们所说的一番话："下学期你们班将不再开设'大学语文课'，但是我们师生缘分未尽。如果你们愿意，我将培养你们朝学生记者方向发展，最终培养你们成为校报合格的学生记者。当然，也要看你们是否愿意将大量的课余时间花在这上面，自身是否努力。"这真是让我受宠若惊！原以为无缘相会自小便喜爱的文学了，没想到居然有如此良机落到我这个非汉语言文学专业的学子头上！而也正是由于这个机会让我继而接触到了此文。这篇《校报学生记者培养刍探》，论点清晰明了，文意简明扼要。无疑是我们学习的典范，也深深地触动了每一个被培养的学生记者啊！

说实话，我从来都不擅长写议论文。我始终认为那种套格式的文章无意义更无新颖可言，不易出彩也不会出彩。于是自然而然地，我所接触到的每一个作文命题，必定会被我以记叙文文体形式包装后再出产。毕竟我始终相信，通过情节生动新颖的故事能蕴藏更深刻的道理，留给读者的印象也更为深刻。我喜欢也期待读者的共鸣!可是如×老师文章所述，"编辑和记者之所以被称为'杂家'即是说虽然不让他们门门学问都非常精通，却要求他们最好能够各方面的知识都懂得一些，各种能力都具备一些。"这即是此文所提到的"在传授知识上要博"。确实，我已拜读过老师各种文体的文章。无论是生动的叙述还是精要的评论，都充分体现出了作者扎实深厚的写作功底。这是一种无形的压力，我体会到了我心目中所向往的"记者"职业确实不简单。所以，手中的笔杆不再只为美丽精彩的故事而滑动。分秒不停的现实生活中，每日每时的新闻时事如何以正规的格式专业的水平着墨？那么，压力便是动力！只是羡慕崇拜编辑部里每一位优秀的老师和师姐、师兄的才能自然不够，留心观察，认真向他们学习每一处工作细节、每一个经验却是必不可少的。为早日成为合格优秀的“学生记者”，也即是为达到论文中“质量上要高”的标准。自这学期参与到校报的校对制作程序，才深深地感受到了《渝西学院报》的分量。每一篇文章都经由每一位老师细心斟酌，每一个标点每一个文字每一种格式等都被反复修改。这种既要考文字功底又要考责任心、细致度而出产的高质量成品不正体现了制作者高质量的专业素养吗？“博”和“高”即是我们被培养者所应努力达到的目标。而“爱”与“严”则充分显示出编辑老师们高尚的师德及对我们每一位被培养者的关爱之情。虽然此论文的读者对象主要为高等学府的编辑老师即培养者们，但当我这位被培养者读及此文后，得到的启示也是深刻的。作为一个新进编辑部的被培养者，看着忙碌的老师们总想为他们帮上一点忙，却什么都还不懂。可是每一位老师、师兄、师姐对我们这些极“少”的被培养者无不细心关照、耐心教导，真情实感无不处处流露。我相信这是每一位当过学生记者的或正在被培养的学生记者同学们所共有的感受，那些满心的感激与尊敬无须以长篇大论来煽情，也不是“感谢”二字便可以囊括的。这或许也是千百年来所赞不尽述不全的师徒情分、诚挚人性吧！

读罢此文，感触颇多。能容易地从中读出道理而无乏味之意，算作经典；其内容紧贴身旁，语句既实在又点题，算作感动。此文论述的每一要点都深深体现出了老师对学生的尽职尽责，而“少、高、博、爱、严”等丰富精要的培养经验总结无疑又折射出老师对学生的深深关爱。从以培养者为读者而作的此文看到培养者都全力以赴了，作为被培养者又岂能喊几句口号了事呢？该论文的写作手法值得借鉴，评述的内容更是要印证在每一位被培养者的身上啊！于是，尚未完成目标而来的“压力”便是还需不断学习锻炼的“动力”。

这妹崽其实是很有悟性的！从这篇文章可以看出，所谓“埋头汉、奄耳狗，嘴上不说心里有”这句并不怎么好听的俗语，用在左海蓝身上其实很恰当。

十六　王清、吴巧与戴锐

广电新闻专业的王清和吴巧，是在2006年下半年上了我的“报纸编辑学”

等专业课程后，才主动申请到编辑部来参加实践的。长得小巧的王清先来，之后她又向我推荐了高挑的吴巧。

2006年年底，王清在李文富的带领下采写了长篇通讯《呕心栽培经世之器，壮志将酬治国之略——我校经济与管理系发展纪略》。进入2007年，王清的笔头日渐硬朗，她在牵头采写了长篇通讯《植根渝西这片沃土之中——我校陈子庄美术学院发展纪略》（载《重庆文理学院报》2007年3月25日第3版）后，被指派为我校赴全市第十届大运会的随队记者，返校后，写成了长篇通讯《这个初夏，文理健儿续写不败神话——我校体育健儿征战重庆市第十届大学生田径锦标赛剪影》，与帮她修改的陈挚联合署名发表在校报2007年5月25日第2版上。

2007年暑假，学校迎接教育部本科教学评估的"评建"工作已经进入最后的冲刺阶段，整个假期均要加班。我只得仍旧让王清"廖化作先锋"——作为校报特派记者随"三下乡"实践总队远赴梁平，返校后她不但牵头发表了长篇通讯《风雨兼程四百里，奉献真情谱凯歌》，还发表了一篇题为《不虚此行》的随笔。

——当然不虚此行，此行她不但进一步经受了锻炼，还与渝西青年社的小社长杨雪峰结下了终生的情缘。这里就转载她的《不虚此行》。

不虚此行

王 清

怀着对"三下乡"的无限期待，我和同学们在一个细雨飘飞的清晨踏上了梁平云龙之行。我是一个不爱问但爱观察的人，这样一次"三下乡"之行，我的所见和所闻，都是那么平凡而特别。

此行的队伍中，我被分配到的宣传组有五位同学，两个老师，其中就有我的指导老师夏明宇。有夏老师在，我安心了许多。可是夏老师事务繁多，"三下乡"活动有一周，夏老师却只能待两天，在掌握了大致的情况，给我们做了总体的布置后，就和音乐系党总支李劲松书记一起回到了学校。剩下的就是年轻的胡老师和四位师弟了。这师姐可不好当，本来自己都只有半罐水，还要尽好师姐的责任，指点好师弟们，结果却反过来让他们给我上了几堂生动的课。

梁学仁还只是刚结束大一课程的新生，但文质彬彬、性格内敛的他却有一手好书法，令我不得不竖起大拇指。罗俊、袁南宁和我同是广播电视新闻专业的学生，我比他们大一届，但他们各有所长。罗俊擅长拍摄，他顶着烈日端着摄像机，记录下了"三下乡"活动一幅幅珍贵的画面。在空闲的时候，我也会拿着摄像机帮忙拍摄一些。而普通话好、主持能力强的袁南宁则和许静搭档担任了"牵手云龙镇，共建新农村"心连心文艺演出的主持人。许静是2006级音乐系本科的同学，她聪明勤奋，很喜欢自己的专业。

为了加强主持人的修养，许静还拜杨雪峰为师，决心好好学习文学。这个杨雪峰，是渝西青年社的社长，他文采不凡，也很有社长的风范，我这个师姐遇到他，也只有打下手的份儿。这就是我们特色鲜明的"宣传组"。

一周时间里，大家配合默契，各显身手，在烈日暴晒，汗水浸泡中，锻炼并成长，也对"三下乡"活动和云龙镇有了自己的观察和体验。在云龙镇的一周里，见到的当地人大多是中老年人，青壮年很少。听云龙镇镇长说，这是我国西部农村常见的状况：乡镇的工业比较少，对劳动力的需求不多，很多青壮年都选择了外出打工，留下中老年人在家种地、照顾小孩。

不过当地群众对知识的渴求还是很强烈的，农业技术组的周大学、靳鑫等同学刚把一些种植蔬菜、蓄养家禽、巧施农药等宣传资料摆出来，还没来得及发放就被群众一抢而空了。从他们身上，我看到了农民对于知识的渴求，也看到了科技兴农的希望。

梁平盛产柚子，云龙是梁平的一个小镇，当然柚子的长势也很好。现在是柚子即将收获的季节，随处可见柚子树上结满了硕大的果实。下到人民村进行"三下乡"服务时，我在家电维修组设的服务点拍摄了一些同学埋头苦干和农民从四面八方背着电器赶过来的画面后，就准备去义务看诊那边看看。走路喜欢东张西望的我没有看到前面有一棵结满果实的柚子树，柚子已经长到比我矮不了多少的地方了，结果一头撞去"嘣哧"一响，笑坏了走在后面的魏维同学，可痛坏了我的头。

这样一次"三下乡"活动，让我不光增长了见识，还结识了很多厉害的人物。同行的老师都是很优秀的，他们不畏艰苦，上山下田，身体力行，为群众服务的画面，让我很是感动和敬佩。除此之外还有一大堆可爱的同学们。"三下乡"期间，和我同寝室的有三个人，她们可都不是简单的人物。黄利容是中国职业教育校园歌手电视大赛"石油杯"冠军，袁艺璐是个大大咧咧的女孩子，连校团委宋明江书记都夸她有"侠义"心肠。她最擅长的就是街舞，节奏感强、动作干脆利落，别人很容易就被她的舞步给吸引进去了。个子高高的康利是很有生活节奏的，每天一到点就睡觉，也不管我们闹不闹。其实那是因为她被累着了，每天晚上她都要教当地群众跳健美操，并且还要为其他累了的同学按摩。

还有很多老师和同学，他们都为我树立了很不错的榜样，要让我一一说下去的话，可能要说好几个晚上，那些生动而琐碎，但充满热情与感激的画面，不仅是记录在了我们的摄像头里，并且更深深地镌刻在了我的脑海中，成为了难以磨灭的影像。此次赴云龙镇“三下乡”，的确是不虚此行。

（原载《重庆文理学院报》2007年8月5日第3版）

2014年11月杨雪峰、王清夫妇返校时与本书编著者夫妇合影

吴巧给我的第一印象是高挑，一个重庆女孩竟然长到了174公分。但吴巧人高心却不高，属于那种安分守己的小家碧玉，无论做什么都很谦让，说话轻轻的、不急不缓的。

吴巧比王清后到编辑部，自然就比王清后发表文章。直到2007年上半年才开始发表短消息，2007年6月25日与王清等合作发表了长篇通讯《老骥伏枥献大爱，春风化雨显仁心——记老有所为，关爱学生的退休教师曾德芳》。但从2007年9月起，她独自撰写了题为《暑假实习散记》的系列通讯在校报发表，一共连载了五六期。文章真实地记载了她在学校报刊编辑部实习的所见所闻和所感，真实地记录了一所新建本科院校首次迎接教育部本科教学评估前夕的繁忙和紧张，迄今看来仍有纪念和参考价值。特将其开头一段摘录如下。

暑假实习散记

吴 巧

带着早一些接触社会的那一份渴望，今年暑假，我回家只待了几天就返回

了学校，提前开始了我在学校报刊编辑部的实习生活。

“上班”的第一天，编辑部主任夏老师（时而严谨得要命时而又显得有点儿和蔼可亲的怪老头儿，背地里同学们都叫他“夏伯伯”）告诉我，报刊编辑部是一个集学校学术理论阵地和宣传舆论阵地为一体的业务部门，一个首要的任务就是编辑、出版和发行学校的两刊一报。所谓“一报”，当然就是我们早已熟悉的《重庆文理学院报》；而那“两刊”对于我来说却既陌生又新鲜。端着那两本还散发着淡淡的油墨香，印有“国际标准连续出版物号”“国内统一连续出版物号”和条形码的《重庆文理学院学报》社会科学版和自然科学版摩挲良久，翻看了一下内容，不禁联想起上学期才初步涉猎的论文写作，于是便产生了一种神秘和高不可攀的感觉。好在“夏伯伯”让我首先接触的是校报。除了“夏伯伯”,我的另一位实习指导老师便是刚从西南大学新闻传媒学院拿到硕士学位的陈挚老师。

终于要将三年多来所学的书本知识付诸实际了，我心中很是期待，满以为又要大干一番，哪知陈老师交给我的第一个任务既不是采，也不是写，而是校稿。她将稿子给我，嘱咐我改正错别字，对不通顺的语句进行调整，注意标点符号是否正确……

我接过稿子，不屑地撇了撇嘴，心里想着：“早在大二的《编辑学概论》这门课上我就学过校对了，而且取得了优异的成绩。校对对于我来说是小菜一碟，马上就能完成任务。”为了显示能力，我迅速地将她交给我的几篇文章浏览了一遍，改了几个错别字，调整了一些不通顺的语句。

“陈老师，改完了。”我洋洋自得地将稿子交给她。

“这么快呀，你才开始接触校对工作，不要追求速度，要看细致，拿去再改一遍吧。”

“还改这几篇？”我瞪大了眼睛望着她。

“校对要求‘三校三改’，就连经验丰富的编辑也是按这个规律行事。改一次肯定是不行的，再看一遍，改仔细点。”陈老师耐心地对我说。

我却极不耐烦：“用得着翻来覆去地改吗？书本上要求校对稿子进行‘三校三改’纯粹是浪费时间，我从来不按它的要求办，还不是照样考高分，哪有必要遵循这死理论，还不如把重复看的时间省下来干另外的事情。况且在我看来，‘三校三改’是没有能力的体现，让我再看一次，分明是不相信我的能力。”我不禁在心里嘀咕。虽十二万分不情愿，但师命难违，我只得再一次拿起稿子漫不经心地看起来。

可真是不看不知道，一看吓一跳。看着看着，我脸上温度骤升，双颊开始发烫，原来文章中一些明显的问题我刚才并没有发现。比如有一些句子乍看字没有错，读来也通顺，似乎没有问题，但稍稍留心就会发现句子逻辑混乱，或者是前后矛盾，或者前后毫无联系，赶快悄悄地提笔改正了。陆续还发现一些问题，都对其进行了一一修改……

（原载《重庆文理学院报》2007年9月10日第3版）

2014年时的吴巧（中）

是的，从2007年下半年起，已经进入大四的吴巧停课到编辑部全天候实习。在陪伴我们度过忙乱且紧张的“迎评”之役后，一个偶然的机会，竟给她的命运带来了转机。

那是2007年11月初，顺利通过教育部本科教学评估后，学校的学术活动又趋频繁，时任华侨大学社科部部长和博士生导师的学弟杨楹，在返校开完讲座后到编辑部看我，恰好吴巧在，我便叫她快给杨老师泡杯茶。

“哟，这女生个儿好高！”吴巧离去时杨楹望着她的背影儿脱口叫道。

“不但人长得高，文笔也可以，学习成绩也好，大二时外语就过了六级。”

我趁势把她夸了一下，不料说者无意听者有心，杨楹立刻就问吴巧报考了哪所大学的研究生，我说她因为老汉下岗了没报研究生，杨楹说那就现在赶快报呀，报我的，我保证让她公费读研。”

当时还是第二年的1月进行研究生考试，但满打满算也只有两个月了，杨楹要吴巧集中精力突击专业课，而外语只要有过六级的基础就行。吴巧遵令照办，我们也支持她，经过两个月奋战，她果然成功了。

但是，拿到硕士学位的吴巧知识有了增长，性格却没有改变，不擅交往的她迄今还是一个人。今年我还在电话上和王清谈起这件事，王清也答应帮她找找看……

戴锐在编辑部从事报刊发行工作，他和吴朝平一样与我沾亲，但他的辈分小得吓人，连他的母亲也是我远房的侄孙女，因此他得叫我“祖祖”，这个称呼让我很不好意思，但渐渐地便习惯成自然了。

“要喊夏老师！”从他到编辑部做发行的那一天起，我便严肃认真地告诉过他。

戴锐是以中等偏高的分数考进渝西学院中文系的，但他自己没有表现出写作的欲望，我也就没有叫他写，知道他家庭困难本人又勤快，就叫他负责学报和校报的发行挣点儿勤工助学费。他也果然能胜任这份工作，由于他高度认真负责，常常做得比我想要的还好。“注意身体——莫把腰杆呀腿脚的哪里伤着了！”看见他经常跑得汗流浃背，我不得不提醒他。

“没关系——不会累倒的，祖祖——哦，夏老师……”他却若无其事似的笑笑答话说。

善良，勤劳，朴实，自爱。有其子必有其母。戴锐的母亲给我送过好几次江津的广柑和红苕，但每次都是连人都见不到——她总是一送到就马上赶车走了，东西都是让戴锐转交的。

“必须喊你妈来要”我下命令说，“不然我就不要她的红苕了！”

待见面我才发现，她当时四十岁刚出头，还是城镇妇女搽口红、染指甲的年纪，可满脸都布满了皱纹，一双手粗糙得像松树皮一样。

拿钱给她，她急得要哭总不肯收下。后来还是夫人教训我说：“你傻呀，她这样做都是为了她儿，你把钱给她儿子不就完了！”

戴锐毕业后考上了公务员，现在早已娶妻生子，我和他通电话时总是叮嘱他好好工作，叮嘱他两口儿要孝敬他母亲。

戴锐（左一）于毕业前夕与老师同学在星湖大校门前合影

十七　研究生陈挚和周独奇的故事

现在来说一说陈挚和周独奇的故事。

陈挚是西南大学 2007 届研究生。但到了 2007 年，研究生就业已经比较困难了。然而陈挚还算有人缘，就在她的导师董小玉教授给我打电话的第二天上午，本校人事处长的电话也打了过来，说学校已同意把钟昭会调离后的空缺给我修补好，要我抓紧考察一位名叫陈挚的研究生。

哟，考察还要抓紧！该不会又是什么关系户吧？由于已经在人员进出上吃过苦头，我放下电话脑筋就开始转动起来，随即打定主意“抓紧就抓紧”，马上通知那人来面试，不是合适的人选好抓紧找下一位。

那是 2007 年 1 月下旬里的一天，学校已经放寒假了，校园里很是清静。但稍稍让我吃惊的是，走进我办公室的那位女研究生，是一个地道的 80 后女孩，非但没有什么骄娇二气，倒显得有些紧张与局促，紧张得甚至可以说是战战兢兢。

见她这样子，我松了一口气，再看看她随身携带的几篇作品复印件和曾在出版单位实习的证明，便宣布面试可以结束了。

“吃了午饭走嘛。”我说，“我先喊个女老师来陪你坐坐。”想到她专门从北碚赶来，我真心实意请她吃了饭再走。“不了，不——”也不知道是不是受宠若惊，反正她显得有些慌乱，坚决地辞别走了，甚至没有对我说一句表决心或者讨好的话。

鉴于教育部本科教学水平评估已经迫近，学校各部门正值用人之际，寒假刚过我就让陈挚过来上班了。她的研究生课程已经学完，但是要等到五六月份毕业论文答辩通过后才能拿到证书，因此上半年是试用，拿生活补贴；待正式毕业并考察合格即正式录用。

陈挚到编辑部上班后，我让她和周独奇一起编校报。我知道她曾在出版社实习，学着编校过大部头书稿；我也读了她好几篇随笔体散文，知她其实就是个具有研究生学历的文学青年，如果再让她整日伏案做学报编辑，会把本就性格内敛的她搞得更显老气的。

事实当然是我安排对了，沉静内敛的陈挚和活泼好动的周独奇，很快就成为最佳搭档——是的，此前从未写过新闻稿的陈挚上手也很快，3 月 1 日才报到上班，3 月 10 日就发表了《女师生员工欢度“三八”节》《我校召开新学期工作会》等几条纯新闻，再稍后的 3 月 25 日，她就开始发表《中组部团中央第七批赴渝“博士服务团”莅校开展智力支持活动》等重要报道了。当然，她和周独奇都更拿手的，还是可以糅入文学创作手法的通讯写作。她的《一种状态，几样人生——返校进修学习的成功企业家张万明校友访问记》(《重庆文理学院报》2007 年 6 月 10 日第 2 版)、《在兴趣与事业相统一的道路上无悔终身——记新到校任教的綦明男教授》(《重庆文理学院报》2007 年 7 月 25 日第 3 版)、《读诗词不寂寞 · 做学问亦生活——记新到校的文传系教授杨忠谦》(《重庆文理学院报》2007 年 9 月 10 日第 3 版）等篇，虽然尚不及后来采写的《向祖国报告：以文化传承的使命捧出教育创新的成果——我校荣获国家教学成果一等奖纪略》(《重庆文理学院报》2009 年 9 月 30 日第 2 版）等文章那样具有深度和广度，但在当时，却不折不扣地奠定了她在学校及校报工作的基础。也是觉得陈挚太内敛了些，千方百计要提高她的自信心，我总是及时地表扬她。我甚至感叹说，陈挚给我带来的是意外惊喜，陈挚，简直就是上帝送给我的一份礼物！

周独奇是本校 2006 届本科毕业生，是我的恩师——著名诗人和文学理论家石天河（周天哲）先生年近六旬时才得到的独生子。2006 年他毕业时，作为离休干部的他老汉儿已届 82 岁高龄,学校决定根据相关政策让周独奇留校工作并拿出几个部门供他选择，他自己选择了报刊编辑部。

我是亲眼看着周独奇出生和逐步成长的,小时候逗着他玩时也曾经昵称“独奇宝贝”，可那天他到编辑部报到时我故意板起脸，一本正经地叫他“周独奇同志……”

“晓得，晓得，公事公办——”知道我是要提醒他什么，他既有点委屈又有点不耐烦地使劲点了一点头，“我不会喊你韩青叔叔！”

也好，快人快语，不像有些公子哥儿那么难得伺候。

周独奇刚在本校读了四年本科，又一直是班长、系团总支副书记等学生干部，写官样文章和新闻报道都是手到擒来，2006 年下半年开学第一期就发表了好几则消息和概貌通讯《久旱逢甘雨，迎新佳话多——2006 级新生接待工作侧记》(《重庆文理学院报》2006 年 9 月 10 日第 2 版)。此后，他不但每期都能发几则消息报道，还开始撰写长篇通讯和杂文，他曾经发表过题为《粒粒皆辛苦》(《重庆文理学院报》2006 年 10 月 10 日第 3 版）的杂文，其中有句话让人记忆犹新“本人食量与八戒兄不相上下但是尚知道节俭”，并且他将自己电脑中的文件夹定名为“猪的文件夹”了，以致后来大家熟识了，陈挚和吴朝平都昵称他“猪猪”。这里转录“猪猪”的《粒粒皆辛苦》。

粒粒皆辛苦

周独奇

伴随着一场秋雨，天气从酷暑中解脱出来，食堂里有了凉秋的清爽，进食堂用餐再也不用挥汗如雨了。

我自度全身上下没得哪根汗毛有什么优点，但却有一个特点是超人的，就是饭菜无论多寡，只要进了我的盘子，那就绝不会随意将它丢弃：一是由于本人食量与八戒兄不相上下；二是因为我虽未“锄禾日当午”，但是对“粒粒皆辛苦”却大体是明白的。所以，只要它是我的“盘中餐”，我一定会把它像战场上的敌人一样消灭干净。

记得家父在难中时，曾作了一篇《稀饭赞》，让我感触良多：

稀饭真正好，端起就开喝；
何必说饱肚，肯定能解渴。
又能作镜子，又能当泻药；
捞完几颗米，洗手又洗脚。

这首小诗中含有幽默的讽刺：困难时期，没几颗米的稀饭，让人何等难堪！在今天，这就能够让人反过来领会到米饭的珍贵。我觉得，这也是我不敢浪费米饭的家教渊源。

食堂的饭菜虽没有什么特色可言，但确实可称得上经济实惠、营养到位。两角钱一两米饭，两元钱一份荤菜，一元钱可以打到两样素菜，所以无论老师学生皆可以饱食而无需担心破产。但是也正因为如此的价廉，食堂里的浪费现象也是惊人的，有些人倒掉的饭菜比自己吃掉的还多。这一现象既刺眼又烦心，让我极为不自在。

据我观察，女生每顿四角钱的米饭，一个荤菜是最为简单、合理的搭配，如果不够，再加个素菜就足够了；男生每顿六角钱的米饭，一荤一素最是合理。体育系的同学运动量大，食量也较大一些，不过把标准翻倍也完全能够满足。

可是就算是如此简单的搭配，每天饭菜的抛洒量却依然大得吓人。不是因为吃不完，而是因为吃不下。有说心情不好而停箸不动的，有嫌饭菜味道不好愤而拒食的，更有甚者说是食堂进餐气氛不够浓烈而离席他去的，总之理由是五花八门，让人又好气又好笑。不过笑过气过，更多的却是痛心。眼看着那“白色的珍珠”和着“七彩的玛瑙”被毫不留情地倒进“聚宝盆”里去，这虽算不上败家子的作风，却无论如何不像是大学生的素养。回想老一辈人在艰难的岁月里想吃却又没得吃，甚至为了一个馒头都可以引发一场血案的情景，再看看现在我们这一辈人饱食无忧，一副粪土当年“大补丸”（白色大补丸：三年灾害时期对于米饭的别称）的神情，除了痛心之外，更多的应该还是反思：究竟是什么让我们这一代人把米饭如此的糟蹋？难道现在的一亩稻田真的可以产出十万斤大米么？我这笨脑子一直没有想清这个问题，只想到了一则偏方，特地献给那些爱糟蹋米饭的同学：

首先，定时定量饮食，每天锻炼身体，调整肠胃功能，避免养成厌食挑食的坏习惯；

其次，食欲不振时，索性饿一顿，不要把饭菜买来又浪费掉；

再次，假期里不妨到经济不发达的农村看看，或参加一下农业劳动，体会一下那“粒粒皆辛苦”是什么滋味。

要说“猪猪”，独奇也真有点，第一次带他出门应酬，他上桌子就一仰脖喝光了人家给他倒的一啤酒杯白酒。那夜真把我吓得不行，亲自送他回家还向小袁师母作了检讨。第二天问他感觉如何，他说：“没啥，就是发出了一身籽籽”，又说：“下回酒就不喝了，肉我可以帮你多吃几块。”

2006年下半年的后半学期，学校启动了建校三十年校史的编纂工作，负责此项工作的老领导刘国铭老部长拿着校领导的令箭向我要人，我只得把刚刚用顺手的周独奇借调给了他。独奇果然也不负众望，在短短几个月的时间里，竟作为主要执笔人完成了近30万字校史的编纂工作。

完成校史的编纂工作后，独奇采写了被戏称为“猪猪双壁”的长篇通讯《拥抱梦想，让心飞翔——记身残志坚的基础学院学生王俪铮》（《重庆文理学院报》2007年10月25日第3版）和《仙鹤的歌声在星湖的凌波上升起——记省级一等奖获得者黄利容同学》（《重庆文理学院报》2007年12月10日第3版），后来前者以“特优超长稿”通讯获准破格参评，获得了全市校报好新闻一等奖和重庆新闻奖二等奖。

家贫出孝子，国难显忠臣。

报刊编辑部的“国难”，在2007年10月。那一个月，总共七个人但基

干力量只有三四个人的报刊编辑部，在完成常规工作的同时还需完成两期校报专刊和十多期工作简报的撰写编印等。特别是 10 月中旬教育部专家组在校的那一个星期，我们每天从清晨六七点钟开始要一直工作到第二天凌晨两点钟左右，工作时长达二十多个小时，甚至吃饭喝水都在工作台前，上厕所要小跑。

为什么搞得那么苦？首先是因为教育部聘请的评估专家们太艰苦敬业了，每天早晨天不亮他们要上操场看升旗仪式和早操，每天深夜他们要深入学生宿舍检查寝室，而他们又不乐意作无名英雄，要求他们说的每一句话都要有人听到、走的每一步路都要有人跟着，并且都要用尽可能形象生动的文字记录下来印在报上或者印在每天必出的工作简报上，他们好拿回北京向教育部领导汇报。并且，十位评估专家每天不但可以和我们打车轮战（谁太疲乏了谁可以到一边歇歇再来），而且可以像天女散花般散得很开，红河和星湖两个校区的每个角落他们都可能光顾。因此，作为学校评建工作宣传组副组长，我常常马不停蹄地两个校区跑，跟专家开会、接受指令、布置工作、写稿或者给人改稿。夜深了回到编辑部办公室，周独奇、陈挚、吴朝平三个人还在用座机、手机乃至“小灵通”接收来自四面八方的各种信息（诸如专家查看了哪间学生寝室、找了哪几个学生座谈和都说了什么等），还在打字或者改稿（当然得是忠实记录专家所有言行并且升华到一定高度的稿），还有成摞的打印稿等我审定 ——我审定了往往还不能算数，还要装订成册送到专家组驻地去等待专家们的反馈意见说“可以”，这样我们一天的工作才算结束。

那个时候，学校红河校区的“人和居”还没有交付使用，我只能到辅导员宿舍去和秦老师挤在一起，周独奇则是在办公室拖开被子倒头便睡，吴朝平小两口儿在红河校区附近租有小屋。然而陈挚，她暂住在女生宿舍，深夜两点钟回去，宿舍楼早已关门，不能进入。有两夜我亲自护送她到女生宿舍大门口，也是费尽周折才为她叫开门。

最后那一夜，具体说是 2007 年 10 月 18 日凌晨三四点钟，我从重庆彩印二厂赶印报纸（评建增刊）回来，周独奇他们三人赶制的最后一期简报也刚刚印好。我问：

“专家组看过了吗？”

“看过了，刚刚才已经打转来改了两遍 ——”这几天，铁塔一样的周独奇已明显地瘦了一大圈，这会儿说话焦眉烂眼的，显然已经疲惫至极了。

“辛苦了，独奇宝贝 ——”我感动地脱口说道。说罢见陈挚和吴朝平也眼巴巴盯着我，便脱口也给她们俩一人送了一个昵称：“啊，还有陈挚妹妹、平儿，你们也辛苦了！”

此时，我觉得自己那深陷的眼窝里已装满了泪水，陈挚和吴朝平两个则你望望我我望望你，忽然不约而同地“哇啦”一声，拥抱在一起不管不顾地大哭起来。

那年陈挚还写过这样的一首新诗。

在千万种行走以后——写在2007年教师节

陈挚

我在千万种的行走以后
记起
你曾经细雨般温柔的微笑
以及你月光般闪亮的发丝
听说
天使下界时会唱歌
你在课堂上散落的韵脚
那是最美的语言生长的地方

在人生的岔道口上
幼稚的我辨不清方向
枝头冷落，寂寞清唱
一阵梧桐的幽香
一缕清透的微光
回头遇见
你叠了只纸鹤交我手上
笑容悠长

你总是迫不及待地召唤我
去吮吸你饱满的思想
聆听我贪婪的咀嚼
碾碎你的奉献
然后，温存的绽放光芒

不愿把你想成雕塑或者别的
不是因为执着你才固守沉默
你驻足在三尺狭小的天地
只为一个又一个我
爽朗的消失于遥远的天际
不觉中容颜苍茫
你却从未抱怨只言片语
也不期许
永恒于我的记忆

懵懂的我专执于年少的游戏
并无一言半辞致谢于你
当自己的轨迹从前进变成退离
我开始浏览记忆
同时整理感激

隔岸飘来微云一抹
那是你温敏敦厚的思想
为我筛下斑驳的阳光
我想
不是惊天动地才值得歌颂
不是舍生忘死才应该难忘
在怎样的静谧与喧狂过后
你都热情地凝望远方
一如既往

你像千万种行走一样
轨迹曲折而必有自己的方向
如今我懂得了景仰
却仍然无法勾勒
你在我生命中的轨迹

（原载《重庆文理学院报》2007 年 9 月 10 日第 4 版）

陈挚（右一）、独奇（左一）与吴朝平（中）

十八　2005级袁典妃等女子三剑客

那时候学校的事情也是真多，刚熬过教育部本科教学水平评估，又要开展第三次本科教学大讨论以及筹备召开党代会，之后，又要进行第三次机构改革和干部聘任。于是，当时已经59岁的我，又面临一轮新的重要选择：要么留在编辑部再干几天就准备退休，要么立即到教学单位做专职教师——具有“正高”职称的专职教师，经重庆人事局批准后可以延长到65岁才退休。

我喜欢有事可做，这些年来又一直兼着文传学院的课，于是毅然选择了后者，离开已整整厮守30年（1987-2008，中间曾暂离1年）的报刊编辑部，到文传学院做了一名专职教师。

我离开后，报刊编辑部立即被拆分为两块，校报划归党委宣传部管辖，学报文理科版都并入科技部但设了两个专职副主编各司其职。难怪学校当时一位新贵的夫人会朝我大发感慨说：

“我们老S说了，原来你可能干了呢——你一个人做的事情现在需要两三个人分着做!”

那时已是2008年秋季，2004级的王清、吴巧和左海蓝等人已经毕业离校，2005级的学生记者袁典妃、张依琼和寇娜等人依然留在编辑部，我不但照旧给她们改稿和上专业课，便连她们的毕业论文也是我指导的……

袁典妃那时写得最有才气的一篇文章，既不是新闻也不是论文，而是发表在《重庆文理学院报》2007 年 4 月 10 日第 4 版上的一篇随笔体散文《跟着颜色醒了》，该篇全文如下。

跟着颜色醒了

袁典妃

我喜欢的是坚硬的沉默的田埂，笔直地向前延伸，没有矫情的绿，都是不夸张不过分的沉寂，很轻松地拂过我的瞳孔。

一直安睡在冬天柔软的颜色里。没有来得及张开眼睛，就醒了，跟着颜色一起。

冬天青涩的风尚未褪尽，盛夏的蝉鸣也没有奏响，就看见三月静悄悄地被涂上了绚烂的色彩。温度在空气里发酵，暧昧的风，争先恐后地更换着已经很新鲜的空气。

被冬日灰蒙蒙的冷气包裹了一季的我的眼，还不愿意接受这个蜕变，在还没有习惯这昼夜之间的生机的空当，沉默安静如瓶中沙粒。

枯槁的思想惶然不知所措，那感觉是一个弃儿，在一个温暖的近似母亲怀抱的陌生人的摇篮里，惊、喜、怯，还带着浅而甜的笑。

这是每一寸成长里都有的表情。成长很慢，却在生命里以秒的单位奔跑。宣告成长是现在时，很简单也很必然。太阳东升西落，四季春去秋来，越长大越发现，人这一辈子真的很短，能做的事情很少，生命越往后就越显潦倒越见荒芜，倒是那些已成回忆的过往岁月点点滴滴都成为一笔无法估量的财富，然而它们也将成为我们真实过的证据。越长大越发现，青春是一种无法被证实的自负。

时间在过。

突然看见沉沦在太阳里的大山的笑很迷茫，山头上抹不去的经久的重负，让它黛青得很不自然。而云的重量是我成长的生命里不可承受的轻或重。

还想起曾经黄昏下，血红的夕阳躺在自己铺设的干净舒适的晚霞里，那么恬静地呼吸着山风吹来的潮湿但静谧的空气。夕阳回过神来张望自己优美弧线的时候，沉重的身体已经滑过山冈，去了黄昏的另一边，即便踮起脚跟也看不到自己来时的那个山头了。

很多时候我们都像那在安适里得意忘形的太阳，我们没有它的光和热，却

和它一样留恋身边的美好，贪恋人生的享受。

每次期末考试一结束我都会到校门那家最简单的单车租赁公司，跟已经熟识的老板租一辆单车，他也顺口关心一下我的考试，然后拿给我我最中意的那款。于是我便能够骑在单车上跟着那枯槁的没有死去的思想在宽阔的马路上狂奔几个小时。

延伸了又延伸的柏油路嵌不下我的影子。飞速从身边飘过的大卡车把我的枯槁碾碎一地，猛地捏一把刹车猛地捏一把汗。我知道，生命力的过往，除了纪念就是忘却，被远方带走的遥远人生里的寂静，还有那些没有任何颜色的日子，它们毫无表情地看着我们成长。日子里没有醒过来的颜色就是鲁迅笔下的有劣根性的国民，它们会屁颠屁颠地跑过来，没有一点责任心地填充你从清晨到夜晚的分分秒秒，眼睁睁地看着你老去也不会拽住你的衣角提醒你跟着颜色醒来。

当你不舍与沉沦说再见，时间就会留下无奈的泪水。

终于有一天可以拿自己赚的钱买火车票钻进去云南的列车。惊喜过望的我全然不顾车厢里混杂的污浊气体，扯了一块全麦面包，和着刚刚买的近四倍于市场价的矿泉水，吧嗒吧嗒地嚼着，午餐就这样解决。车厢里流不动的沉闷浑浊的空气还是同先前一样覆盖了包括我的嘴巴眼睛在内的身体的全部。剩余的时间就是强睁着眼睛在哐当哐当的巨响里沉睡。

这时又想起骑着单车在宽阔的马路上的悠然宁静。

当火车呜呜呜抵达终点站的时候，月台上很多旅人拖着驮着不同形状的行李箱，小心翼翼地游走在车站的长廊里。左边的全是要离开的，右边的和我一样，刚从不远不近的远方赶来。

这个完全陌生的城市让我想起了我的爱情，那些死去的但依旧生动的画面，泛滥地袭击我很想平静的心情。感情就像候车月台有人去有人来，那些分不清去留的感情，经常把我从梦里吵醒，看着自己的爱情电影放了一遍又一遍，直到见到清晨，跟月亮说再见。

还记得有鱼尾纹在脸上的妈妈和我一起看她和爸爸的结婚照，她抚摸着照片上她自己青春活泼的乌黑长发，“我们结婚那天有一个很美的黄昏！”说完，她拉着我的手，紧了紧。去年的一个傍晚，在阳台上守着盛夏暑气消散的父亲，一根一根地抽着廉价的过滤嘴，一字一句地说：“我和你妈结婚的那天有一个很美的黄昏！”

相同的话，这又让我想起我的爱情，那些和他在一起的曾经的甜言蜜语或不言不语，都只是我这一辈子不变的哲理里面的些许调料。真实的感情还是在漫长的时间里一次次休克，一次次死亡，最后被落叶浅浅埋葬。但因为他很真实很圆满地存在过，所以逝去之后并没有真正烟消云散。

在回来的火车上，我做了一个梦。我从帐篷里看到了悄然奔跑的鹿群，那是没有颜色的剪影。另一边只有白色的月亮。

我醒了，跟着月亮的颜色。

总的来讲，虽不至比前面学友都好，但“江山代有才人出”，至少在 2005 级她应是首屈一指的。

除了散文，袁典妃写论文也很高效。或许是复习考研耽误了时间，她起初也想随便弄一篇来敷衍塞责，可是我一看就皱眉头说也行也不行——若是别人呢也勉强可以了，若像她袁典妃那样的高材生呢，留下一篇勉强过关的本科毕业论文在档案袋里装着便是永久的耻辱。她一听觉得这话有理，竟两爪撕掉已可提交的论文稿另起炉灶，只用一个多星期的时间重写了一篇选题好、立意新的毕业论文。我说：“对了哟，这才是我们典妃的手笔嘛！”

见我已首肯，同学们便一齐起哄开起了玩笑，纷纷向她打躬作揖道：“娘娘千岁千千岁——”

袁典妃更顽皮，朝我做了个鬼脸便端坐下去，装出一副大模大样的姿态向众人摆摆手：

“众爱卿，免礼，平身——”

完成毕业论文后的袁典妃（左二）、张依琼（左三）和寇娜（左四）

毕业以后，袁典妃考去兰州大学攻读硕士研究生，硕士研究生毕业后，她因为成绩优异被教育部保送出国赴巴塞罗那大学攻读博士学位，回国后成了家，和先生都在西安工作，但是前不久打电话给我，说是很想调回母校……

在我的印象里，张依琼长得小小的、巧巧的，爱打扮，为此我还教育她，要她到办公楼的时候要特别注意穿朴素点儿——那些时候，她既跟着我跑，又在“渝西青年”里充当骨干，文章倒也写过不少。毕业后听说她进了老家的媒体工作。前不久又看到了《渝西青年》约请她写的一篇回忆文章，文章中七八次提到“夏老爷子”对她如何如何，就是没提到训斥她爱打扮——嘿，这姑娘还真不记仇！

张依琼的回忆文章全文如下。

最是难忘相遇时

张依琼

提起学校，脑海中冒出的情景是，雨后盛开的大片栀子花，道路两边大片的香樟树。夏季雨后，永川大街总有阿婆拿着竹篮叫卖，那些可以别在衣服上的黄桷兰、栀子花好像现在还能闻到芳香。现在趁宝宝睡觉，抓紧时间敲字的我，好想从学校夜晚的二楼食堂买一份鱼香肉丝炒饭。现在这个时节，北方的窗外难得有落雪，不知道，学校桃花岛的桃花盛开了否？

毕业后，与学校之间最紧密的联系是通过大学的社团，以及校团委机关报《渝西青年》。这不是大学期间加入的第一个社团，但确实是毕业之后关注最多、大家联系最多的一个舆论阵地。加入渝西青年社的时候，好多师妹学长都不知道这个社团，因为它已经落寞，亏得有人还去热络联系，包括后来的师兄师姐，联系事宜都是雪峰一手操办。可以说杨雪峰的加入是渝西青年社的转折点，自此之后这个社团才开始重新闪烁更多光芒。现在我还是习惯喊他疯子，这个在当年的中文系比“才子”更高的称呼。

当初还在校报实习，经常跟着夏明宇老师。夏老爷子偶尔会参加我们社团的活动，也会给报纸一些指导，但更多时候都是不动声色看我们去做。夏老爷子当年给我的印象很像是隐居高人，云淡风轻地看着初出江湖的得意弟子，看雪峰怎么处理人际关系、怎么规划报纸。站在背后默默地看我们做，但关键时候总是给予我们最多的支持。

我们那一届其实给雪峰带来了好多大坑，这些事情也是在后来的工作中慢慢才意识到。当年可真是两手不沾阳春水，加入社团仅仅是因为文字兴趣，没有意识到社团经营维护的问题。还好，社团新旧交替之际，杨练师姐找到杨雪峰。也还好，王阿果、冯悦的加入给予渝西青年那么多不一样的色彩，他们做得很好。也庆幸，虽然举步维艰，但是那么多师兄师姐也没有放弃过。

社团遇到各种细小而微的问题，差一点就能让报社关门。比如报纸没钱印刷了怎么办、没有人盯着排版又会怎么样？报纸怎么发到更多的学生手里，印刷多少份才合适？再比如，如何借助校友的力量让报纸更好地延续下去、传承下去？毕业很多年了，还是清楚记得，校友会一干人在现在早已不存在的师母街聚餐，吃完饭之后，夏老爷子瞅着疯子，看他怎么处理师兄们回来聚餐的费用……当时有一点心疼疯子，然后才切实感受到社团的不容易，大概是那个时候真正把渝西青年当成自己的事情。除了报纸，社团活动、广告赞助、校友联谊、财务预算……这些也都是社团所必需的。对于我这个不擅长交际的人而言，这些事务让我头痛不已。

很庆幸大学加入过社团，很庆幸遇到过不少令人头大的事情，很庆幸在社团里遇到过不同专业但是志同道合的朋友。在社团，会做一些比如拉条幅，抬桌子、椅子一类的琐碎事情，也会搭乘公交车去排版，也会有意见不合，大声争论的时候，也会因很多文字被枪毙而郁闷不已。但是在离开多年之后，才觉得那样的青春真是美好。真希望在最有文字热情的大一就遇到你们，得以早日嫁到渝西青年社。

很荣幸参加过那一届渝西青年的校友联谊会，当时对各位师兄的演讲印象深刻。一直在传媒界工作，打着“飞的”赶报纸标题的最最帅气的周尚斗师兄，拿着一打报纸参加面试的胖胖的韩毅师兄，还有从广东赶回来的一位格力集团的刘勇师兄。那一届的校友会让不少学生都极为震动，从来没有人想到那么一个默默无闻的文学类社团如此让人怀念。如果不是曾经那么钟情于社团，如果没有那么情谊深厚，即使在一个城市也不会再相聚。跨越那么多山，相隔那么多水，毕业那么久，时光那么远……但是，他们都来了。

其实我觉得渝西青年也很像学校最早的最前身五·七大学，于《清风》于《星湖》而言，各位江湖不得意的大侠最后都回归于此，从落寞修炼到韬光养晦到重出江湖，高手云集，情谊绵长。毕业之后我最纳闷的是重庆文理学院男女比例一直失衡，社团里娘子军向来居多，但为啥群里的活跃分子都是大老爷们？大概有一种感情叫社团兄弟情……比如，我至今都特别怀念当年在杨雪峰家里吃过的饭，张凯同学做的玉米莲藕排骨汤真是好喝，让一干来自山东的小女子自叹弗如。毕业之后从南方到北方再到南方，喝过不少煲汤与甜水，但是从来没有那么一份简单的煲汤让人如此怀念，简简单单的一个汤硬是记了快十年。我还吃过魏文成师姐从家里带来的樱桃酱，谭娟师妹寄给我的蒸肉粉……这一切让人念念不忘。我想，最怀念的是那时候纯粹澄澈的时光，连学校食堂都是温暖的。

那些年没有触屏手机，不会天天烧钱花流量，没有那么发达的微信，社团就是一个清爽而又有趣的“公众号”。我们北方人总说南方是蛮夷之地，但是那四年我们分明就感受到真诚与简单，情谊难别，分外留恋。现在我的身份证地址还是重庆市永川市桃花岛 1 号。可是我再怎么保留，2016 年过去这张身份证是真的不能用了。但是还好，一直有学校与渝西的消息。

因为联系才能够亲近。因为熟悉才可能尽可能多地帮助。从未谋面的大师兄是媒体人，会发精华帖。疯子、周尚斗师兄、费波学长、李文富师兄这一帮在重庆的家伙们还会计划组团去校园转一圈。看着他们发各样照片、走路、看景、回忆、摆龙门阵，回星湖。我是羡慕的。很想和在烟台的孙静说，我们带着娃、带着老公一起去重庆逛星湖看桃花，可好？

谢谢渝西青年，让我们每一年每一季每一次相聚都有可以回去的心意。

谢谢那些填满青春的过程，谢谢那些年的男孩女孩陪我们走过的时光。

送给陪伴过我们的大学，送给在校的学弟学妹，也送给你们终究会回忆满满的未来。

这篇文章，如平铺直叙般娓娓道来，但处处饱含真情实意，所有琐忆皆是情语，令人对这位当年的漂亮小女生，不得不重新刮目相看——别看她当时就成天嘻哈打笑的，原来她那几年也没有白混！

比起张依琼，同是山东妹的寇娜则要朴素得多。寇娜其人，说话做事一本正经，永远都是一副不苟言笑的样子。至今记得她的本科毕业论文，题目叫做《从灾难事件报道看我国媒体传播策略的变革——以唐山大地震和汶川大地震的报道为例》，论文的“摘要”说：

从 1976 年的唐山大地震到 2008 年的汶川大地震，时间跨度为 32 年，在这 32 年的时间里，我国新闻媒体对灾难性事件的报道策略进行了有益的探索，并在这次汶川大地震中展示了面对突发灾难性事件时我国新闻媒体在传播策略上的进步和根本性变革。这种变革首先得益于党的十一届三中全会以来正确路线的确立端正了对新闻宣传工作的指导思想。此外，政府职能的转变，媒体自身增强核心竞争力的需要和媒体人职业道德的提升，也是推动媒体传播策略不断革新的强大动力……

临近毕业时，寇娜考研上线，但却未能如愿进入西南大学，急得就要哭起来。我忙说“莫哭莫哭，待本老师给你想想办法……”

“只有那么点儿分未必还能够添加上去呀？”她睁大了一双疑惑的眼睛。

“那样违反政策——”我说，“况且我也没有那种本事。”

我托人给她“调剂”到了重庆工商大学，问她读不读，她忙说“要，要——”当即就破涕为笑了。

事情本可告一段落，可生活也真是太出人意料，此时山东老家有急电传来，说她在那边报考的“事业编”有幸上榜了，用人单位要她在一周内赶回去报到。

几乎没抱希望的事情竟成为事实，寇娜自己也惊讶得半天说不出话来，只得又睁大了眼睛看我。

“自己做决定——”我平静地告诉她，现在无非是多一种选择罢了，而无论她做什么选择都将会是好的选择。

真的，即便寇娜选择了就业，我也由衷地表示理解：寇娜家贫，即使再熬过三年，待研究生毕业也还得找工作，如果到那时反而找不到合适的工作，岂不太可惜！

十九　男侠王东岳和夏波的故事

除了袁典妃、寇娜、张依琼女子三剑客，在文传学院广电新闻专业2005级，男侠王东岳虽然没有做校报的学生记者，却也让我印象深刻，算得上半个私塾弟子。

王东岳是“星湖”第十三届社长，说话有底气劲头十足，一个“王东岳有话说”的大特写就足以震动当时的文理文坛。所幸对我还算客气，开始是“敬而远之”，后来在我“主任”去职之后却渐渐亲近起来，不但曾宣称“要逃课也不会逃夏老师的课”，而且对我执弟子礼甚恭，无论说什么他也愿听。惜乎这时，离他毕业的日子已经不远了。

王东岳之所以“牛”，主要还在于他的文笔犀利，如果说笔如刀则刀刀见骨，这一点便是“星湖”前几任社长也未必能及。恐怕是出于谦虚，他请我看过他的数十篇文稿，那里面极少风花雪月，基本上都是这种风格。

“你可以成为一个很好的杂文家……”我说，“但是，你不能老盯着社会的阴暗面，那样会把自己的心理都搞得阴暗了。”

“这——”他沉思良久，最后终于说了句“老师说得对”，便慢慢收拾起他的东西，走了。

也将他的大作录一篇于后。

生活家

王东岳

我对广告向来避之唯恐不及，可也有例外的时候。最近我注意到电视上一个关于地板的广告，广告词是“生活家——巴洛克地板”。而我关注的是那个陌生的词汇“生活家”。

那些画家、政治家、科学家等，为什么冠之以“家”呢？因为他们伟大到家，贡献到家，影响到家，一切都是到家的程度，所以“家”者，名人也。

据说名人的压力很大，你想，名人难免有钱，有钱难免有闲，有闲难免生事，生事难免树敌结仇，树敌结仇难免遭暗算，如此折腾不休，难免会感到生存的压力。名人活到这份上，未必值得同情，有的名人活到最后，只剩一个名，连点儿人样都没了，这种名人骂不得，你越骂，他们就越值钱。他们只是时代放出来的响屁、废气而已，不用管他们。名人要来，无事不来；名人要走，咱们拍手。

把形形色色的“家”们即名人看透并轰走，还没有一分钟，又来一个“生活家”，是不是赶走一只狼又来一只虎呢？生活家！大概是个冠冕堂皇的新词，姑且把它分解成“生活”和“家”两部分来解读。

生活是什么？对于伊拉克人，生活是战争和石油；对于美国人，生活是消费和自由；对于俄罗斯人，生活是冬天和土豆；对于毛泽东时代的中国人，西方人称之为“ant-people”（蚂蚁人），生活是集体主义和共产主义的红色，很穷、很有骨气。但没个性；对于改革开放以来的中国人，生活是有钱和更有钱，这些都是常识，明摆的事儿。普通人只要正常生活就感觉不到生活的存在，就如人健康时并不感到心脏的存在，而在犯心脏病时，才会感到心脏的存在一样。所以生活要用不可知论去解释，生活就是过日子，过日子就是生活。生活本无家，过日子就是了。

“家”这个字要慎用，老百姓是用不起的，老百姓没有把日子过到什么“家”的程度，他们只是过日子，和“生活家”的称号无缘。生活家恐怕是一切“家”者和名人的渊薮，每个领域的“家”们都把各自领域搞得乌烟瘴气，生活家必会把生活搞得乌烟瘴气。对于“生活家”，我们要看透，早轰走，自此井水不犯河水。

（原载《重庆文理学院报》2008年11月25日第4版）

我曾在校园里匆匆见过一次王东岳父亲，那是一位十分谦恭和拘谨的老实人，在生活中经历了几多风雨，对儿子寄有数不清的厚望。王东岳毕业后，开始就在重庆媒体工作了一段时间，后来却忽然与大家失去联系了，刚才打电话问过“星湖”第十九届社长霍瑞新，她说也不知王东岳去了哪里……

王东岳之后，文传学院广电新闻专业2006级的冯悦也是个人物，做过渝西青年社社长，有思想文笔也堪称上乘（当然是指在众多文理学子中），惜乎对她了解不多。现在还是来说说外国语学院2006级的夏波吧。

幺房出长辈，来自老家长房的夏波是我的侄孙子。山里的娃儿生性拘谨，夏波开始最大的软肋，就是不会与人沟通，上一年级学当班干部就当得很窝囊，曾经哭丧着脸求我去跟他的辅导员说说让他不当干部了。我一听不禁乐得大笑：

“去哟，人家都是找门路讨官、要官当，你家伙却偏偏要找门路卸任——哪有这本书卖哟？”

笑过之后我又板下脸训斥他，说我决不会去给他的老师说上哪怕半句话，他自己只能乖乖地把班干部当好。

夏波虽然生长在山野，在家里却是长房嫡长孙，从小也是被宠着惯着的，几时遭受过这等嘲讽和臭骂？看着他那恨不得钻地缝的狼狈样儿，看着他脸上也冒出来了冷汗，我又忍不住好言安抚了几句。但从那以后，他就慢慢地有了进步。大二时他进了编辑部。接替戴锐管理校报和学报的发行，他干得较为卖力且得心应手，全校两大校区众多单位、部门和数不清的班级、寝室无一遗漏。他训导自己手下的发行员时说：

“发到我们手上的发行费虽然不多，但那却是一份沉甸甸的责任……”

夏波其实也是个极要强的人。特别是在我离开编辑部以后，头上没人经常把紧箍咒念着，这种个性就释放出来，出了两个彩。

一是居然敢顶撞老师，竟和直接管他的李文富闹了一场。把个文富气得不行，他自己气更大，不知跑到哪个旮旯去躲了起来，此时，他家里恰好有事，反复打电话也联系不到他，只好在晚上10:00把电话打到我家里……

“为什么要这样？”第二天我郑重其事地问他。

“他这人章法跟原来不同，”他嗫嚅但理直气壮地说，“原来周独奇不像他这样。”

“周独奇是周独奇，李文富是李文富，他们两个除了对你而言都是老师这一点相同外可以有很多的不同——为什么要老师来适应你，而不是你去好好地适应和配合老师呢?”

“人要有敬畏之心!”顿了顿我又说，“吃了饭去找李老师道歉。”

虽然至今尚不知道他道歉没有，但由于文富的包容和夏波自己的收敛，他在校报的差事得以善始善终，这倒是事实。

关于夏波的另一个出彩，倒是正面的，那便是在我离开编辑部之后，他居

然作古正经地发表文章了。他的第一篇文章，发表在《重庆文理学院报》2008年11月10日的第四版上。文章的那个题目，可以说不怎么样，所谓“师兄师姐加油，学弟学妹跟上”，有点儿像拉拉队在喊口号。但内容却颇有出彩的地方，一是在开头摘录了孟子关于“劳其筋骨，饿其体肤”那段话，从“天将降大任于斯人”一直摘录到了“所以动心忍性，增益其所不能”，然后说考研若要成功，必然先经历酷暑，陪伴严寒，忍耐孤独，承受疲惫——即为现代版的“劳其筋骨，饿其体肤”，最后还说了“考研并不为高智商所垄断，也不是奖学金获得者的特权”“成功往往属于有志之人”“考研不仅是一种考验，而更是一种锻炼，钢铁就是这样炼成的”一番话。

2008年12月10日，他又在校报发表了《努力就不言失败》一文，这篇文章文笔锤炼得要稍微好一些，特摘录于后。

努力就不言失败

夏波

有那么一种想法，来了又去，去了又来，折磨着人。

有那么一种选择，不选就后悔，后悔就不选，让人挣扎。

有那么一首歌，想唱就唱，唱就唱响，令人鼓舞。

这种想法是什么，这种选择是什么，这首歌唱的是什么？

“……这段路早已走到了尽头，还认为彼此仍然拥有……”依稀记得，这首歌的旋律是作词人因爱情而作，而我却因为这首歌，思索了我的大学生活，恋上了那个她——考研。

少年不识愁滋味。时光在我的快乐无为中飞快流逝，恍然发现身边的师兄师姐们，在别人的快乐中享受另一种快乐——来年四月，他们就要参加复试了。而我，快乐无为的这段路不知何处是终点，考研还是不考？我摇摆不定，很多念头与顾虑，来了又去，去了又来。

读大学不能只为一张毕业证书。有人曾说：“追求什么与怎么追求，只有到了中年才会显现在与别人的差距上。”也就是说，在中年品尝到何种生活滋味，取决于你年轻时选择和付出的多少。于是，迷茫与悔悟过后，我决定不再放过上天给我的任何机会。我选择了考研！

既然选择了，就坚持到最后。早晨，闹铃把我从美梦中吵醒；深夜，教室的日光灯下，我看不到自己的影子，有的只是争分夺秒的忙碌。但我从没有因为孤寂和疲乏而郁郁寡欢，也没有因为苦和累而掉过眼泪。仔细想想，书中圣

贤万千，难道我还孤独吗？选就无悔，不选就一定会后悔。

时光如流水般逝去，我要为自己的选择去拼搏——因为我无路可退，也无意后退，更不甘后退。历史上晋国以少胜多，以智取胜，背水设阵，虽为兵家大忌，但有时反其道而行也未尝不可。即使失败了，也要做卧薪尝胆的勾践，尝尽苦中之苦，终做人上之人。想唱就唱，唱就唱响，唱响了定要继续唱下去。

疲惫之余，邀君小叙一番，最后奉上一点微薄的心意给当事人、旁观者：无论身处何境何事，一定要做善者不来、来者不善的努力者。

这才是“大三”的第一个学期，这家伙却已经迷恋上考研了，不仅和“大四”的师兄师姐们一起参加了考研复习，而且还时不时又腾出心力来写上几句，为自己也为大家加油鼓劲。“有志者事竟成”，这句话终于被他自己说准了，在“大三”试考了一次之后，第二年夏波终于一考成功——虽然没有考中自己首选的重庆大学，却被调剂成了重庆工商大学的一名经济学研究生。之后他又如法炮制，才上“研二”又尝试着报考西南财经大学的经济学博士，并终于又在上“研三”时一考成功，连调剂都不用就成为西南财经大学在读的经济学博士了。

在故乡田间劳动的博士生夏波

"路漫漫其修远兮"，现在已经读了四年经济学博士的夏波还正在努力，导师要他下大力气继续修改毕业论文……

二十　我和2007级六君子

到文化传媒学院任专职教师后，我每周平均任课约18～20学时，包括专业课和公共选修课。专业课主要针对"广电新闻学"和后来增设的"广播电视编导"的学生，课程包括"中国新闻史""报纸编辑学""新闻采访与写作"等；公共选修课先是全国通用的"大学语文与应用写作"，后是自己新开设的"渝西民间文学作品赏析"。"广电新闻学"和"广播电视编导"两个专业其实都是藏龙卧虎的地方，每一届都可能涌现一批精英分子；公共选修课则是面向全校的学生，学生选课时要么选课程要么选教师绝不会无的放矢。因此，虽然偏居"文传"一隅，我仍然有机会并且更有时间和精力接触全校的拔尖人才。

当然，若也像别的老师上大课那样，面对全班数十乃至上百个学生，敲钟进教室拉铃离去，期末阅完卷把分一上就算完事，师生关系漠然乃至茫然，内中便有人才也会对面不相识。而我总爱利用课余时间到同学们中间发现苗子，然后利用周末和节假日为他们开小灶——带他们外出采访、写作或者教他们编辑组版，言传身教甚至胜过研究生导师。这样的师生关系，往往会很"铁"，学生常常会由衷感叹说他们与老师"情同父子"；这样培育的人才，往往是真资格的人才，毕业后比别的同学会更有出息……

如前所述，我是2008年秋季到文传学院的，一年多以后，即2010年早春时节，新学期一开学，我就从"广电新闻学"2007级3个班中挑选出6位学生，宣布说要带领他们完成一个题为《记忆文理——厚重而轻灵的文化烙印》的校级课题，向将于次年举办的重庆文理学院建校35周年庆典献礼，同时还可以作为他们6个人的毕业设计向文传学院交差。他们一听，当即欢呼雀跃，说是夏老师——夏爸爸——给他们找了一个很好的差事，他们一定会好好干。在这之前，同学们有不少叫我"夏伯伯"的，而"夏爸爸"则是从他们这一届叫起。而我呢，我当然至今仍熟记着他们，我的这些所谓的儿女。他们是：

孟磊、王玉辉、曹培培、尹丛丛、李文静、刘智。孟磊来自中国最北方的省份黑龙江，王玉辉、曹培培、尹丛丛、李文静、刘智则都是清一色的山东人。

但刘智是去年才从育才学院“专升本”升学到我们这儿来的。在育才学院那两年，他创办了那个学校的第一份班报《我们》，自己担任主笔也组织和发动同学写出了许多具有全校影响的好文章——真有他的，这个面色黧黑、身形瘦削、嗓音还略显沙哑的憨厚小伙子。

东北姑娘孟磊长着一米七二的高挑个儿，双眼皮，长睫毛，一笑还有一对浅浅的酒窝，她办事最是干练利索，既是班级的学习委员又是教广台台长，身兼二职而从容不迫。一日台内值班员犯浑，提前一节课就播响了课间操，她抓起手机拨打却没人接听，于是抬脚就“蹬蹬蹬”地往播音室跑，不料在楼梯拐角处掉了只鞋跟，情急之下，她干脆把鞋蹬掉了光着脚往上冲，待把事态平息了再转来找鞋……

山东小伙王玉辉怕有一米七五高，眼睛不大但显得颇机灵。出于一片爱心，刚上大三时他就参加了由国家人口与计划生育委员会组织发起的全国关爱女孩青年志愿者活动，并于2010年年初提交了论文《多管齐下，构筑关爱女孩保护网——以重庆市渝西片区为例》，并获得了全国三等奖。同学们开玩笑说，自己关着门搞一篇毕业论文出来交卷，对王玉辉来说本是件非常容易的事情，而今出来跟着夏老师跑毕业设计，不知是贪玩还是存心要做贡献呢！

长着柳叶眉和水灵大眼睛的山东妹儿曹培培本来也有一米七二高，但是因为比较丰满就不显得怎么高挑了，如果她的性格再开朗一点儿，说不定就是出演“贵妃醉酒”的最佳人选，但她其实就是个比较文静和内向的女孩儿，喜欢写写画画和做一些伏案的工作，还喜欢吃重庆乡下的红薯粥和粉蒸肉。还在大二时，培培就应聘做了本校电子电气工程学院院报《瞭望》的主编，于2009年下半年六十周年国庆时为我发过题为《夏明宇，他与共和国同龄》的专访，在我的“渝西民间文学作品赏析”公共选修课上，培培倒是个“活学活用”的主儿，春节回家把民间故事《张酒罐对对子》篡改成“曹酒罐对对子”讲给她的老爹听，她老爹先是听得津津有味，但当听到最后一副下联是“祖宗无德，席上回回发酒疯”时，竟骂声“鬼女子”跳起来追着她围着桌子绕了几圈……

较之曹培培，同是山东妹儿的李文静和尹丛丛又各有千秋，李文静朴实且端庄，尹丛丛秀气而灵巧；李文静爱采写一本正经的校园好新闻，尹丛丛却喜欢写饱含感情色彩的散文和小诗，曾经把一次中途转车却遇列车晚点在小站上望着近水远山和霏霏细雨更觉凄清的感觉用一篇散文表现了个淋漓尽致，让人感到文中有画面，画中那个女孩儿甚是楚楚惹人怜……

本书编著者与 2007 级“六君子”。从左到右分别为：刘智、尹丛丛、李文静、孟磊、夏明宇、曹培培、王玉辉

自 2009 年下半年我给广电新闻学 2007 级上课以来，上述六君子已在《重庆文理学院报》发表了一系列文章，诸如孟磊和李文静发在校报 11 月 25 日头版的消息《2010 届毕业生“双选会”举行，意向签约 3000 余人》，孟磊发在校报 2009 年 12 月 10 日第 4 版上的作品赏析《执着于自己的那份选择 ——读〈清凌凌的桃叶溪〉有感》，曹培培、尹丛丛发表在校报 2009 年 12 月 25 日第 3 版的通讯《后发制胜创佳绩 ——我校教科院学生徐毅文全市创业大赛夺魁记》，曹培培发表在校报 2009 年 12 月 25 日第 4 版的文学评论《从“小塆”走来的老人 ——谈长篇小说〈小塆风云〉中的邱茂良形象》，曹培培发表在校报 2010 年 1 月 15 日第 3 版上的通讯《他与“非物”的不解之缘 ——访我校首个“挑战杯”国家级社科类获奖者王吉辰》，尹丛丛发在校报同期同个版面上的通讯《从创业大赛一等奖说起 ——我校师生畅谈自主创业》，曹培培、尹丛丛发表在校报 2010 年 3 月 25 日 3 版上的通讯《一封感谢信背后的故事 ——我校教职工袁顺洋、杨东梅夫妇回乡扑火小记》，王玉辉、曹培培发表在校报 2010 年 4 月 10 日第 3 版上的通讯《弦歌荡漾，卫星湖畔又飞出群凤凰 ——我校音乐学院学生全国“德艺双馨”参赛获奖记》，等等。现在我带着他们做毕业设计和课题“记忆文理”，又恰逢校报新辟专栏“大学的记忆”广泛征稿，于是更加如鱼得水，从 2010

年 4 月 10 日起，他们陆续在校报上发表了《卫星湖的源头》《桃花岛的传说》《北山上的书院》《五七大学的第一台拖拉机》《沁人心脾的瓜山甘泉》《瓜山之麓的第一个光明之夜》《最早的图书阅览室》《星湖之滨的第一家菜店》《张家院里听莺歌》《丝竹园里鸣丝竹》等一大批忆旧文章和访谈，2010 年秋我们又在学校党委刘灿国副书记和校团委的大力支持下，一连出版了好几期《渝西青年》“记忆文理”系列专刊，每期都是一印几千份，在校内外都激起了热烈反响，得到了学校党政领导、包括离退休教职工在内的全校师生和广大校友的一致好评。

现将校报于 2010 年 4 月 10 日起开始连载的《卫星湖的源头》转录于下。

卫星湖的源头

尹丛丛　王玉辉　曹培培　孟磊　刘智　李文静

（一）

“我们都喝过卫星湖的水，少则几年，多则几十年。卫星湖是重庆文理学院人当之无愧的母亲湖——探寻母亲湖的源头，了解母亲湖的历史，既是一件有意义的事，也是我们文理学子应尽的责任……”

这段话语，恐怕就算是夏老师给我们这次卫星湖探源活动做的动员报告吧。老头儿一本正经地说着的时候，我们已经走在星湖校区的马路上。满目桃红柳绿，遍地姹紫嫣红，卫星湖水烟波浩渺。听着，看着，我们心潮起伏，心中便装满了意义与责任，脚下好像都生出风来了……

（二）

出了音乐学院琴房外的学校后门，卫星湖水依然浩荡，而校园内那些经过人工剪辑的桃红柳绿，却变成了自然、粗犷的山水田园风光：港汊、松冈、山羊、水牛、农舍、庄稼——偏巧我们几个都是北方人，一时间真是大饱眼福！乍见在港汊中游泳的水牛，培培惊呼了一声“水怪”，王玉辉则干脆说像是“鳄鱼”；孟磊乍闻松林中喑哑的鸟叫，只得就塞责地随口念道：

红酥手，黄藤酒，两个黄鹂鸣翠柳；

长城外，古道边，一行白鹭上青天。

还真被她缺牙巴咬虱子咬准了——夏老师说，这些在湖边小松林里起起落落的大鸟，正是逐水草而居的白鹭。

一路有说有笑地迤逦而行，不觉间已从校门外走出老远，待又绕过一个大

港汉时，路旁接连出现了几处荒颓的农家，有的只剩下断壁残墙，有的乍看房舍还完整，细看才发现已没了门窗。夏老师说，这些人都拖家带口地进城务工去了，“你们看，不是连门前的土地和道路都荒芜了么？”果然，由于没人住，道路已经变得非常不好走，开始还可以从荒草中找路，后来便只有在杂树丛生的山壁上攀爬。这时，大家最担心的人就是刘智同学了——刘智前天在校内把脚扭伤了，老师说留他在星湖校区采访，他却坚决要一路同行。他说：“要去哟，不去肯定要后悔一辈子！”

刘智也真是超常发挥，居然就稳稳地跟定大家，路再难走也没有落在大家后头。尽管如此，李文静仍不大放心，有意走后面陪着刘智，还哼着山歌为大家鼓劲。

翻过那道难走的小山坡，面前柳暗花明，道路，楼宇，音乐，人声，几行翠柏倒映在湖水里，使山更青黛，水更幽深……

“好哇——”我们一齐欢呼起来。

可问题又来了：我们只顾高兴，却没有注意到一道围墙横挡在面前，从湖边一直挡到了半山腰上，围墙上面还加着铁丝网。夏老师说，这儿原是个国防科研单位，后来搬走了，不知道现在还算不算禁区。他又说，如果能够绕过围墙，站到前面那个小山坡上就可以看到卫星湖的源头了，但现在既然绕不过去，我们也不能硬闯……

（三）

这时已经是正午12点，老师看出我们都人困马乏了，便说不如先撤回星湖校区，然后另找时间从对岸到卫星湖的源头去。他又说：

“现在大家走靠山的捷径，看嘛，山腰上有人家，说不定我们会另有收获呢！”

靠山的一面路果然好走，并且果然还住着人家，大狗小狗欢蹦着迎接我们，鸡鸭鹅齐声奏起交响乐，夏老师一马当先地跨进院坝，跟一位六七十岁的老爷爷打起了招呼：

“老人家，吃晌午饭没有啊？”

“嘿嘿，还早呢！”

老人家虽瘦腰板却挺直，他告诉我们，如果是坐船旅游，船开到这前面不远就得打回转了；但如果真要找到卫星湖的源头，就还真的得走对岸，坐车到石龟寺再往前几里路……他还说，卫星湖本来叫做卫星水库，是1958年大跃进放卫星的时候动工兴建的，“当时，永川县卫星水库、上游水库、关门山水库几个大水库同时上马，我们临江区几个公社几十个大队的人都来修卫星水库——热闹是热闹，就是苦得很——那是灾荒年辰，烂泥巴担了下来没得粮食吃呀！”

“后来就好了。政府搞包产到户庄稼各人做，又办了你们师专恁大所学堂——‘卫星湖’这个名字，也是学校的老师和同学喊出来的……”

老爷爷手里还端着半盅生米，为了不耽误他做午饭，我们虽然听得津津有味也只好匆匆告辞了。探到了卫星湖的历史源头，走着印有车辙的林间机耕道，归路自然就好走得多，半小时左右就望见亲爱的星湖校区了。

“哇——”我们一齐欢呼起来，同时就笑着“质问”夏老师，今天是不是一开始就留下了现在这一手。夏老师有点“莫测高深”地笑了笑说：“凡事都要有计划——隔天我们也要先计划好了再重新去探源。

（四）

第一次沿湖跋涉探源之后，我们又到星湖校区去搞了几次采访，听一些老教师和师母讲了不少的故事。其中的一些故事，是关于原来的师兄师姐们的，有的还很动人，让人听了都有些自愧弗如。

一位老师告诉我们，关于卫星湖探源的活动，其实早已经不是我们的首创——早在原重庆师专时代，师兄师姐们就作了若干次勇敢的探索。其中最勇敢最壮烈的一次，是1987年的暮春时节，一方面为尧茂书漂流长江的壮举所激励，一方面因班上同学杨军不幸在湖中淹死而愤慨，原重庆师专中文系1984级学生饶文蔚发起了逆游寻源——“征服卫星湖”活动。但出于对安全等方面的考虑，学校对这次活动不但没有给予支持，反而进行了大力劝阻。可尽管如此，就在他们那个班里，还是有十多个同学报了名，七八位同学下了水——那是一个多么激动人心的场面啊：烟波浩渺的卫星湖水面上，星星点点地闪烁着几个“浪里白条”，岸上呜嘘呐喊加油声不断——特别是那些女同学，像景仰英雄一样看待他们，哇啦哇啦地在岸上叫着，一个个把嗓子都快喊哑了……

结果，十多里长的卫星湖，只有三个人游到了终点，其中有活动发起者饶文蔚——在当时不少的师生心目中，他们是真正的英雄。

而学校师长对学生的感情，无异于父母对待子女，虽然事先并不同意大家去涉险，可当他们真付诸行动时，还是派出救生船跟在后面保护他们；而对于饶文蔚这个“不听话”的“始作俑者”，事后竟也没有受到任何处分——只是口头上狠狠地批评了几句，心头还是承认他有意志、有毅力、有一股不屈不挠的拼搏精神。

那位老师说，这事对于饶文蔚本人，更成了一笔或许终身受用的精神财富，十年之后的1997年，他带队到石柱县西沱镇“三下乡”时，已经当了镇长的饶文蔚还特别告诉大家，他依然清晰地记得，他们那次逆游卫星湖，从水库大堤下水，到接近源头处上岸，耗时共三小时零二十九分……

老师的讲述，让我们听入了神，听完也半天都做声不得，眼前老是晃动着老师所描述的饶文蔚师兄：大专毕业时还不到二十岁，细高细高的身材，略微鼓起的眼睛，一笑那脸上就会显出几分顽皮的挑战意味……

是啊，这世间的事情，原来都总是一分为二的，一方面，学校应该关心学生的生命安全，不能让学生轻易去冒险；另一方面，逆游卫星湖这种近似珠峰攀登、长江漂流那样的冒险精神又是谁都会景仰的——无论如何，我们都应当永远记住这人和这事：饶文蔚，原重庆师专中文系1984级学生，重庆文理学院逆水而上纵向畅游卫星湖第一人，耗时三小时零二十九分……

卫星湖的纵深到底是多长？饶文蔚当初每小时到底游几里？带着这些问题，我们真有些迫不及待，想快些去探寻卫星湖的地理源头——彻底丈量一下这母亲湖。

（五）

饶文蔚校友曾经喊着“征服卫星湖”的口号逆游卫星湖。那么，卫星湖真正的源头到底在哪里，这源头到底会是个什么样子呢？4月18日，伴着蒙蒙细雨，我们终于踏上了寻找卫星湖真正源头的征途。

或许是天公怕我们打扰那桃源深处的寂静吧，这天一早，便下起了淅淅沥沥的小雨。然而我们寻源的心情是如此强烈，丝毫没有在意这阴沉沉的天气。或许就是有感而发，夏老师竟随口吟道：“水光潋滟晴方好，山色空濛雨亦奇”，当年东坡居士用来赞美西湖美景的句子用在此时，竟也是恰当非常。

车行20几分钟，我们便来到了石龟寺，这里可能已是车辆可以到达的距卫星湖源头最近的地方，两岸的山峦已经快要合并到一起，中间一道新筑的长堤则把两岸彻底地连接了起来，堤下有涵洞走水，堤面有行人也可行车，但这路到对岸不再往上游走，而是横着爬坡直登黄瓜山，到“桃花源”和已经归并到南大街的原黄瓜山镇等地去了。夏老师说，由于当时石龟寺尚未修复，这个地方不为人知。但饶文蔚他们当初逆游卫星湖很可能就是游到这个地方——因为再往上越发面窄水浅，不能行船了，游泳也不是那么舒服，不少人就把这里当作卫星湖的源头了。

“我们呢，我们还要不要往上走啊？”

“要啊——”我们异口同声地喊着，“我们一定要看到真正的卫星湖之源！”

但是接下来的路确实很难走——由于下雨，本来就狭窄崎岖的路上更添了泥泞，让人不知从何处下脚。一是路实在难走，二是对于前路不甚了解，于是大家便有些退缩了。可就这么放弃又着实不甘心，正进退两难时，刘智咬咬牙，说了句：“我去探路！”便只身冲到了最前面，然而只爬过一个小坡，他便释然

地笑了，挥着手臂向我们喊道：“快来啊，前边有路！”于是，我们纷纷冲了上去，预感到经历了这“山重水复”，我们定会寻得那“柳暗花明”！

然而，我们似乎得意的早了些，前边的路时好时坏，稍不留神便会滑倒，夏老师刚刚叮嘱我们小心，便听到后面“哎呀”一声！原来是李文静率先坐了个“土飞机”！大家赶忙搀起她，确定她没有受伤后，便“哄”的一声笑了出来。

接下来的路似乎比先前又难走了许多，到处都是坑坑洼洼的，一不留神就会踩空，一条小路狭窄得过一个人都显得拥挤。有了前边的经历，我们丝毫不敢怠慢，一步一步踏踏实实向前挪着。突然间，大家看到不远处几个农民正在耕作，便赶忙上前打探前边还有路没有，他们一边耕着地一边友好地告诉我们：有路！而且已经离卫星湖源头不远了。

我们信心倍增。果然，转过一道田坎再翻过一个坡，眼前豁然开朗！而同时，我们也惊呆了，因为映入我们眼帘的竟然是如此美丽的一幅山水画卷：苍翠的青山从两边合拢，山脚下几所农舍隐约可见，农舍脚下是一片低洼的开阔地，几个农民在田间忙碌，两头水牛逍遥地晃着头和尾巴走来走去——卫星湖已经荡然无存，只有一条小溪从两山之间流淌出来，正在我们眼前汩汩地流着。这便是卫星湖真正的源头，我们终于成功了！这小溪小到什么地步呢？小到我们竟然可以一步迈过对岸去，丝毫不用担心会打湿鞋袜。由于这几里山路实在泥泞，此时我们都有些狼狈不堪了：鞋子和裤腿沾满黄泥，汗水浸湿了衣服。于是，我们决定暂作修整，简单清洗一下，再从对岸绕回石龟寺。

卫星湖寻源之旅到此似乎可以胜利结束了，然而就在这时，状况再次出现——培培发现她的手机不翼而飞了！万般无奈之下，夏老师决定让王玉辉陪着培培原路返回，看能否寻回那失落的手机。目送他们走远，我们五人继续前行，对岸的路要好走很多，我们很快便回到了石龟寺的停车之处。不多时，培培和王玉辉也回来了，看着他们沮丧的神情，大家知道那手机怕是自此杳无音讯了。

卫星湖纵向到底有多长？开车的吴师傅告诉我们，从水库大堤到石龟寺约摸 6 公里，因为天雨路滑才走了 20 分钟；再加上下车后走的几里路，一共恐怕是七八公里吧。

从星湖之源返回水库大堤，我们又突击走访了设在大堤下面的卫星湖水库管理所，得到关于卫星湖的官方表述是：卫星湖及周边景观区域总共幅员 12 平方公里，卫星湖全长 8 公里，水面 1500 亩，湖内港湾交错，有自然形成的多个半岛和全岛……

2010 年 10 月 26 日，时任文传学院党总支书记的沈远川副教授主持召开毕业论文改毕业设计工作座谈暨 2011 届毕业生孟磊、王玉辉小组毕业设计答辩评

审会，指导教师夏明宇教授、评审教师黄维宪副编审等和孟磊、王玉辉等毕业设计小组成员共 6 人全部参加。到会师生都踊跃发言，特别是孟磊、王玉辉等 6 名同学，他们说起这大半年来在老师指导下的亲历亲为，如数家珍，深有感触。答辩评审会从下午两点半一直开到晚上七点半，沈远川书记最后总结说，这是文传学院广电新闻专业学生试作的第一份毕业设计，这份以“回顾学校艰辛办学历程，为校庆 35 周年献礼”为主题的毕业设计非常精彩，这里面有太多的东西需要交流和总结，他个人对此也感到“非常满意”。

2011 年六君子毕业后，刘智在他家乡的《滕州日报》当了记者；李文静在她家乡的一所中学当了教师；曹培培考进山东济南的一家大型国企做宣传工作，而且早已经给我寄过喜糖和结婚照了；孟磊则考进福建师范大学继续读研究生，之后她进了福州的一家报纸工作，自云对象是一位和她同窗读研的温州小伙儿，对象本人及全家对她都很不错……

目前又数王玉辉最为能干，他 2011 年考入东北师范大学攻读完硕士学位后，又经过考试由教育部保送到日本北海道大学攻读博士，2016 年暑假回国结婚，还曾经带着新媳妇回到母校，看望了笔者和其余师长，介绍新媳妇时声称“这是您儿媳妇”，竟让旁人羡慕了许久。

二十一　王昭、孙佳森和姜斌

就在 2007 级王玉辉他们刚刚毕业离校的 2011 年 7 月，我在学校校友总会和文传学院的大力支持下组建了“寻访校友足迹”采风队，这个采风队的首批队员即由以文传学院广电新闻专业 2008 级学生为骨干的数人组成，其中有王昭、姜斌、陈碧然、孙佳森等。

王昭是星湖写作社第十六届社长，姜斌是星湖写作社第十六届副主编，陈碧然是广电新闻专业 2008 级 2 班的学习委员，孙佳森是西南大学育才学院通过“专转本”考试到我校攻读的 2008 级学生。我带领他们走的第一站，是到西南大学采访党委副书记徐晓黎。当我们带着采访记录和徐书记赠送的著作、画册等满载而归时，学校包括一些校领导、教职工在内的许多人都大吃一惊。

“啥子呢，原来西南大学的徐书记也是我们的校友呀？”

徐晓黎是我校（原江津地区五·七大学）农机专业面向全国统招的 1977 级学生，因为后来改办师专，学校在办过一届“社来社去”的农机 1976 级和一届统招的农机 1977 级后农机专业就彻底停办了，只有一个班的农机 1977 级，

因此被戏称为“空前绝后班”。1981 年毕业后，徐晓黎被分配到当时办在荣昌的四川牧医学院工作，从教员逐步晋升到学校副校长，后来四川牧医学院并入西南农业大学，他做了西南农业大学的党委副书记；再后来西南农业大学与西南师范大学合并组建西南大学，他又被任命为西南大学的党委副书记。

徐晓黎在原四川牧医学院任职时，我曾于 1997 年学校建校 20 周年前夕专程访问他，知他建树颇丰并且对母校感情深厚，所以这次又带学生采访他，不期竟为学校校友总会提供了第一手资料。

采访徐晓黎后，我们又奔赴永川、璧山、大足、荣昌等几个区县，一共采访了二十多位优秀校友。王昭和姜斌采写了《徐晓黎：黄瓜山下有我的精神家园》《余祖明：当之无愧的优秀党务工作者》《罗志军：一座生态城市的设计师》等文章 10 余篇；孙佳森和陈碧然采写了《罗皇德：切切实实关注民生，认认真真参政议政》《尹道勇：从校报记者到日报总编》《赵兴中：学数学出身的著名诗人》等文章 10 余篇。当然，20 多篇文章都经过了我的润色和修改。

采访和写作从 6 月底进行到 7 月下旬，而后姜斌去了媒体实习，陈碧然和孙佳森回了山西老家，只有被大家喊作“昭哥”的王昭留在学校，帮助我在电脑上处理了要修改的内容等善后工作。

“好了，王昭，你也该做点自己的事了。”最怕老实人在我手里吃亏，我连忙对他吩咐道。

“好，那我去找地方打几天工看。”王昭便对我憨厚地笑笑。

王昭长得比较高，更重要的是壮得像铁塔一样。但他当然不会去当搬运工。他应聘一家公司下面的部门业务主管岗位，简单面试之后，居然通过了。

但那工作却不像是常人能干的。到了 8 月下旬我有事找王昭，在中午或晚上时候打他的电话也总是打不通。有一次在深夜 11 点的时候终于打通了，但对方传过来的却是一个冰冷的陌生声音：

“你找王昭干什么——他现在不能接听电话。”

“那请问你是谁？”

“我是他公司的，他工作的时候电话要上交。”

未必他值夜班？我还想问，对方却已把电话关了。直到开学王昭回来才告诉我说，那家公司一天常常要工作十多个小时，中午吃盒饭，吃了接着干，晚上再吃盒饭后要加班到深夜——要不是有意让自己锻炼一下，王昭早就不想在那儿待了。

王昭身体好、性情好又颇有才，“天生我才必有用”，毕业后他考上了南京航空航天大学的飞行特训班，被保送到美国培训了两年，回国后在深圳一家航空公司做了教练——开始教别人驾驶飞机了。

左　本科在读时的王昭和同学孙佳森　右　现在的飞行教练王昭

姜斌毕业后去了山东老家的《济宁日报》。姜斌原来有一个毛病不大好：大凡沾了酒就要睡觉，不但坐在车上会睡走着路会睡，就是还在饭桌旁边坐着也会睡着。但是现在情况或许已经有改变，现在讲廉政精简饭局，外出采访起码没人敢给他酒喝了。

王昭和姜斌采写的西南大学徐晓黎副书记的文稿如下。

徐晓黎：黄瓜山脚下有我的精神家园

王昭　姜斌

"一个学校的校风、学风、教风和校园文化能够对学生产生巨大的精神感召，一个学校的校园文化具有独特的内涵和魅力，足可以影响她一代又一代的学生。母校原重庆师专在办学实践中凝聚起来的'黄瓜山精神'对于我们这些'文革'后的第一批大学生来说，尤其是一种感召、一种激励、一笔弥足珍贵的精神财富；黄瓜山下至今还有我的一片精神家园，至今我还记得那些激情燃烧的日日夜夜：在闷热的教室里挥汗如雨地挑灯夜读，沿着机耕道般的土马路晨跑和在简陋的球场上雀跃欢呼……"

面对母校来人的访问，我们眼前这位健硕的中年汉子说得投入也很动情，质朴的衣着略显随意但却掩不住他周身的英气，黑色的半框眼镜透射出他睿智的目光，这就是我校校友，原江津师专（重庆师专）农机专业 1977 级学生，现

西南大学党委副书记徐晓黎给我们留下的第一印象。

走近徐晓黎，是从阅读十五年前夏明宇老师为他写就的那篇通讯开始的，当时，省里任命他为四川畜牧兽医学院的副院长还不到两年的时间。这位当时四川全省本科院校中最年轻的副校级（副厅级）干部。意气风发，豪情满怀，把自己分管的办公室和人事、监察、保卫等工作料理得井井有条，并同时兼任了校工会主席，为广大的教职工谋求福利。凭借着对工作的热情和踏实肯干的工作作风，他很快得到了全校师生员工的一致认可和好评，他却只是觉得自己做了一些该做的事情，而把目光投向未来，认为有些事情才刚刚起步，有的东西还需要探索。一直以来，他始终都希望能够在自己的工作岗位上多做出一点有益于党、有益于国家、有益于人民的事情。

如今，徐晓黎已过知天命之年，从母校重庆师专毕业参加工作也已经整整三十年了。三十年间，他完成了人生的多次跨越：攻读硕士学位、下派到藏区做副县长、就任四川省最年轻的副厅级干部……他的经历愈发丰富，思想境界也不断升华，但他身上那种艰苦奋斗、不畏艰险、勇往直前、开拓进取的精神却未曾改变，他始终朴素地认为这就是“黄瓜山精神”在瓜山学子身上的体现。正是在这种精神影响、激励下，他在一次又一次的挑战中取得胜利，实现了自己人生的数次重大跨越。

1981 年，刚刚从江津师专（后改名为重庆师专）毕业的徐晓黎被分配到了四川畜牧兽医学院任教，而他所面对的第一批学生竟是本科 79 级。一个专科毕业生为与自己年龄相仿的本科生授课，其中巨大的压力可想而知，但他却偏偏不畏艰险、勇于面对挑战，惶恐之余更有几多惊喜。为了成为一名合格的老师，他首先让自己钻进书堆，并且向老教师虚心求教，既学习教学经验又学习绘制图样，通过不懈努力，他第一次站上讲台就得到了学生的认可。

历史的发展轨迹有时总是惊人的相似，徐晓黎经历的人生挑战亦是如此。2001 年经教育部批准，四川畜牧兽医学院与原西南农业大学、中国农科院柑桔研究所合并组建新的西南农业大学，学校的领导班子当然也就出现了一个重新组合的问题。但由于突出的工作表现和务实的工作作风使徐晓黎赢得了领导和教职员工的充分信任，得以进入新的西南农业大学领导班子担任党委副书记和纪委书记。2005 年 7 月，西南农业大学与西南师范大学合并组建西南大学，成为国家教育部直属重点综合性大学和国家“211 工程”“985 工程优势学科创新平台”重点建设大学，徐晓黎在更新的一轮领导班子选拔中再次胜出，被任命为西南大学党委副书记，分管研究生工作部、学生工作部、学生工作处、招生就业处、团委、保卫处、武装部、派出所等部门的工作。从最初只有几千人的学院（四川畜牧兽医学院）到在拥有 1 万多研究生和 4 万多本科生的重点大学担任领导工作，平台更大了，工作担子不知重了多少倍，他所面临的崭新挑战，更甚于当初的一个专科毕业生去教本科生，可他偏偏乐于接受这样的挑战。正如他所说，母校的“黄瓜山精神”是一种感召、一种激励和一笔财富。也许正是在这种精神的陶冶下，使他身上透出的艰苦奋斗、开拓进取的优秀品质熠熠生辉。

回顾毕业三十年来走过的艰苦奋斗历程，徐晓黎感叹不已，而提起在重庆师专学习的经历更是让他感慨万分。在农村插队的艰难岁月里，他在煤油灯下自己修完了高中课程，终于得以以优异的成绩通过“文化大革命”后的第一次高考，上了当时的江津地区五七大学（后相继更名为江津师专、重庆师专）农机专业。“那时的点点滴滴现在想起来都还很鲜活，”回想起那段日子，徐晓黎似乎有很多话要说，他忘不了男生旧楼那间靠边的宿舍；忘不了挥洒青春热汗的简陋球场；忘不了老校长黄正禄“不可误人子弟，就是赔上血本也要尽力把农机班办好”的铿锵话语。正因为如此，尽管学校当时条件很差，且已由五七大学改办师专了，他们号称“空前绝后”的农机77级41人，仍然受到了很好的教育，专科三年竟上了三所大学：除了母校江津（重庆）师专，还相继被送到重庆大学和四川农机学院学习培训，奠定了较为扎实的专业基础。

“当时的条件非常艰苦，可以说是一穷二白，学校老领导和老师们就是在那样艰苦卓绝的环境下开展工作的。没有深宅大院，没有高楼大厦，领导和老师住的都是平房，很容易和学生们打成一片，特别是“文化大革命”后解放出来的那批老教师，丢下了‘右派’‘反革命’等包袱，夜以继日地忘我工作，他们的为人和风骨对我们都有很大的影响。”徐晓黎说，“不可误人子弟”这句话至今还一直鞭策着他，让他努力去做好自己分内的每一项工作，去关爱西南大学的每一位博士生、硕士生和本科生……

徐晓黎还说，在从事教育事业的三十年间，他深刻体会到一个学校的校风、学风、教风和校园文化对学生产生的巨大精神感召，他希望母校重庆文理学院能够将宝贵的“黄瓜山精神”永远地保持下来并发扬光大，去感召、陶冶一代又一代的“瓜山青年”和“文理学子”。

（摘选自重庆文理学院校庆四十周年纪念专集《青春闪闪亮》）

陈碧然和孙佳森后来被我推荐到《大足日报》实习，后来陈碧然考上了村官、转了公务员并且就在大足成了家，孙佳森的情况就复杂一些。这个要强的山西妹儿，考研只报中国人民大学的新闻专业，别的什么都不报，差点分人家动员她调剂她也不干，结果回到山西老家后几经周折，最后终于凭借自己雄厚的实力，考进了她故乡山西太原的一家省级大报，并且成了一名拥有正式编制的新闻记者。

梅花香自苦寒来，对孙佳森而言，实力来自于她孜孜不倦地刻苦学习和不懈追求。自她 2010 年秋季“专转本”到我校，我就发现她每次都是最先坐进教室最后才离开，教材上全是她的勾勾画画，一本厚厚的笔记簿也被她写得满满。

“你都写了一些什么呀？”

一个彤云密布的冬日的傍晚，下课铃响过，同学们都缩着脖子飞快地走了，我收拾起讲义关好多媒体，见她一个人还坐在那儿写写画画，便忍不住走上前去问她。

“一些是老师讲的要点，一些是自己练笔——”她显得很坦荡，亮出本子似让我检查，话也说得从容不迫。

“嗯，好，练练笔好——”我由衷地说着，真的很感动，现在的大学生多半都只会玩手机和电脑，很少听到人说“练笔”二字了。

带课外实践和毕业论文，所以我点名要带孙佳森。

本科生孙佳森在教室里

且展示孙佳森一小段文字在这里。

一蓬飞扬的胡须遮盖住他半张脸颊，加之那洒洒洋洋的走路姿势，成了他特有的一种标志，在没有人作介绍之前，你都可以迅速断定他就是你要拜访的人。这样的标志使他成为了璧山城里的一道风景，人们熟知这张脸，却似乎饱含着一些不解，他的胡子并不是为了蓄意装扮为艺术家的模样，30 多年的胡须飞扬，实则是缘于他的数学正比例、小镇故事、诗歌人生……

他从 1981 年开始学诗，时间的年轮走了三十年，从十七八岁时的意气风发到不惑之年的睿智潇洒，他的身上多了一种气质、一份境界、一抹“濯清涟而不妖”，身在世俗又超脱世俗的情怀。在这三十年间，他出版了四本诗集《寂寞的纯》《木偶心中的秘密》《十年江湖夜雨灯》和《小镇书》。诗集的名称由虚到实、由情到物，更多的则是这份善于捕捉生活美、善于去“以小见大”，用我们生活中的点滴折射某个时代、某种审视、某类物。他，我们亲爱的校友，是重庆市著名的本土诗人，更是一位值得尊敬与学习的智者……

（摘选自《重庆文理学院报》2012 年 9 月 25 日第 2 版
《赵兴中：学数学的本土诗人》一文）

二十二　我和小老板姚飞的故事

在广电新闻 2008 级的众多学子中，还值得在这里提一提的是“小老板”姚飞。

姚飞不爱上课，自己却办着针对中学生的培训班，而且还办的是“状元”培训班。这个班不但会培养尖子学生还能够转化差生，永川城里一些学生家长甚至说，“姚老板——啊不，姚老师很会做思想工作。”

但在学校及文传学院，人们却说这个姚飞特“另类”，四季剃光头就是一个明显的标志，而且“脾气暴躁得很”“是洋油箱箱碰着就哐当”——这话当然不是空穴来风，2009 年下半年姚飞大二时，我就亲自碰见光头的姚飞脸红脖子粗地和老师顶撞，忍不住还上前制止过他，他当时斜了我一眼，尽管没有认错，但是也没有做声便扭头走了。

2010 年下半年我开始给姚飞所在的班级上课，前面半学期他也没有来。班长和学习委员脸上有些挂不住了，主动向我说起还歉意兮兮的：

“老师，您别介意，姚飞……他都这样。”

“哦——”我笑笑，“可能是姚老板确实太忙了……但他前面各科成绩既然都过了，说明他还是抽空自学了嘛！”

“姚飞也有他的难处——”顿了顿我又说，“听说他不但挣钱维持自己的学业还要寄钱回家贴补家用，很不简单嘛！不过，他正当求学的大好年华……总的来说还是可惜了！”

一个星期后，也算是话音刚落，姚飞忽然来上课了，而且是在同学们还远未到齐的时候，他早早就坐到教室里面了。

那天是2010年11月16日，星期二，天气阴阴的，我给大家讲一篇刚发布的新闻，题目叫《“热血青年”范敬宜走了》。我先问大家范敬宜是谁，全班50多位同学你望望我我望望你竟都说不知道；我远远望见光头姚飞的嘴巴似乎动了动，但最终也没有吭出什么来。

“同学们哪。”于是我说，“我们新闻学专业的学生都应该知道范敬宜——因为他是我国当代新闻界的泰斗之一，是《人民日报》的原总编辑，退休后还曾以古稀之躯执教清华，成为全国大学新闻院系中年纪最大、级别最高的院长……

“同学们哪，要知道敬畏呀！”

说罢我拿起那篇新闻，用沉缓的语音朗朗读道：

【人民网北京11月14日电】（记者瞿慧慧）人民日报社原总编辑范敬宜于13日13时42分因病抢救无效，在北京医院去世。享年79岁。人民日报的同行得知范老去世的消息十分悲痛。

人民日报社原总编辑、清华大学新闻与传媒学院院长范敬宜先生因病于13日中午不幸去世，享年79岁。先生驾鹤西去，令业界唏嘘。斯人虽去，但音容笑貌尚存，经典语录言犹在耳……

这篇新闻，我自己读了一遍后，还让一位普通话纯熟的同学重读了一遍。接着我给大家讲范敬宜生平：一生富有传奇色彩，1951年从上海圣约翰大学中文系毕业即从事于新闻行业。1957年因文获罪招致20年的牢狱之灾，1979年重返新闻岗位不久又因一篇造成全国影响的重要报道而声名鹊起，从《辽宁日报》的部门主任、副总编一直做到国家外文局局长、《经济日报》总编辑、《人民日报》总编辑。他是中国记者的楷模。一句“离基层越近，离真理越近”成为全国许多新闻工作者熟记的至理名言。他是“三贴近”的倡导者和实践者，曾指出有五种人不可以做记者：不热爱新闻工作的人不可以做记者；怕吃苦的人不可以做记者；畏风险的人不可以做记者；慕浮华的人不可以做记者；还有没有悟性的人也不可以做记者。他总是不遗余力地扶持新人指导后辈，不但经常拿着年轻记者的稿子向版面推荐，还曾经不止一次地推荐读者来信上《人民日报》的头版头条……

这么讲着，不觉就是一节课。第二节课开始时，我发现姚飞已经从后排移

到了前排，心中虽然高兴表面却仍不动声色，但把《“热血青年”范敬宜走了》的开头两小段重念了一遍，指着“先生驾鹤西去，令业界唏嘘，斯人虽去，但音容笑貌犹存”等句问大家：

“这是一篇典型的消息报道——消息可不可以像这样写呀？”

这下，已经移到前排就座的姚飞抢先发言了。他说：“存在的就是合理的。《人民日报》都这样写了，我们当然也可以这样写。”

“这种写法叫做什么样式？”我问。

“……!”他有些尴尬，挠了挠头皮，但随即就坦言说“我还不知道”。

“……？”我把目光扫向众人，人群中有人低语道“好像叫自由式”。

“对，自由式。”我连忙大声加以肯定，“我给大家讲过的自由式结构，即是在消息写作时打破常规，不拘泥于传统的结构模式，讲究一个自由灵活，画面组合式、对话式、问答式、散文式结构都可以运用——这篇消息就是典型的自由式之散文式结构，在表达上它叙述、描写、议论、抒情、说明等多种手法并用……”

接着我告诉大家，范敬宜先生本身就是新的新闻文风的积极倡导者，曾指出“新闻写作要多从文学写作中吸取营养，借鉴文学写作丰富、多样的表达方法以增强新闻作品的感染力和影响力，使新闻事实不仅更加可信而且更加可读、可亲……”而不像某些学究，在新闻与文学之间划定了一条天然的鸿沟，搞文学的说文学作品不好时称其“就像新闻”，教新闻的说新闻作品不好时称其“就像文学”……讲到这里时，我发觉坐在前排的姚飞重重地点了点头。

从那以后的后半学期，姚飞不但每周必来上我的课，不但补齐了我布置的所有作业，还主动让我看了他写作的新闻和散文文稿。我对他几乎是有求必应，但有几次他打电话请吃饭喝酒，我却没有得空“光临”。直到 2012 年毕业论文答辩完毕同学们谢师时，我才豁出去和包括姚飞在内的大家痛饮了一次。

是的，姚飞后来的毕业论文也是我指导的。不断沟通后，我们逐渐熟识了，他也成了我最省心的学生之一，毕业论文没怎么修改就通过了还被评定为“优秀”，而且还在提交毕业论文之前，他就考上内蒙古大学的硕士研究生了。

到内蒙古大学深造后，姚飞曾用包裹寄过一块奶酪和一瓶马奶酒给我。奶酪圆得像个月饼我没舍得吃，马奶酒酒瓶面上套着皮袋还绣着成吉思汗的像，我有时也会拿在手里把玩，玩得都把那皮套磨损了。我也常想：姚飞的硕士研究生早该毕业了吧，现在他在哪里？

读研时的姚飞

上本科时的姚飞

今年春节，姚飞发短信并且打电话给我拜年，说他研究生毕业已三年，现在河北省电视台工作，令我在高兴之余也少了几多牵挂。这里附一篇姚飞在校时发表的散文。

中秋祭月

姚 飞

仲秋八月，秋分时节，碧空如洗，秋高气爽。农谚说："白露秋分夜，一夜冷一夜。"可不知怎么的，今年的天气却似乎冷的慢了些。

农历八月十五，恰逢三秋之半，古人故名"中秋"。中秋时节，月满如盘，皓月当空，各地大小习俗盈千累万，但有一点却是连着脉络的，那就是多半都与月亮沾着边，如傣族的"拜月"，壮族的"祭月"，藏族的"寻月"，苗族的"闹月"，蒙古族的"追月"，彝族的"阿细跳月"，高山族的赏月，等等。所以说，在中秋就不能不说说与月亮有关的事情了。

早在西周王朝就有帝王春分祭日、夏至祭地、秋分祭月、冬至祭天的习俗，《礼记》也有记载："天子春朝日，秋夕月。朝日之朝，夕月之月。"这里的夕月之月，指的正是夜晚祭拜月亮。古时候，最初祭月的日子是在"秋分"这一天。可"秋分"的时间却是每年各有不同。也就是说，秋分这一天不一定有圆月当空，祭月无月是大煞风景的事，随着后来的约定俗成，祭月的日子便固定在农历的八月十五这一天。这种祭月的习俗历朝历代沿袭至今，上自王公、下至黎

民都虔诚礼拜。

我国古人祭月是单纯而朴实的祈福与感恩，而“秋暮夕月”正是这个说法。随着朝代沿革，祭月、拜月活动内容更加丰富；秦汉时，中秋节除了祭月外还举行敬老活动，官府向老人赐坐凳、手杖、圆饼；从汉代起，祭月便逐步演化为赏月之风，汉代枚乘在《七发》中说：“将八月之望，与诸侯远方交游兄弟，并往观潮乎广陵之江曲。”汉魏之后，赏月之风渐盛。时至唐代，赏月、玩月颇为盛行，刘禹锡在《八月十五夜玩月》中也有“星辰让光彩，风露发晶英。能变人间世，攸然是玉京。”的句子。到了宋代，玩月游人，竟彻夜不绝，宋人吴自牧《梦粱录》也有记录：“金风荐爽，玉露生凉，丹桂飘香，银蟾光满。王孙公子，富家巨室莫不登高楼，临轩观月……此夜天街买卖直至五鼓。玩月游人婆娑于市，至晓不觉。”明清之后，习俗渐衰。

而在唐宋，文人骚客在祭月、赏月之余，也不忘吟诗作赋表露心怀、寄托相思，或借月传情、借月托思，其中以宋代苏轼《水调歌头》最为出彩：

“明月几时有？把酒问青天。不知天上宫阙，今夕是何年？我欲乘风归去，又恐琼楼玉宇，高处不胜寒。起舞弄清影，何似在人间？

“转朱阁，低绮户，照无眠。不应有恨，何事长向别时圆？人有悲欢离合，月有阴晴圆缺，此事古难全。但愿人长久，千里共婵娟。”

而在我看来，即便是文人骚客的为赋新词，也只不过是祭月的点缀罢了。

祭月则必有祭品。

向着月亮处，摆设大香案，陈列着月饼、西瓜、苹果、葡萄等祭品，再斟杯菊花酒，摆上大肥蟹。待月亮升起之时，先燃放爆竹，而后焚香于案，全家由家长带领行跪礼膜拜，而后宴席，半腹为好，空半腹宴后食用祭品。食祭品时，有一样是必需品——月饼。《帝京景物略》说：“八月十五祭月，其祭果饼必圆”，尤以月饼为代表，象征团团圆圆。

说到月饼，缘起有多种说法；一说元末明初，朱元璋谋士刘伯温利用中秋互赠月饼之际，在饼中夹带“八月十五杀鞑子”字条通讯起义；一说唐高祖年间，大将李靖征讨突厥八月十五得胜而归，高祖李渊接过吐蕃商人献上的胡饼说：“应将胡饼邀单于。”不管孰是孰非，总而言之，月饼亦如明月寓意团圆，祈祷生活美满幸福。

书写至此，自己却不觉伤感。独在异乡，时逢佳节，便也将明月来拜。月光清澈如水，而故乡咫尺天涯。但愿人长久，千里共婵娟。

（原载《重庆文理学院报》2010年9月25日第4版）

二十三　彭冬肖、范范和杨钦越

2012 年，我在送走 2008 级同学的同时，从自己任课的 2009 级学生中，选了彭冬肖、范彦丽、杨钦越等几位作私塾弟子，指导她们的课外实践和毕业设计。彭冬肖是渝西青年社的社长，范彦丽是星湖写作社第十七届副主编，两个人还是校报学生记者团的正副团长和助理编辑。而杨钦越由于系中途从设在铜梁的某高职院校“专转本”过来，还什么都不是。但杨钦越的文笔和彭、范两人大致相当，并且很朴实也很勤奋。

2012 年暑假，由于学校校友总会秘书长曾祥禄亲自参与了“寻访校友足迹”的活动，于是外出的交通条件等得到了很大的改善。我们外出采访的第一站，是位于华盖山北麓的璧山广普初中，因为这里有一位新近评选出的全国“最美乡村教师 ——特别关注教师”胡荣，她是我校（原重庆师专）外国语学院 1993 级校友。据说她原本是原外语系 1992 级的，因为一场差点致命的疾病降临头上，才被迫休学，并且降到了 1993 级 ——医生甚至认为她不可能完成学业了，可她不但毕了业并且一直坚持在乡镇中学任教，创造了健康人也难以做到的骄人业绩。

采访之后，我让彭冬肖和杨钦越二人先合力写个初稿出来。谁知我这两位对于小通讯和散文早已驾轻就熟的“高足”，却无力驾驭这个比较重大的题材，虽然写得焦头烂额却总是难以如愿。我也不知如何修改，只得就全部推倒重来，写成洋洋五千字的《战胜厄运，她迎来了更加绚丽的人生 ——2012 全国“最美乡村教师 ——特别关注教师”胡荣校友的故事》，在加上她们两人的名字发表后，获得了全国高校好新闻一等奖。她们两人说：“老师给我们树立起标杆了，可我们却是望尘莫及！”

我却呵斥道：“你们千万别以为说说软话、奉承话我就高兴了，我是巴不得你们青出于蓝而胜于蓝！”

此后，三个人的学习确实更加努力了。同是在广普中学，范彦丽对校友邹维健的采写就比较成功；在璧山，杨钦越采写的《李定明：巾帼不让须眉》，彭冬肖、范彦丽合写的《张远明：快乐地走在荆棘路上》等也较为精彩；回到永川，她们三个女剑客又各自为战，采写的《用真诚铸就成功、用爱心感恩母校——记永川区校友会秘书长、金果源进出口公司总经理艾中华》和《邓国元：男子汉气概　企业家风范》等篇也比较成功；在别的区县走了一大圈采写 N 多人也基本上没再让我操多大心了，可最后赴开州采访在抗洪抢险中立功的校友李海滨后又遇到瓶颈 ——面对众多素材却不知道该怎么理出头绪来，我只好再次亲自捉刀，为她们拟出“师魂在危难中闪光”“成果在耕耘中丰硕”“教研在创造中常新”三个小标题，她们才把头绪理抹清楚。

彭冬肖稍高，文文静静地一副淑女相，处事不偏不倚地讲究公平，曾把渝西青年社治理得“风调雨顺”，处理学生记者团的事务也条理清晰。我甚至注意到，从 2011 年 1 月到 2011 年 10 月，彭冬肖接着做了校报两个版面大半年的助理编辑，可是那上面却几乎找不到一篇属于她自己署名的文章，版面倒一律都整理得井井有条——倒还真是大公无私呢！

范彦丽小巧，身材娇小脸儿也长得小，性情上也颇有机变即所谓小聪明。一次要我利用课间操时间给她看《星湖》的版面，我要她帮我打 3000 字作交换，她说到时自有比打字更好的事情作为酬劳，而待到版面看完也快上课了，她才故作神秘地告诉我道：“我特许你像彭冬肖一样喊我范范。”

“好你个鬼女儿——”我情知上当了，便故作专横道，“范范我要叫，字也得给我打，今晚上回寝室去加班也得打出来！”

杨钦越看起来朴实得像个村姑，然而她却是才华横溢，不但擅长散文而且工诗，一首怀念父亲的小诗就写得凄凄切切且颇有意蕴。

田园画卷

杨钦越

春来/你总是牵着我的手/去乡间耕耘/从不分离/此时/我的手掌里/仍存留你的温暖/温暖/是你挥在田地里/汗水的结晶/有一种粗糙/让我悲伤的质感/

夏来/你总是让我伏在你的背上/越过高山/为我采摘樱桃/此时/我的味觉/仍存留满满的香甜/香甜/是你冒着无数场大雨/生命的洗礼/有一种纯朴/让我心酸的疼

秋来/你总是在稻田里奔波/我坐在树荫下/你却顶着烈日割稻/此时，我的皮肤里/仍存留你的黝黑/黝黑/是你为了我的学费/收获的微笑/有一种憨厚/让我内疚的幸福

冬来/春夏秋冬/未曾更替/而就在某个冬天/你悄悄地走了/为我留下了很多/你却什么也没有带走/悄悄地/雪花轻轻地摇曳/带着你去了天堂/我拼命想拉住你的手/你却说/孩子/父亲没能好好地爱你

（原载永川区《海棠》杂志 *2013* 年第 *1* 期）

彭冬肖和范彦丽都是河北邯郸人，毕业后彭冬肖回家乡创业，范彦丽却跑到北京考了份工作，俨然成为北京人了。

杨钦越本来家住南川，毕业后却去了潼南电视台工作，因为上专科时她在潼南实习过，那里有几位老师比较赏识她。但是，在工作两三年之后，杨钦越不想继续做打工妹了，她想认真地参加一场考试，为自己找到一份正式而且稳定的工作……

但愿她梦想成真。

彭冬肖（左一）、范彦丽（右二）、杨钦越（右一）与老师们在永川作协年会上合影

关于毕业，彭冬肖和范彦丽曾经联合发表过一篇专题报道。

毕业时节的情怀

彭冬肖 范彦丽

又是一年毕业时。在校园里，你可以看到穿着学士服的毕业生们在星湖边嬉戏追逐、合影留念，或拎着大包小包在邮局办理包裹邮寄，或一拨拨去办公楼办理离校手续。在他们身上，你可以看到脱去青涩学生味的少有的镇定和成熟。许多同学都已上班两个月以上，他们都来不及伤感就已经进入紧张的职场生活了。面对社会上激烈的竞争，毕业生们开始怀念学生时代的单纯。

青春：实习和规划决定了未来

今年，我校校务部做了一个 2011 届毕业生的问卷调查。调查显示，我校61.4%的毕业生在求职过程中最大的优势来自于在大学期间所学的综合知识与

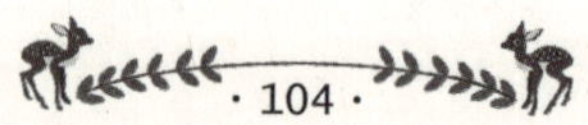

能力。文化与传媒学院的孙子麟、张慎凯作为星湖写作社的主编和社长，两人在大四选择留在重庆媒体实习，由于工作出色，现在已经如愿以偿地转为正式的新闻工作者。

美术学院的李凯出去正式上班之后才知道要学的东西太多。她认为出去受点打击也是好事。她的目标是去深圳多锻炼学习几年后，回老家当个老师。她最大的感慨就是“大学还想重来一次”，似乎自己昨天才背着书包来报到，今天就要毕业离开了。如果重来一次，她绝对不会把太多时间浪费在上网和看韩剧上面，以至于专业很多都没学扎实。现在她准备把自己的艺术设计教材办理托运，带在身边继续学习。

校务部的问卷调查显示，约34%的学生烦躁焦虑、郁闷迷茫。学工部赵峰老师认为大学生要想在一生有限的时间里发挥自己最大的潜能、有所作为，必须做好职业生涯规划，而大学时代就是这个规划的初级阶段，应当及早行动。

多情自古伤离别

在各学院的留言板上，陆续出现了毕业生们深情的道别语：“宝贵的四年大学即将结束，心里感慨道不完。借此机会，感谢全院老师对我们的悉心照顾！”

小杨在和同学们拍完毕业照后又聚餐、K歌，欢笑了一天。晚上，带着酒意的她回到寝室便开始胡言乱语，接着转为哭泣：毕业了，真的就这样散了吗？一屋子的姐妹都愣住了，目光一对视，眼泪刷地一下流出来了，抱头痛哭。

“马上毕业了，刚刚经历了失恋的痛苦。”2007级计算机学院的小曾对记者说道。在网上“毕业”吧里，《毕业了，大学里你最大的遗憾是什么》的帖子后有上千条回复。“大学里的爱情没有结果”“没能和喜欢的人在一起”，校园爱情成了不少毕业生心中最大的遗憾。

记者就爱情与事业的相关问题在我校100名毕业生中做了一个简单的抽样调查，结果显示，处于恋爱阶段的人占42%。其中，考虑过毕业后的爱情去向问题的人约占39%，而约44%的大学生抱着“没想太多，顺其自然”的态度。我校心理教育专家何华敏老师表示，大学里的恋人多数都会在毕业时选择分手，主要是毕业后现实性因素更为凸显。

就业：毕业生最关心的问题

在就业的人群中，83.6%的学生选择在重庆工作，专业对口率也高达66.3%。

许多学生对就业的心态已经比较成熟，认为一般工作好找、好工作不好找，普遍接受“先就业、后择业”的观点。各学院毕业生情况包括就业等具体数据将在6月下旬汇总。校务部的228份有效问卷显示，48.2%的毕业年级学生现在已经落实了就业岗位。

据经管学院的辅导员龙老师介绍：工商管理物流方向是传统专业、就业面宽，毕业生一般进国有企业、银行或大型物流公司。而工程管理专业的本科生整体就业质量都比较高，其中工程造价方向作为我校招生最热门的专业之一，就业市场很火爆。学生普遍专业对口、待遇优厚，可谓进口旺、出口畅。而该学院的金融保险、商务管理专科学生就业情况也非常好。

据文学与传媒学院辅导员袁昌玉老师介绍，今年文学与传媒学院毕业生就业前景也比较看好，特别是公招录取的学生数量很多，考取包括教师在内事业单位编制的有56人，公务员有19人，研究生22人。其中教师公招多为区县重点中学，考研学生中不少考取了名牌大学。作为有十多年丰富工作经验的辅导员，袁老师认为辅导员不应只是管学生生活琐事的“保姆”，更重要的是要对学生的人生目标、职业规划等加以引导，帮他们打好专业基础、为将来的职业生涯做准备。她甚至在学生就业面试等整个过程全程陪同。由于她对人严格要求，被学生们冠以“灭绝师太”的雅号，但大家在毕业后才感受到老师的良苦用心，纷纷感激地改口叫她“袁妈妈”。

应用技术师范学院工商管理物流方向的几位女生谈到：他们大部分都找到了工作，有的不对口，一般进旅行社、也有的在企业。由于缺乏经验，短期内待遇不高。她们表示，出去了才开始为工资和住房、柴米油盐等操心，什么都要自己来，感觉到生活的不易。

毕业，意味着离别，总是令人无限伤感；毕业又意味着开始，总是令人无限遐想。毕业的大戏，每一年都会在栀子花开的季节里上演。今年，我校又有3000名毕业生离开母校，踏上新的征程，我们祝愿他们一路走好。

（原载《重庆文理学院》2011年6月10日第3版）

二十四　白月、胡月、孙月桦

从2010级新生进校时起，学校开始试行导师制。经过“学生选择”和“学院微调”，文传学院确定广电新闻专业的沈静涵、胡月、白月、丁旭梦、黄晓芹、

王希喆、黄莉、沈悦等8名新生由我指导，关心她们的学习、生活和思想状况直到毕业。

“多此一举”，有的老师说，“各个年级不是都有专职辅导员么？”

虽然如此，我对自己的任务还是很在意，特地赶在国庆节前接触了新生，了解了她们的基本情况。

沈静涵：女，重庆沙坪坝人，瘦瘦的，样儿看上去有些忧郁，但自云爱旅游也爱看书，会留心各地风景和世态人情；希望在大学期间多读书并且多走些地方以丰富阅历，还希望不断地得到磨炼，找到自己的前进方向，“活出美丽的人生”。

胡　月：女，家住重庆杨家坪，也是个地道的重庆妹儿，自云兴趣爱好广泛，听音乐看书玩网游均喜欢，“只要是对自己有用的东西都乐于去接受。”

黄晓芹：女，重庆市奉节县人，系家中独女，父亲在本县林业局工作母亲已下岗，自云喜欢演讲和朗诵。

黄　莉：女，重庆市江津区人，家住江津油溪镇农村，刚来就感觉到大学“不是想象的那样单纯”，“体现得更多的是不公平”，害怕被人看不起，但相信不久后能找回自信。

白　月：女，河北保定人，系回族，果然白白净净地面如满月，自云爱读书、爱写作也爱运动和旅游并乐于交友，但总觉得她谈笑间眼角眉梢也暗含忧郁。

沈　悦：女，陕西平利人，父母均为公务员，系独女，说自己爱好音乐、电影和外语学习。

王希喆：女，河南驻马店人，家中有父母和一个妹妹，喜欢看书和学音乐。

丁旭梦：女，安徽芜湖人，曾任芜湖一中的学习委员和语文课代表，兴趣广泛，打羽毛球、游泳、旅游、听音乐、看小说样样都喜爱，此外还有点喜欢心理学……

四个重庆人加四个外省人，清一色的90后，清一色的女娃娃，我专门跑到星湖校区去和她们见面，一一勉励她们。她们中当即有人拿稿子请我看，还有人请我介绍入党。

从那时起，我就开始珍视“导师”这一份责任，不久后又特意把这8位女生请到红河校区，让陈碧然和孙佳森两位师姐陪着，请她们吃饭并参观红河校区。临近期末时又专门跑到星湖去召集她们开会，叫大家认真复习迎接考试，严格遵守考场纪律……

这8位女生中第一个发表文章的是沈静涵，她的散文《夜》经我修改后，发表在校报2011年5月25日副刊上。但是，由于体弱多病常请假回家，自那

篇带有忧郁色彩的《夜》之后，我就再也没有读到她的作品了。倒是后来起步的胡月、白月、丁旭梦等几个，个个都干得十分精彩：胡月做了星湖写作社第十八届主编，白月做了渝西青年社社长兼校报记者团团长；还有丁旭梦、王希喆等也都成了校报记者团的骨干。尤其是白月和胡月，她们发表在校报上的《寒假社会实践：象牙塔外亦精彩》（2013 年 2 月 28 日第 3 版）、《“非遗”传承我们在路上》（2012 年 12 月 10 日第 3 版）、《校园志愿服务第一人 ——访我校青年志愿者协会会长汪年》（2013 年 5 月 10 日第 3 版）等多篇大块文章，都在校内外引起了热烈反响，有的还在全市获了奖。

2013 年暑假，白月和胡月又成为“寻访校友足迹”团队的核心成员，胡月在参加前期采访后中途因事请假，而白月却一直坚持到了最后，采写了《从重庆师专走出去的名校校长 ——访棠湖中学副校长姚平校友》《赵凌云：凌云直上不忘初心》《苏承益：承勤励之功，益家乡百姓》等多篇有质量的校友专访。在江津采访时因为遭遇高温中了暑，痛苦得脸色煞白的她服下了几片药又接着干……

2014 年临近毕业时，白月遇到了一个大难题，她很想留在母校所在地重庆工作，主城和郊区的几家媒体都表示欢迎她，但她的父母思女心切，坚持要她回到家乡河北保定。毕业的时候，她因此还洒了好多惜别的眼泪……

好老师不一定就能带出好学生 ——那还得看学生自己本身的素质如何。比如 2010 级选我做导师的 8 个人，尽管我都是“平等”对待，其他人却总是没法和白月、胡月两人比。相反倒是开始并没有选我做导师的广电新闻 2010 级付少朋、刘博文、毛伟伟、桑文静等人，后来也发展得相当不错。

在文传学院的 2010 级学子中，还有非广电新闻专业的孙月桦，有缘认识后也极让我喜欢。

从 2012 年 6 月份开始，校报上就开始频繁出现孙月桦的大名，并且还都是发表大块通讯和一些颇有现实针对性的新闻言论、思辨文章等，诸如《毕业生的故事》（2012 年 6 月 25 日第 3 版）、《就业是否主宰了你的大学生活？》（2012 年 11 月 25 日第 3 版）、《教研相长，乃铸“明”师 ——访第五届“八大奖教学名师奖”获得者徐敬明》（2012 年 12 月 10 日第 2 版）、《随遇方能安》（2012 年 12 月 25 日第 4 版）等。到了 2013 年上半年，孙月桦选择写“双聘”到我校文传学院任教的王逸虹教授的报告文学为毕业设计，而且选我作导师，于是相互的交流便多了起来。

王逸虹是我的江津老乡和文友，是具有全国影响的著名剧作家，自然对写他的文稿有较严的要求，我为了让学生写好老友，当然半点儿也不肯放松。这样一来，孙月桦一个小女生夹在两个写作老手中间两头受逼，文稿一改二改再改又改，自然吃了不少苦头。也算她终归经得起打磨，毕业设计和考研最终都过了关。那段时间，这姑娘的坚忍、勤奋和毅力恒心，都给我留下了极深的印象。

今年春节，硕士研究生毕业的孙月桦带着男朋友回家过年，还和我通了很长时间的电话。

现在来看看白月在那年暑期采写的一篇人物专访。

一位名校校长的成长史

——访江津区聚奎中学原校长张跃国校友

位于国家3A级风景名胜区黑石山，比北京大学办学历史还长、有4万余名校友的重庆市江津区聚奎中学校是重庆市重点中学，是中国现当代古典校园文化高中教育教学中的佼佼者，是江津区乃至重庆市办学规模较大的基础教育学校之一。它的前任校长是我校（原重庆师专）政史系1988级校友张跃国。他是如何从重庆师专开始成长并最终成为名校校长的呢？

难忘大学时光

1988年9月，张跃国考入重庆师专（重庆文理学院前身）。学校星湖校区地处偏僻的黄瓜山下，交通闭塞。这让刚入学的张跃国曾经失落过，但他很快就喜欢上了美丽的卫星湖和桃花岛。后来只要晚上一有空余时间，张跃国就要到桃花岛上转转。

刚入学不久，张跃国便进入学校团委，从干事做到宣传部部长、组织部部长，直到大三下学期才退出学生会。1991年3月20日张跃国在学校入党，其辅导员张善英老师是介绍人之一。张跃国还凭借自己三年的总积分和各方面的良好表现，获得“重庆市优秀大学毕业生”称号。

在当学生干部的过程中，张跃国的能力得到很大锻炼。由于做学生工作，他结识了各系的很多人，这对他来说，至今仍是一笔宝贵的人脉财富。

张跃国在大学期间住的寝室是男二舍302。他回忆大学里印象最深的事是大二下学期，他们全寝室都得了奖学金，于是寝室六人相约去聚餐。“当时大家经济条件都不是很好，就想着拿这笔奖学金奖励自己一次!那晚全寝室同学都喝醉了，甚至有个室友醉倒在厕所里。最后是6人相互搀扶才回到了寝室。”张跃国说。

此外，大学期间还有一件事是张跃国一直津津乐道的——他曾与同年级同学叶贤忠（现长安集团驻云南总负责人）以及1989级师弟聂荣（现《课堂内外》副总编）在星湖田径场原主席台旁的小房子里住过一段时间。就是在这间小房子里，他度过了一段自由惬意的时光。“每到周末，我们都会割些猪肉回去做红烧肉吃。我做的红烧肉最受欢迎，到最后大家都买了来让我做!”张跃国笑着说道。

大学给张跃国带来了无尽的欢乐，也充分地锻炼了他的素质和能力。

感谢母校师恩

每个人今日的进步，无论或大或小，都离不开昔日的努力，亦离不开老师的教诲和关爱。在大学期间，张跃国得到过很多老师的指导和关心。

大三下学期的一次早操上，张跃国因突发疾病晕倒，辅导员张善英老师立马喊来自己的丈夫邓永奎老师，用学校派来的车把张跃国送往重庆市第二人民医院。“当时，邓老师一路看护我，把我送到医院后直到治疗结束，才把我送回学校。”张跃国回忆道。

张跃国在学校团委工作时，团委书记是现在的副校长兰刚。“我到现在都还记得，当时的兰书记对我们的要求有二:一是不许耍朋友，二是要每天去团委办公室报到。”正是因为兰老师对张跃国等的指导有方和严格要求，才使这些学生干部在大学期间极大地锻炼了自身能力，不断提升自我。张跃国说:“兰老师对我的生活、工作各方面都帮助很大，我从心底感谢他的栽培!”

张跃国是一个懂得感恩的人，他感激张老师、邓老师在他危难时刻对他的关爱，也感激所有指导、帮助过他的老师。

为了教育事业奋进

三年的大学时光如白驹过隙，时光的年轮很快滑向了毕业。1991年毕业后，张跃国被分配到江津四中任历史老师，一学期后接任校团委书记；1993年调往江津聚奎中学，任班主任兼政治老师；1999年，他担任学校教导处副主任，同时兼任班主任和政治老师。2001年，张跃国担任学校副校长兼班主任。值得一提的是，当时的张跃国年仅31岁。而立之年就任名校的副校长，使他成为江津区较年轻的副处级干部。

此外，在教学上，他也是一把好手：他是高三教育教学工作成绩突出先进个人、重庆市高中政治骨干教师，重庆市优秀教师，还是江津区学科带头人、江津区名校长、江津区第十五届人大代表、中国教育学会中学语文教学专业委员会“十一五”重点课题“优秀实验校长”，他还曾九次获评江津区“优秀共产

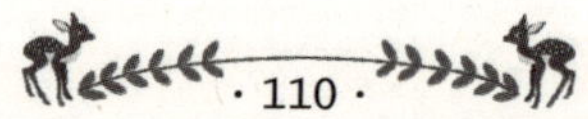

党员”。在科研上，张跃国曾获得重庆市基础教育课题三等奖，在《今日教育》《教育科研》《班主任》等杂志发表论文十多篇。

2007年，张跃国升任聚奎中学校长，开始带领这所百年名校大刀阔斧向前迈进。聚奎中学于清代同治九年（1870）开始创办，至今已有144年历史。学校曾培养了不少杰出人才，如著名爱国诗人吴芳吉、国画家张采芹、巴蜀史学家邓少琴、科学家周光召、国家女排主教练邓若曾、重庆市人大常委会副主任康纲有等。学校是重市江津区基础教育的窗口学校，先后获得重庆市级“文明单位”“优秀园林绿化单位”等二十多个荣誉称号。

在管理中，张跃国尝试“以人为本和民主包容的管理理论和实践方法”，奉行“用积极的工作热情带动人、用真挚的情感联系人、用严谨的作风引导人”的工作理念。张跃国为学校提出的奋斗目标是：创渝西地区独具特色的城乡统筹示范高中，力求把学校打造成全国一流的、独具特色的校园文化建设示范校。

2013年，张跃国又以其干练的管理才能升江津区教委副主任。

谈及母校如今的发展，张跃国希望学校培养出更多、更全面的教师，以适应基础教育对教师的需求。他还建议母校的师弟师妹们从基础做起，从艰苦做起，一步一步地提升自己。“不要妄自菲薄，要对自己有信心!”他说，“只要努力，任何人都会有发展!”他还主张大学生在校要好好奋斗、锻炼自己的管理能力，这对今后工作很有益处。最后，张跃国深情祝愿母校越办越好，成为全国著名的大学!

孙月桦也在毕业前写下了一篇感言。

一去不复返的时光

孙月桦

临近毕业，忙着准备英语考试、忙着写论文，忙到好像真的煽不了什么情。那天和院长开玩笑，仿佛我还是昨天拖着行李的小师妹，怎么今天就成了要离开的大师姐了？时光奔跑得太快，快到让人措手不及。刚来学校的时候，不会洗衣服、谁都不认识的小姑娘，此刻就要收拾行李准备离开，到另一个地方开始另一段旅程，而好朋友们各自南下北上，留我与谁相说韶光贱？

回首来路，此刻想提及的有四件事情。

最爱的和最痛的。从小练过民族舞、跳过拉丁、学过画画，如今却没有一样拿得出手，坚持对我来说不是容易的事。大学四年，干得最长、最折磨自己的事大概就是做新闻和报纸。那种下午打电话有采访、明天交稿的经历无疑如梦魇。有一个小长假，因为压着稿子不能愉快玩耍，最后关在宿舍泡着咖啡三天不出门，写到凌晨。还有一次为了一个采访而逃课，稿子改了十多遍。看着那些字，每一个都是对自己的折磨。

四年结束，能留下的东西不多。之前煎熬出来的铅字都成了难得的回忆与记录。说自己想说的话、写自己想写的字、与想要见到的人交谈，已是幸运万分的事情。

远行。“Read ten thousand books，traveling thousands of miles.”（读万卷书，行万里路）研究生口语考试前，我把这个句子默记了三遍，相信它能应付老师的常见问题。如果做报纸和新闻是痛并快乐的事情，那么读书和远行也必然是。20 岁的时候开始第一次独自远行，小心翼翼与人交谈，夜里 10 点过后站在人潮依然汹涌的街道上，人人看起来都像罪犯。

曾经一个人在异地发高烧，曾经买不到坐票，只好 4 点起床一路站到目的地。旅行中贮藏了天南海北的行者迥异的故事，也见到了萦绕在心头许久的物和景，也留下一本本在火车上写下的日记，和在某一时刻豁然开朗的心境。

读多少书、行多少路，也许很难用影像去记录清楚，但只要它们存在，都将不停地打磨我们的个性和样子。我坚信它们能够赋予我生活真实无比的意义。

我理想中的生活是开一辆四处漏风的红色吉普在琼海路奔驰，从漫天星辰开到晴空一碧。累了就停下来，去小酒馆和陌生人谈谈时光易逝。

再去一次星湖。在星湖的“艰苦”日子是大学里最美好的时光。那些半夜水管爆炸后要去卫星湖提水的事，在公寓门口吃夜宵到凌晨 2 点，最后为了进宿舍给楼管大爷买烟的事，在楼中间放烟花、摆蜡烛过生日被保安追赶的事，在夜里打着电筒去桃花岛捉情侣的事，搬着烧烤架和柴火去黄瓜山野餐的事，每次去图书馆得爬半座山的事,与辅导员和学生会斗智斗勇拒上早晚自习的事，都是只会发生在那个十八九岁的懵懂时期的事。

大三那年，香樟路旁的老宿舍楼被拆了。那座爬满爬山虎的旧楼以及发生在楼下的他和她的故事，被迫不及待地掘成荒地。连物是人非都不再，只好 say goodbye。

给自己写情书。一起考前通宵刷题，一起喝到半醉在凌晨的校园游荡谈天，一起在难过的时候连续坐 N 次海盗船通通是属于集体的欢愉。当然，我们不会每个时刻都这么幸运地有人相伴。孤独是成长最好的课程。

刚过去的一年里，参加研究生考试大概是我在大学里最安心的事。我想要去喜欢的地方，探求未知的生活，考研能给我带来勇气和路径。我迫不及待地远离学生工作、远离报纸、远离一起找乐子的小伙伴，而是虔诚又孤独地与后来装了一箱的书作伴，和自己交谈。整个考研过程都是关于自己的修行：自己到底喜欢什么，能坚持到多远，是每天都会叩问自己的“祷告词”；也会某时刻恍然确定自己正一步步接近答案。当所有时间都留与自己独处，细节和性格更暴露出本质，自己的所爱和理想渐渐显出微光。越孤独，越清楚。尼采早早道破：“离每个人最远的就是他自己。”而孤独是认识自己的必然道路。彼时那些走过心头的话语，最终都将成为一封封给自己的情书。

临别前，我要去每一个对我而言意义不凡的地方：7 点就去抢好位置的图书馆和一楼催生稿子的咖啡馆，在里面看书时中过暑的 JB1104，睡过一暑假凳子的办公室，每天伴着晨曦背书的学海广场，翻过无数次的映梅苑大门，静谧的星湖和兴龙湖，浓荫蔽日的香樟路…… 请不要恼我念叨了这么多，小伙伴们，我只是在回顾一去不复返的最美的时光呵！

（原载《重庆文理学院报》2014 年 6 月 10 日第 4 版）

二十五　二杨、段段和晓梅

2011 级，由于“广电新闻”改“广电编导”，学校招了三个班一百好几十号人，单是分给我指导的学生就有 16 个。

由于有了前面作导师的经验，对于这人数众多的 2011 级学生，我已经掌握了相关的指导策略，除了生活上的关心和思想上的正确引导仍平均用力，学习及课外实践则因材施教：在政治上追求进步的介绍入党，对写作特爱好的引导写作，对于那些对影视制作有追求的同学，我由于在这方面确是外行，则只有给他们另荐良师了。

我和 2011 级学生见面那天，是 2011 年 10 月 16 日，一个星期天，我专程赶到星湖校区，趁午休的时候和正在军训的她们见了面——那是赵霞、杨永玲、火惠娟、段礼明、刘畅、苏琪等一共 15 人，清一色的小女生，唯一的男生揭宇鑫请了病假。就这样，一群身着迷彩服、腰扎宽皮带的小女“兵”围着我像铃儿不住叮当响，让我这个十足的糟老头儿似乎也年轻了许多。

在2011级学生当中，最先引起我关注的是小女生杨永玲。早在尚未见面之前，她写给我的自荐信是这样说的：

老师你好，“永州之野产异蛇”，我就是来自湖南永州的杨永玲，与毛泽东、李达和陶铸等人都算是同乡，并且在柳宗元写《永州八记》的地方生活了十八年……不过我还是要很狂妄地说一句：“俱往矣，数风流人物，还看今朝”！

看到这里，我真想拿起笔来批上“年少轻狂”四个字，但下面的一段文字却吸引了我：

我喜欢干净、不做作的文字，已经坚持写随笔七年，尤其喜欢用文字思考……

杨永玲进校后的第一篇文章，发表在校报2012年3月10日副刊上，那果真是一篇随笔体散文，题目叫做《午夜的歌》，全文如下。

午夜的歌

杨永玲

玄月当空，虫鸣似呓语。我舒纸研墨，用微醺的迷离写一阕思念的歌。我知道自离开故土湘水之时，我的天空将日夜升起不落的乡愁。

午夜梦回，惊醒的是田园牧歌式的生活：炊烟袅袅的黄昏，放牛娃吆喝着迟归的牧牛，骑坐在牛背上用柳叶吹出轻如烟雨细如愁的曲子。各家的母亲这时候已经做好了饭菜，手倚着门框像月光似的呼唤自家的孩子，那温柔的眼神流淌着的满是慈爱。父亲们也停止了一天的劳作，坐在门槛上认真地卷着旱烟，有的小心翼翼用舌头去舔那一寸左右的烟纸；忙碌了一天的他们悠闲地坐着，享受着天伦之乐……

我总认为他们是黄土地这块宁静的土壤中最幸福而又最悲凉的人：他们是幸福的，没有都市人那么多的欲望和渴求，他们所有欲望的载体就是田野里的庄稼和老婆孩子；但他们又是一群悲凉的人，日出而作、日落而息的农业生活使他们日复一日机械地劳作。古老的黄土地上，他们挥汗如雨地播种，却仍需像赌徒一样将希望的筹码播进土地，期待秋季的收获。

最爱的依旧是湘江的水：她婉约灵动时如小家碧玉，狂野躁动起来时又像暴躁如雷的汉子。春水多情，当河堤两岸有了新柳装扮的春色时，当野百合在

风中摇曳时，总可以看见一对对情侣相依相偎地漫步长堤；他们的神情淡然而幸福，仿佛一辈子的路都浓缩在这条长堤中。杨柳依依，见证了多少恋人不离不弃的诺言。

夏季的湘江最温柔也最残暴，她敞开自己的胸怀接受着赤身裸体的人们纵情的挑逗；她如最温柔的女性，抚摸着你每一寸躁动的肌肤，为你驱走炎夏的燥热，任你在她宽广的疆域中驰骋。但是当她凶猛如夜叉时，你最好识相地避开。常言道“水火无情”，当她盛怒时会认为你擅自闯入了她的领地，她将以最残忍的方式进行报复：每年夏天，总有那么几具尸体被无情地打捞上岸，且他们中多半是水性极好的年轻人。《圣经》里有句话叫“持刀者必将死在刀下”，水性好的人也会有死在水中的时候。

湘水是有灵性的，老人们说在湘江边上住久了，再笨的孩子也会被孕育出慧根……

午夜时刻，在万籁寂静时我轻轻唱一只相思的曲儿。今朝的深情拌和着往昔的回忆，那吴侬软语的江南、那烟花繁盛的长堤化作我思乡情中最浓烈的酒，也化作了我眼角深情的泪。只是此时河堤上已没有相思的柳，更没有目送我远行的人了，有的只是倾泻的月光静静地流淌在湘水中，宛如一江佳酿，让人未饮先醉、久久不愿醒来……

文章见报的时候，杨永玲还住在星湖校区，当我用电话把消息告诉她时，听到她在电话那头早已兴奋地跳了起来。

后来，杨永玲发表的文章渐渐多了，发表的路子也越来越广。发表载体远远不止《重庆文理学院报》一家，永川区的《海棠》《渝西民间文艺》等刊物也常发她的作品；发表的体裁已远远不限于随笔体散文，便连新闻、人物专访和政论文章也常写。她和段礼明合写的专访《“麻辣教授”王逸虹》（2013 年 4 月 25 日第 2 版）——在校报发表就倾倒了一片读者，那几个小标题的提炼（“听他上课，像吃火锅一样来劲”“小黑屋里‘憋’出来的山城棒棒军”“一支竹笛把他吹进了文艺界”“不要让自己的名声沾上灰尘”）尤其见精彩；她和段礼明合著的时评《中国梦·青年梦》在给我看时我原说再改改，可是校报等不及了，拿去立即作为“本报评论员”文章发表在《重庆文理学院报》2013 年 5 月 25 日第 2 版上。不过说实话，若论个人好恶，我还是更喜欢她主攻了 7 年的随笔体散文，诸如她的《午夜的歌》和《莲魂》(《重庆文理学院报》2012 年 11 月 25 日第 4 版）。

杨永玲出名后，一度成为了重庆文理学院几乎无人不知的人物，当然，除了她的文才，还有她那日渐显露的特立独行的个性。如今，她已经在就业的路上闯荡了两年，我早忘了她在淘气时曾经给我带来的那点儿不省心，只愿她在自己人生的路上走得更好，即便不做家中的乖乖女，但也无须效法那个她自己曾提到的陌路楚狂人。

相形之下，经常与杨永玲搭档发表文章并被人昵称为段段的段礼明就是一位乖乖女。她思念祖父的抒情散文《但愿有来生》，折射出她坎坷的身世：因为父母离异，她从小是靠爷爷和奶奶抚养成人，是爷爷和奶奶教她学走路和接送她上学，教她学着说话和写字。但是，爷爷和奶奶一天天老了。爷爷这位从抗美援朝战场上下来的志愿军老兵，渐渐地病重得不省人事，全靠输液来维持生命……文章充满了言语道不尽的感念和有恩难报的痛惜之情，全文如下。

但愿有来生

段礼明

感谢你一直坚持到现在，爷爷。

自开学来到重庆有五百七十六个小时了。我知道，你存在的时间，已经要靠小时来计算了。记得临走前几天，我去见了你很可能是你我生命中的最后一面。在医院持续住了四个月的你，几次进出抢救室，最终我们还是被告知：你要油尽灯枯了。我和家里其他人尽管已经做了好几年你要离开的心理准备，可这样被正式通知，不仅像晴天霹雳那样干脆彻底，更像蛀虫一般一点一点穿透刺痛疲惫的心。重庆到太原，我们离得有多远？上学期，家人与我通电话，不小心说漏嘴，我才知道你十一月就住进了医院，而且几次都快要被鬼门关拽走。偶然得知，一位邻居家的爷爷与你病况相近，只为等见孙女一面，孙女从外地回来，他终如愿以偿，三小时后，他满足地走了。那种强大的力量支撑他见到了孙女，那么……你呢？肯不肯再坚持一下，等到再见我一面？

过年前，我带着无限的祈求回到家。我也终于见到了你。我进了病房，徘徊在床四周，却始终不敢上前瞧你。远远地，我看到氧气管、吸痰管、胃管、尿管、心电图仪这些大小颜色粗细各异的管子和线，交叉凌乱的安在你身上，我问自己，我是离开了有多久？记得刚离开时，你的脸不像现在这般消瘦而深陷，你再不能睁眼看我，再不能将我的手握得生疼，再不能自己翻身，就连腿和胳膊也因长期卧床而再也不能伸直。我猜你现在，只怕都没有一百斤吧？近一米八的个头，全身只剩下皮和骨，我轻抚着你的手，看着那深深凹陷的手背上的骨骼，连带血管也陷进输液针头无法触及的位置，那么，你一天十三瓶液体，是怎么输进去的呢？我问姐姐，她拉开你的衣领，又是各种管子出现在我眼前，我看向那些管子，它们有个很专业的名字，“锁骨下静脉穿刺”，我第一次见到，除了手背脚背和头，其他部位居然也可以输液。现在的你，几乎就是植物人了，仿佛只有心电图仪器上那微微起伏的波纹，才能证明你还在。那么多的管子和针头，日复一日地输液维持，你不能吃喝不能睁眼不能动……这究竟是让你受的什么罪？我怕疼，所以不敢想象你被针和管子安满全身时的痛。我游泳怕呛水，所以不敢想象当白色糊状的营养液以输液的方式输进你鼻子里插的胃管时的难忍。姐姐许是实在不忍见你受的这般罪了吧，和姑姑说道：“有时候我真想不要救姥爷了，让他走了算了……”我看到你那样难受，我不愿让你遭罪，更不愿让你走，我强忍着，可是眼睛变模糊，鼻子变酸楚，到最后脸被眼泪蜇得疼。我以为我会很坚强，可一旦提及你和奶奶，我就会哭到睡着，又从梦里哭醒。

我有时在想，如果感情没有这么深，我是不是就不会这么悲痛呢？

十六年。你和奶奶养育了我十六年。不是父母，却有比父母更深的感情。你们教我走路，教我说话，教我写字，上学的学费你们来出，还会买来街上新奇的小吃来让我解馋，猛然惊觉，现在的我已经二十岁，你也病成这般模样，奶奶却还省吃俭用，用你们微薄的工资为我攒出一万元的大学学费，一叠一百元大钞，那颜色红得鲜艳，我知道，钱上有你们的血汗、希望和浓浓的爱。多好，你们爱我，但不惯我。君生我未生，我生君已老。我出生时你已六十五岁，我慢慢长大，你悄悄老去，等我变成熟，变懂事，你的脑萎缩却一天天严重。你的身世让我骄傲，你幼时凄苦，吃百家饭长大，靠自己的努力参军入伍，还是五十年代抗美援朝的志愿军，只是一向沉默寡言的你从不向家人讲述你打仗或是受伤的经历，我们能了解的，也只有你脸上两寸长的如干涸河床般的弹片所留的疤。我长大了，我有自己的思想了，我能写作了，我能将你传奇的一生记录下来了，可是可是，你却不能再说话了……

我知道你在受着一种我们无法体会的痛苦。可是，只是，还是，我不想让你走，我不想，让你陪着我的日子，只有二十年。我不敢给家里打电话，即使是打，也不忍问到有关你的事情，多希望没有你的消息，这样，我就会以为，是好消息。所以我现在知道你仍在，你还活着，没有什么比这个让我更快乐。

爷爷，你是我最爱的人。我只但愿有来生。若是有来生的话，就请让我做你的母亲，让我好好爱你照顾你，来报答你对我这生生世世无法忘去的恩情……

（你的孙女儿　段礼明　写于 2012 年 3 月 13 日）

2015 年 5 月本书编著者率 2011、2012 两级部分同学上黄瓜山出席永川区民间文艺家协会会员大会时合影。左起依序为：段礼明、王涛、孙蔚萱、夏明宇、杨苗苗、贺琼、李晶

文章在校报 2012 年 5 月 10 日发表后，在满校园都激起了热烈反响，一位退休老教师动情地说：

“该歪哟，现在的年轻人还这样懂报恩——她爷爷有她这样一句话都该心满意足了！”

此外，2011 级，杨苗苗和齐晓梅都不是文传学院安排给我的学生，而是我后来才发现的人才。

杨苗苗有一样本事堪与杨永玲媲美，那就是写得一手行云流水般的随笔体散文。她陆续发表在校报副刊和别的文学杂志上的《当时只道是寻常》(《重庆文理学院报》2013 年 11 月 10 日第 4 版)、《长安事》(《重庆文理学院报》2013 年 12 月 10 日第 4 版)、《印象兴龙湖》(《重庆文理学院报》2014 年 5 月 10 日第 4 版)、《赏春香还是你的旧罗裙》(《重庆文理学院报》2014 年 6 月 25 日第 4 版）等，一篇篇让人目不暇接，而且一篇篇都耐读、好读并且有嚼头，嚼完后还感到美不胜收。然而对于《中国梦·青年梦》那类文章，杨苗苗却还从来没有写过，自谦说没有政治头脑，可能不是那块料……特转录一篇杨苗苗的散文于后。

当时只道是寻常

杨苗苗

周末，为了拍摄图书馆宣传片，我们一行五人坐上501路公交车，呼啦啦地去往星湖校区。

离开星湖已经一年有余了，去往星湖的那条漫漫长路在不经意间已发生了些许变化，变得让人欣喜，亦让人失落，仿佛记忆就这么被篡改了，没了着落。印象中的星湖，似乎变成了一种符号，代表了大学生活最初的梦想，也诠释了青春里的某一段岁月。

当501路公交车再次以熟悉得近乎陌生的节奏停靠在终点站的时候，一种在记忆中逐渐遥远的气息以撩人的姿态扑面而来。它瞬间就紧紧抓住你所有的感官，让你臣服：对，就是这个味儿！

我的大学是从这条诗意得让人忍不住想要停留的香樟路开始的，我想，多年以后出现在脑海里第一个关于大学的镜头，一定是这条香樟路。烟雨蒙蒙的秋日午后，一棵棵健硕修长的香樟树散发出潮湿的气息，并带有原始植物辛烈的香味。行走其间，仿佛突然跌进一场绿色的梦境里，不醉不归、不醒不走。

香樟路中间拐角处的一教楼也叫听湖楼，由外到里都是完完整整的80年代的格调。想起大一那会儿，每天早晨天还未亮就从松风苑出发，穿过星湖广场的时候，从星湖吹上岸的冷风让人忍不住地往衣领里缩脖子，然后加快脚步一路小跑着赶去一教楼上早自习。那时候还要上晚自习，教室在一间爬满爬山虎的房子里。此刻我就站在这个房子前，许许多多的情景像电影片段一样在脑海里不断回放。明明才分别一年，却好似许许多多的岁月都已经过去了，心里无端生出一种不知老之将至的感慨，多么可笑！

一教楼对面就是去往图书馆的“百步天梯”，一级又一级的石板上，覆盖着墨绿色的苔藓。走起来，像是穿越时光，仿佛走进的是某个不曾遇见的时代。这种充满仪式感的攀登，赋予我们深邃、赋予我们厚重，一切都源自勤勤恳恳的犹如叩问般的脚步。不记得自己究竟来过多少次，但记得每次来时的执着、去时的欢喜。再次走进位于半山腰的图书馆，很自然地向左走，想去看看那里的花期有没有误。一如临走的时候所看的那样，每一个桌子上都摆了两三瓶花，有紫色的鸢尾、深红的玫瑰、蓝色的风信子，还有许多叫不出名字的，栩栩如生、楚楚动人。只是花间未见那折花的人。

图书馆三楼有一间较为隐秘的藏书库，里面窄小的楼梯，上下可以通三层，整个布局像阁楼一般。迎面去的那间正好是一间文学书库，也是以往自己最常去的地方。左右两侧各有书桌一张，余下的空间就是一架又一架的书。这些书不同于其他借书室的书，整洁得让人心惊。是因为隐秘的缘故，所以少有人来，甚至有些人连知都不知道还有这么一个去处。这里的书大都是一些老书，朴实而纯粹，带有久远年代的气息。有些书被翻得很旧了，不知道被多少双手触摸过，看起来格外神圣。拿起一本，封面里插有书签，上面有借书人的名字，所写的年月甚至比自己出生的年月还早，多么不可思议！那些人虽然早已离开校园，走向茫茫人海，却在这张借书卡上完成了与后来人的相识和对话。你我曾同读一本书，但你我却一无所知，想想多么悲凉！新校区的图书馆里再也没有这种手写的借书信息了，电子扫描替代了借书卡，虽然方便，却少了一种书本之外的亲切与神秘。

临走之前还去了桃花岛。穿过朱红色石栏长桥时，再慵懒的人此刻也会优雅起来。因为不知道自己会不会成为哪个路人眼中的风景，也更因为面对如许良辰美景实在不忍心也不应辜负。想起曾经每个有信来的日子，都是拿到岛上来读的，然后伏在某棵树下的石桌上开始写回信:“我在桃花岛上写信给你……”想必那看信的人一定好不艳羡、好不欢喜！

唯一没有去的地方就是松风苑，那个曾经住了整整一年的地方。或许是怕遇见往日的自己吧！因为那时的自己总是无端落寞，坐在靠窗的书桌前写着日记，眼见窗外单调得恍如直线的山脉，也会落下泪来，觉着往后的日子也只能如窗外的山一般平淡无奇了！可笑的是，那些曾经看起来最寻常不过的风景，在经过岁月的回味之后，如今也成为亲切的怀念了！甚至还未离开，便已开始想念。

（原载《重庆文理学院报》2013年11月10日第4版）

2014年暑期寻访校友足迹，杨苗苗得到的评价最高，不但学校校友总会的师长说她：“很不错”，就连各地接受采访的师兄师姐也说她“很可以”。她写去非洲不毛之地办钢厂的唐海军，写出了我校校友的沉毅和执着；她还用“初刻”“二刻”和“三刻”刻出了一个活灵活现的电台“疯魔”罗时军校友。忙到7月下旬，大家都放假打道回府了，唯有她又接受特殊任务，到成都重点采访了优秀校友、成都校友会常务副会长、企业家钟晓斌，写下了洋洋近万字的重点报道《钟晓斌：一个拒绝命运的人》，发表后立刻引起了热烈的反响，校友们纷纷打听“杨苗苗是谁”，让我这个当老师的也顿时感到脸上有光。

我认识杨苗苗和齐晓梅，是在她们大三时的专业课上，她俩当时分别是广电编导 2011 级 2 班的团支部书记和 3 班的学习委员，学习勤奋，干工作也一样的尽职尽责，上课坐前排认真听讲，按时交作业且从不逃课……

齐晓梅没有参加 2014 年暑假“寻访校友足迹”的活动，但 2014 年暑假一过，我就带着她做毕业设计——为永川区民间文艺家协会创办《渝西民间文艺》杂志。

晓梅是“星湖写作社”第十九届副主编并且也曾担任过校内《文理学工》杂志的副主编，但现在为地方创办民间文艺性质的杂志，她一切都得从头学起。好在她非常好学并善于学习，从策划、采访、写稿、组稿直至发稿后的编排校对等每个环节都积极参与，每天 10 多个钟头地紧张工作也不喊累，不但在老师的指导下编好了杂志，还亲自采写了两篇人物通讯、撰写了一篇作品赏析刊载在上边。且将她撰写的《渝西民间歌谣赏析》摘录一段于下。

在看这本书之前，我从来没有想到劳动也可以是一首歌。无论是船工号子，还是石工号子，他们在劳动的过程中，都能创造出多姿多彩、风格各异的劳动歌谣。其中，最具有代表性的就是《为儿为女把船拉》这首船工号子：

手搬石头脚蹬沙，为儿为女把船拉。
爬过道道石坎坎，趟过道道水湾湾。

这声声号子是多么的苍劲悲凉，久久地回荡在我的耳边。人们大汗淋漓地在河边上拉船的景象，在我脑海里形成了一幅栩栩如生的画卷。

船工们穿着仅可遮羞的麻布片，让拴在船上的纤绳紧紧地勒在肩膀上。手不断地搬开横挡在路上的一坨坨乱石，光着脚板在河滩上蹬起一串串沙窝，纤绳深深地勒进皮肉里，留下一道道血色的印痕。

在我心目中，他们是当时最劳累的工人，要将笨重的木船拖到遥远的目的地；他们也是当时最聪明的歌者，知道用歌谣来缓解劳动的枯燥；他们更是当时的一代文豪，能将自己的劳动恰如其分地表现出来并将辛劳中的轻重缓急也恰如其分地融入到歌谣的字里行间。

一首民歌代表了一群人、反映了一个时代。《渝西民间歌谣研究》带我走进了我未曾经历的渝西民歌时代……

齐晓梅其人，小小巧巧的，长得很白净。因为参与创办《渝西民间文艺》，她受到永川区民间文艺家们一致好评，即使在毕业离校很久之后，人们也还在念叨她。有人甚至说：

“哎呀，那个姑娘要是能留在永川工作就好了！”

二十六 “星湖”女司令霍瑞新

在广电编导2011级，还有个人得着重提一下，那就是齐晓梅的顶头上司、星湖写作社第十九届社长兼主编霍瑞新。

霍瑞新何许人？表面看来也就是清清爽爽的乖乖女一个，但对于她的这个任职，在“星湖”内部特别是“星湖”早期精英中间引起过震动。因为从“星湖”二十年的历史上看，历来都是由男生主政，而尹莉梅、张绍敏、雷璐荣、罗德佳、幸巧、袁典妃等一干女生即便再优秀也只能作副手。十八届胡月作主编已是个突破，而这十九届竟让霍瑞新司令员、政委一肩挑，则更是不折不扣的史无前例！其时又正值“星湖”二十周年庆，看着这个乖乖女指挥着一群大男生跳来跳去，一切运转得井然有序，人们又只得摊摊手耸耸肩，做出些“不得不服”的无奈动作来。

但霍瑞新既然能膺此重任，自然也有她过人的地方。这些地方铺开来说虽多，概括而言也就三句话或者九个字：一曰特勤奋，二曰有韧性，三曰特恭谨。

先说特勤奋。由于勤奋，社长兼主编事情虽多，霍瑞新却仍旧发表了大量的文章。单说2013年一年，在完成繁重课业和筹备“星湖”二十年大庆的空档之中，她就写了《指尖上的诱惑——关于当代大学生“手机依赖症”的调查报告》《今天，你光盘了吗》《外教夫妇：我们热爱这片美丽的土地》《告诉你校园防骗三十六计》《软能力：职场更受欢迎的素质》《田径场上的不老传奇——记我校金牌教练杨洪锦教授》等好几篇动辄占校报版面大半版、整版的大块文章发表，还获得了“第九届全国大学生文学作品大赛一等奖”等两三个大奖……附一篇霍瑞新的文章于后。

留言板上的故事

——记文化与传媒学院“雁过留声”网络平台

霍瑞新

“离开学校快五年了，但心里面总有一种情愫，总想点开学校网站看看文化

与传媒学院的近况。随着时间流逝，我终于明白了什么是瓜山情、红河爱……”这是文化与传媒学院“雁过留声”留言板上最新的一条信息，信息标题为“好想回来看看”。

俗话说：人过留名，雁过留声。“雁过留声”这只翩跹的鸟儿，留下了一段段美丽的故事，也撑起了文化与传媒学院这片蔚蓝的天空。

故事一：关于成长

2005年，文化与传媒学院还叫中文系，电脑尚未普及，QQ也还没全面兴起，论坛发言还很时髦，学院正式开通“雁过留声”网络交流平台，目的是通过这个平台倾听学生呼声、回答学生问题、解决学生疑惑。

正当所有学生都欣喜于“雁过留声”交流方便时，留言板上出现了这样一段话：“上大学究竟有什么用？迷茫。找工作一次次受挫，究竟是专业学得不扎实还是和用人单位无缘？好像都不是，所有的事实都表明要靠关系。老师总说，我们在奔波的过程中更重要的是自己的努力拼搏，但遗憾的是自己的奋斗无人赞赏！”

一石激起千层浪，这段话立马引起很多人围观，同学们纷纷发表自己的看法。一位网名叫“眼镜儿要不要车”的同学在留言板上写道：“路是自己走的，不要丧失信心，工作总会有的。即使毕业的时候找不到自己满意的，只要自己努力奋斗，几年后也可以有所发展。记住：上天只会厚待有所准备的人！”他的留言得到了许多同学的狂顶。网名叫“打的去巴黎”的同学随后也跟帖：“‘眼镜儿要不要车’写的是不错的，人生是可叹的，暂时是比较惨的，以后并非不能发展的，还是应该向前看的，理想终会实现的。道路是漫长的，一切都是自己扛的。没有信心是不可想象的，未来会对我们闪闪发亮的。”诸如此类的留言，很多很多。

这个话题整整持续了一个多月才平息，不过老师们却惊喜地发现：中文系的学生忽然间长大了，懂事了，爱学习了，会学习了！

故事二：关于感恩

有人说，要在人生的旅途上为帮助过你的人准备一份礼物，哪怕只是一枝花，而她的礼物却整整拖欠了六年。

“雁过留声”的留言板上她这样写着：“尊敬的李老师，您好，首先祝您工作愉快！在这里我想跟您打听一下袁昌玉老师的联系方式。从2008年毕业到今天，我终于有了属于自己的事业，但我一直认为这离不开当初她对我的教诲。

记得快毕业时，我们几个同学说想跟她一起吃个饭，她微笑着说，等我们自己赚钱了、有出息了再来请她。现在我只想对她说，我想兑现6年前的承诺，谢谢您！”

很快，这段留言得到了回复。

“亲爱的朋友：您好！虽然我猜不出您的名字，但是，读您的留言，让我的眼睛酸酸涩涩的，我知道这里有老师对学生的期待、体谅以及深沉的爱，有学生对老师的感恩、承诺和惦记。我和袁老师共事多年，她是典型的刀子嘴豆腐心。平常聊天我也常听到她为某个毕业的学生的工作成绩、甜蜜恋爱、幸福婚姻而开心，为某个学生的种种不如意而担心，甚至不遗余力地想办法帮一把。所以，我知道，她说那句话，不是要一顿宴请，是恨铁希望成钢，是满心期待你们取得好成绩。袁老师现在还在教育第一线，还在做‘袁妈’，还是同学们背地里又爱又怕的‘灭绝师太’。我回完您信息，就去办公室告诉她您的留言，我想‘到今天，我终于有了属于自己的事业’这句话，一定是让她最开心的！”

故事三：关于母校

母校是什么？母校就是那个你一天骂它八遍却不许别人骂的地方；母校是当你面对很多名牌大学生的时候依然可以骄傲地告诉别人“我毕业于重庆文理学院”的那个所在。

郭梦璇，2009届毕业生，她以优异的成绩得以出国深造。出国后，她接触到很多国家政界的高层以及许多大公司的领导。2010年，郭梦璇作为留学生代表接待了时任中共中央政治局常委、全国人大常委会委员长的吴邦国率领的代表团，她周围都是名牌大学毕业生。当时大使馆主任把她引荐给了广西壮族自治区党委书记郭声琨同志，当她被问道：“是重庆大学毕业的吗？”她微笑着说：“不是，我是重庆文理学院毕业的。”她说：“不能改变的东西就坦然接受，把今天可以做好的事做到最好。如果我的母校不能带给我荣誉，那么就请让我带给她骄傲！”

梦璇在留言板上写道：“其实我也有胆怯的时候，毕竟母校要么没人知道，要么知道它很不怎么样，而且是在一个小小的城市里。但我相信，英雄不问出处，过去是没有办法改变的。只有自卑、无能和心理阴暗的人才会唯唯诺诺、不敢面对自己的过去，而我是个诚实而勇敢的人。我现在的表现和能力才是最重要的，周围人对我的认可和欣赏就说明了一切。事实上，正是母校塑造了我自立自强的性格，让我变得坚强！”

故事四：关于毕业

2011 年 6 月，又是栀子飘香的毕业季。没有离别的泪水，有的只是祝福与期望。怀着对母校深深的感恩之情，刘彬写下了这篇《文学传媒赋》：

“渝西名都，锦绣棠城。物华天宝，拥箕山之紫气；人杰地灵，汇三河之碧水。天工神韵，山水展画卷；剑胆琴心，弦歌立文心。采瓜山之气魂，教化众生；引红河之活水，泽灌群英。大哉文传，独占鳌头。踏先贤之余步，承传道之精神。

“壮哉文传，与时俱进。忆昔初创，风雨沧桑，建系于动荡文革。师不满百，生不愈千。观其今貌，风生水起，屹立于学院之首。文以怡情，传以达理。《星湖》常在心湖，《燎原》亦曾燎原。周末文化广场，文学传媒占风光；领导在线交流，人文关怀树榜样。古代文学，荣膺国家精品；广播电台，传递世界新闻。歌手赛拿大奖，挑战杯传捷报。主持赛场取金话筒，技能比拼得红证书。历汶川地震，师生皆哀；经北京奥运，文传同喜。忆湖南水患，忧心忡忡；观华夏阅兵，信心满满。竹林七贤竹林冒，广陵一散广陵绝；零度写作破零度，现场报道凸现场。汉文学贯古今，承前启后；广电事极中外，继往开来。

“……

“山岳茫茫，江河泱泱；文学传媒，地久天长；桃李竞秀，凤翱龙翔。立足今日，展望明朝。或政界之清名传，或商界之龙蛇走，或学界之桃李荣，或军界之威名扬。”

人们都说，所有的故事最后都将落幕，然而，“雁过留声”的故事却每天都在上演。这里有欢笑、有泪水，有回忆、有感恩，更有一份浓浓的爱。

（原载《重庆文理学院报》*2014* 年 *3* 月 *25* 日第 *1* 版）

再说有韧性。且莫说“星湖写作社”作为一个名扬全国的特大社团，社长主编一肩挑其实不好当，困难和挫折都在所难免，不但要魄力还要有韧性，才能逐一地加以克服。单说她自己那一系列动辄触动校园热点的、得奖的大块文章，每一篇都不是能够一蹴而就的，都需要有韧性和耐性去认真调查研究和对文章进行反复的打磨、修改。单说她那篇后来获得全国“挑战杯”大赛重庆赛区二等奖的《指尖上的诱惑 ——关于当代大学生“手机依赖症”的调查报告》，就在指导教师李天福教授的指导下反复修改了七八次之多，没有韧性和耐性怎么能成事？

霍瑞新在毕业前夕与老师合影留念

再说特恭谨。学生头也是学生，即便是学生王了也不能轻易地取掉自己头上的学生二字，对老师要恭谨即存有敬畏之心。但这道理常常会被一些春风得意的学生头儿所忽略，以致不把学校教师放在眼里。而对此霍瑞新却做得很好，无论是对老教师还是年轻教师，她都显得极谦恭有礼，上课守纪律不迟到早退，课外路上碰着便立定打招呼，丝毫没有“学生王”那种优越感，更不会趋炎附势或目中无人，不得不让人对她另眼相看——可以这样讲，正是这不折不扣的勤奋、韧性和恭谨，成就了很不一般的“星湖”女司令霍瑞新。

也是有缘，我上过霍瑞新所在班级两学期专业课，再就是承她不嫌我浅陋，于课外找时间交流过几回——对她的成长贡献甚微，却得到了她持续至今的尊敬，当她毕业后还带着男友专程返校看我时，我竟多少有点儿无功受禄的感觉。

二十七　晶晶、涛哥、晓霞和孙蔚萱

我是于 2014 年 11 月办理退休手续，2015 年 1 月 20 日放寒假时放下教鞭的。2014 年，学校授予了我“八大奖”之烛光奖，颁发了证书和 5000 元奖金；我过去的学生聂荣、尹莉梅、道勇、文富、王清、吴巧等诸君专程从各地赶回来，祝贺我 65 岁生日兼光荣退休；我刚刚授完课的广电编导 2012 级学生，竟集体给我写了一封热情洋溢的慰问信，还在他们毕业前夕，授予我“不老尊师”的荣誉称号并颁发了证书。

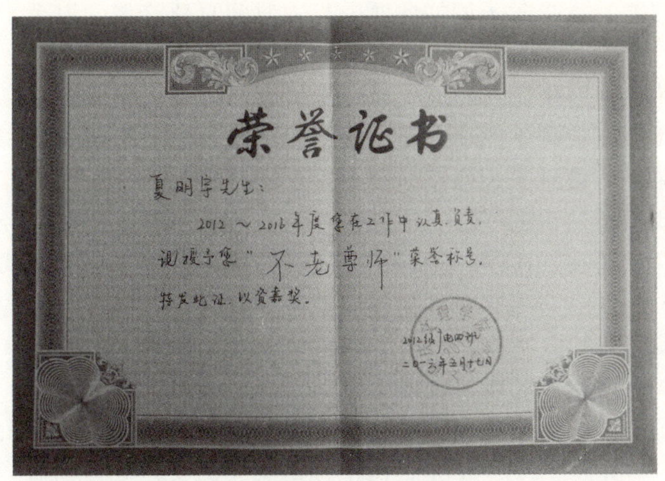

荣誉证书

夏明宇先生：

2012～2016年度您在工作中认真负责，现授予您"不老尊师"荣誉称号，

特发此证，以资嘉奖。

2012级广电四班

二〇一六年五月十七日

2012 级学生发给本书编著者的荣誉证书

可亲可敬的夏老师

您好！

不知道您执教了多少个年头，只是能感觉到您在三尺讲台上游刃有余；

不知道您在课堂上一共讲述过多少个故事，只管是格外喜欢听您在讲台上把故事讲得眉飞色舞，生动有趣；

不知道您为讲台下的莘莘学子付出过多少汗水，只能透过您头上的根根白发揣摩您执教岁月里有多少个日夜的呕心沥血；

不知道您曾点到过台下多少个同学的名字，只是格外享受您点起我名字的感觉——深沉如师长，和蔼似亲人…

您作了几十年的"新闻人"，看过了许许多多华丽的词藻，可是我的这篇文字只想用最质朴的语言表达我们对您的感激与祝福。您说我们是您任教的最后一届，当这段执教的岁月结束，或许您会很快忘记只与您匆匆谋面过的我们吧，但是我们会记得您，记得您在2014年的那个冬天，穿着立领的衬衣、毛衣、外套，还只是打理得平平整整；记得您手中的新闻薄上总是用红色的水笔做满了勾划、笔记；记得您拿着教案的手背上会蜿蜒过青色的脉络；记得在我们二十一、二十二岁的那一年里有一位可爱可敬的"夏爷爷"会在讲台上为我们讲几十年前的老故事…

还有最后一天，2014年就结束了，愿2015年的您能够将一切归于平静，带着无限温暖的留念与珍贵的回忆，生活得健康、美好…

2012级广电4班全体同学

2014.12.30.

2012 级学生给本书编著者的慰问信

我何德何能，竟受学子们如此厚爱！一时间百感交集，以至于感动得热泪盈眶。

虽然退休了，但我育人的工作却远未结束，2015～2016学年，我指导了广电编导2012级10位同学的毕业设计，他们是：李晶、王涛、段晓霞、孙蔚萱、彭振华、徐荣平、董延平、徐幸、罗仲学、舒梦佳。

李晶是我最早熟识的一位2012级学生，她身高175公分，曾经是学校国旗班的成员，并且还在2014年暑假和2011级的杨苗苗等人一起随我参加了“寻访校友足迹”的活动，兴起时能抱着啤酒瓶一气喝干，随即写出的文章也一样锦绣。学校编印的校友文集里面的《周鹏：风山歌者，自乐先生》《冯泽：人到中年情更浓》等多篇，都出自她的手……

王涛个子虽然没有李晶高，性格却也极开朗豪爽，据说还在山西老家上中学时就得名“涛哥”了——于是，两个性格豪爽的女孩儿搭档做毕业设计，就成了一对儿黄金搭档。从2015年夏初到2016年春，我曾多次带领她们出入永川海棠里民俗一条街、重庆鼎诚酒店用品公司、金祥酒店用品连锁和一些民间艺术家的画室、工作室、雕刻作坊，采访、拍摄、写稿、组稿、改稿、编辑剪裁，然后又多次深入印刷厂校对、改版……若问她们：

“涛哥，你们觉得累不累呀？”

“没啥，”王涛会爽朗地“嘿嘿”一笑说，“即使有一点也没太感觉到。”

“哎呀，我可感觉累死了——”李晶这时却会娇喘一声，故意小鸟依人般地往比她矮些的好搭档王涛身上一靠。

真的，李晶“娇”的一面也很明显，有时昵称她“晶晶小姐”她觉得很开心。

除了李晶和王涛，段晓霞和孙蔚萱也是一对好搭档，同时也是超额完成毕业设计的佼佼者。

段晓霞和孙蔚萱都是湖南人，正像李晶和王涛都是山西人一样。

虽然后来我给她们上了专业课，但段晓霞早在一年前的公选课上就引起了我的注意；她每周都是在课前5分钟左右的时间走进教室，每次都是坐固定的位置，并且都是认真地听讲和记笔记——不像有的学生，上公选课就是混两个学分。后来我带段晓霞做毕业设计，段晓霞又推荐了孙蔚萱。孙蔚萱也果然不让人失望，能写、会编，而且能吃苦耐劳，与段晓霞联手采访红酒女王曹佳丽和青年雕刻家段吉巧，两场采访都非常成功；再联手采访善画竹子的画家唐庆华，把个平时不爱说话的老唐也逗得哈哈大笑、妙语连珠……

我教她们整理“七月七”和中元节等民俗掌故，结果没费多大的功夫就教会了。接下来又是写稿、组稿、改稿和编辑、校稿。两个人由我带着连编了两期《渝西民间文艺》（季刊），从秋天一直编到了隆冬，比寻常毕业设计多做一倍活儿，两个人竟也没有怨言，还说这下好了又学到了一门学问，毕了业回去也办杂志或者搞地方民俗去。现在，两个人一个在长沙一个在株洲，都在做网络媒体的工作——但民俗却一定在她们脑海里留下了印象。

毕业以后，山西女孩李晶远赴哈尔滨攻读硕士学位，王涛考进了北京一家公司做文案工作，重庆妹罗仲学也考上了四川师范大学的硕士研究生——其余几位的去向虽然还不是太清楚，但总的来讲是苍天有眼，凡是我亲手带过的学生，至今还没有听说过谁谁找不到饭吃呢！

带过的每一位学生，我都很想念他们！也在这里附上她们的作品，先是李晶和王涛合写的一篇通讯。

成功背后的故事

——记我校五人制足球队

李晶　王涛

5月3日至5月5日，在重庆市大学生五人制足球比赛中，重庆文理学院与有高水平特招队员的重庆大学等高校同场竞技，获得第三名，创造了历史最好成绩。而一年前，本报还以《败也要败得有骨气》记载了他们在重庆大学悲壮的失败。一年时间，他们是如何重新站起来的？

赛前的波折

2014年寒假，足球队员们依旧早早地来到学校进行训练。偌大的校园里静悄悄的，只有足球场上有些许嬉闹声。“我们差一点就不能参加比赛了！”齐效成教练讲起三月份重庆市比赛时间调整的小插曲，他还记得和队员们说明情况后他们无奈的表情。“四月份接到又可以重新参加比赛的消息后，我们立刻开始恢复训练。”

永川区远离重庆主城区，训练在很多时候缺乏对手，没有氛围；而且足球训练很辛苦。但为了让同学们有展示自我的机会，为了给文理足球打开一个对外竞技的平台，为了学校的荣誉，即使再苦再累，齐教练也觉得值得。“每进一步，就多一点赢的可能。不管结果如何，我们努力过就够了！”赛前记者访问时，齐教练这样说，“虽然去年我们输了，虽然我们的条件不如其他高校，但是我们还是要从基础抓起、规范技能，这样才能应对随时到来的挑战。”

去年小组未出线回来之后，足球队一直在反复寻找自己的缺点。比赛出征前一天，足球队队长蒋博在QQ空间更新了一条消息:大学时光最后一届比赛，肩上担负着荣誉和责任。“我参加了三次这样的比赛，前两次我们都没有取得什么好名次，但我们依旧没有放弃对足球的喜爱。今年，我最后一次参加大学生涯的足球比赛，我想我要竭尽全力。”

赛场上的悬念

5月4日，中国大学生五人制足球联赛在重庆理工大学拉开帷幕，重庆文理学院足球队如期出现在赛场。热身活动、赛前会议……一切都有条不紊地进行着。看似平静的气氛下，队员们的心都悬着。他们还记得去年失败的场景，还记得去年离开重庆大学时落寞的身影。这一次，他们心中更多的是对比赛不确定因素的担心以及迫切想证明自己的决心。

4日上午，重庆文理学院队以5:0击败重庆电讯职业学院队，拿下第一场比赛。中午简单吃过午饭后，主教练齐效成躺在床上辗转反侧。下午是与重庆电子工程职业技术学院队的比赛，联想到去年面对这匹赛场黑马，因轻敌而失败的比赛，他心中不免紧张。“那个中午怎么也睡不着，心里就想着这次万一再输掉，这些队员的心理压力将会更大！”想起这些，齐效成教练心情忐忑，深感责任重大。

4日下午，重庆文理学院队对阵重庆电子工程职业技术学院队……“嘟——”哨声响起，全场结束，重庆文理学院以5:1夺得第二场胜利！哨声响起的那一刻，齐教练心里的半块石头落地了。他知道这些队员没让他失望，同时，他也知道接下来更加任重道远。

来之不易的胜利

5日，在重庆理工大学室内足球场，重庆文理学院队对阵东道主重庆理工大学队，场内到处洋溢着东道主球迷的热情。比赛开始了，1分钟、2分钟、3分钟……比赛还剩最后一分钟，重庆文理学院队蒋博最后一分钟的绝杀将比分追平到4：4，比赛进入白热化:点球阶段。面对这关键的一幕，齐教练高举双手为他的队员呐喊！“唰”——球进了，5：4全场结束！文理人紧紧相拥、欢呼跳跃，球员集体在足球木地板上以滑跪的方式庆祝这来之不易的胜利，有的队员眼里还噙着泪水。

比赛结束后，记者再次走访了齐教练。“我们学校足球队还面临着许多问题，比如缺乏竞争对手、场地有限、资金不足等，但我相信只要敢于拼搏、敢于付出，就一定会有收获！”齐教练说。今后的训练中，他们将始终以“不骄不躁，争取赢得更大胜利”为目标不断前进。

……

（原载《重庆文理学院报》2014年5月25日第1版）

接着是段晓霞和孙蔚萱合写的一篇人物专访。

朴实无华度春秋

——“大师兄”唐庆华的书画人生

段晓霞　孙蔚萱

走进海棠里民俗文化街上的渝西民间艺术馆，立即感觉到周身萦绕着一股浓郁的书墨气息，代替室内墙面装饰的，是一幅幅内容丰富、笔墨精妙的书法及国画画卷。其中有表现人类社会的人物画，有将人类与自然融为一体的山水画，也有表现大自然生命力的花鸟画，而我们也有幸见到了协会的副秘书长、民间艺术专委会主任，同时也是一位以画竹见长的民间画家唐庆华先生，在这个其乐融融的艺术馆里面，人们都亲切地叫他“大师兄”。

唐庆华其人，憨憨厚厚的，两杯酒下肚脸就红得像关公，不喝酒则半天也难得说上两句话。但他从小就喜爱书画，小时候由于没有钱买纸笔，他就用小石头在地上进行素描练习或者在自家的院坝附近观察竹子的生长特性。18岁那年中学毕业的他，为了生计开始外出四处打零工，他卖过冰糕，卖过水果，也当过搬运工，每天过着风吹日晒、宿露餐风的日子，虽然没有太多的时间去专心作画，但他总是常常利用闲暇时间学习钻研一些与书画相关的知识。

19岁那年，唐庆华在一家工地宿舍里与他的一位室友发生了争执，没想到却从此改变了自己的人生道路。那个工地所提供的宿舍其实只是临时搭建的一个工棚，由于许多来这里打工的青年也都住在了这里面，使整个工棚变得十分拥挤，而唐庆华因为占了一个较好的床位，就有个比他稍微年长一点，块头也更大些的年轻人走到他面前，要求他好歹礼让一下，当时同样年轻气盛的他哪里肯妥协，几句口角之后便和那个年轻人打了起来。不打不相识，却没想到他们两人之间不但没有因此结下梁子，反倒还成了朋友。因为当时唐庆华依旧保持着看书的习惯，有一次正巧被那个年轻人撞见，看他长时间沉浸在书上的文字和图画中，这个青年终于忍不住对他说："看你那个样儿是喜欢画画吧，要不要我介绍个老师教你。"后来唐庆华才知道，原来这个伙伴的爸爸就是当代著名的国画画家邓冠云先生。

因为这样一段故事，唐庆华在这个朋友的力荐下终于拜师成功，据唐庆华讲述，他当时投到邓先生门下时，也不知邓先生在永川有没有收过别的徒弟，但在别人看来他就是先生的第一位弟子，因此自己后来就被人们称为"大师兄"。

说起恩师邓冠云先生，唐庆华洋溢起满脸的钦佩和敬意。他跟随恩师学画的30余年，了解到邓先生为人随和，平易近人，从来没有跟谁发生过争执，虽然在业内享有盛名，但是从不端什么架子。任何人只要将他自己的画作交给邓先生做点评，邓先生从来都不会拒绝，并且无论作品好坏都会先说一个"好"字。唐庆华解释道，他这样做是为了肯定作画者求上进的态度，并且给人信心与力量。他觉得无论是谁，倘若自己呕心沥血的画作被别人批评得一无是处，心里都难免会有些泄气。

总之，在唐庆华的印象中，恩师一直是个淡泊名利、清心寡欲的忠厚长者，而他最佩服恩师的一点就是，恩师到后来都是一个年近九旬的老人了，在生活起居上却还都是自己动手，从来不需要家人的照顾，和家人住在一块儿却有着自己的独立空间。在生活上和精神上都独立的他，一心钻研到书画奇妙的世界中去享受。用唐庆华的话来说，恩师虽然待人平和，也不太喜欢与人争长论短，甚至极少见他喝酒，也极少见他下棋或打牌，但是一次有老友来访，他却认真地醉了一回并玩了半天，这让唐庆华对自认为已熟知的老师更刮目相看，觉得老师原来是一位重情重义的性情中人。

跟随恩师学画多年之后，唐庆华的水墨画也有了自己的特色，虽然他也曾尝试过山水、花鸟及人物画，但由于他被"岁寒三友"中清秀又潇洒的"竹"所吸引，并且形成了大写意的画竹风格。"画竹除了要画出竹子的生长状态，最重要的是要画出它高风亮节的气质。"大写意的特点就是高度概括，不过分追求细节，而更重视表现画者的思想，唐庆华说，其实在台面上画一幅写意的画只需要十几分钟，但所谓"台上十分钟，台下十年功"，在画好一幅完整且让自己满意的画作之前，是需要靠时间来积淀的，且学水墨画不像学习手工艺，手工艺学精了就可以出师，而画水墨画却是一个永无休止的学习过程。

在众多的水墨画作品中，唐庆华的《一路登高》于2014年获重庆市民间文艺家协会首届渝西片区民间文艺作品展优秀奖，"一路登高，君为伴"，他以前半句作为命题，主要是为了引出后半句的深意，这里的"君"指的就是竹子，也就是说，一个人的道德和行为要有“君子”竹子那样的气质，才有可能一路登高、步步上升。此外，还有一层含义就是，人在年事已高的时候回顾自己以前走过的路，是否能用“君子”来衡量自己的品行。他还说曾有人想以两万元的价格收买今年“七一”期间，展出的一幅他和同门师兄弟四人合作的巨幅人物画，唐庆华婉言谢绝了，他认为应该把这幅众人智慧的结晶好好地留作纪念，这是不可以完全用金钱来衡量的艺术珍品。

除了作画之外，唐庆华还在永川城区的一号站开了一家装裱画作的门店，“最好的事情就是干自己喜欢的工作”，作画和装裱都是唐庆华很感兴趣的事情，以前的他打过许多零工，但那都是为了生计，人生在世不得意之事十有八九，如今能做上自己真正喜欢的事情，也算是遂了一大心愿。每天上午在装裱店工作，下午到渝西艺术馆值班或作画，接待来访的朋友或者与同道交流书画心得，过着这朴实无华但清雅、高洁的平淡日子，他感到充实而且满足。

（原载《渝西民间文艺》2015 年第 4 期）

这篇文章在我看来仅勉强及格，但却为唐庆华十分钟爱，认为“重庆文理学院”的学生真是了不起，“一篇朴实无华的文章把我写得很实在很真实——我看起很安逸!”

二十八　贺琼、令狐莉和陈政权

现在来说说好学生贺琼。

来自重庆巫山的贺琼是重庆文理学院外国语学院 2012 级学生，是苗苗在她快要毕业的 2015 年春季才引荐给我的，据说当时她已经写了好些穿越小说和散文。

“多写散文可以，就莫写穿越小说了嘛——”一见面我就先入为主地教训她说，“‘穿越’是个想当然的东西，穿越回去的主人公都是当公主、当‘格格’或者先当千金小姐然后贵夫人，却没有一个是为奴作婢的……”

这话显然不怎么好听，可她居然就静静地听了。还有，更倒霉的是，苗苗带她来，原本是要参加我们的采风活动的，但是临出发时发现车子却刚好缺了她一个座位，司机怕超载受罚不肯通融，她就只好不去了。乘兴而来败兴而归，

当时她心里应该很不是滋味，同时也使我警惕起来，想到应该找机会对她有所弥补，便叫同是2012级的段晓霞无论做什么都注意约上她，和她的接触于是渐渐多了起来。

2015年临近暑假时，永川区文联吴主席打电话告诉我，说他的办公室主任小曾请产假，想让我推荐一个学生去顶岗实习几个月。其时2011级的杨苗苗、段礼明等已毕业离校、2012级的李晶、王涛、段晓霞等则已经预订好返家的车票了，我稍事思索就想到了还在学校的贺琼。

贺琼也果然没让我失望，顶岗上去后文联满意，她自己也干得很开心。我即趁机给她提了两点要求：一是虚心学习多写勤练笔，二是借助学编《海棠》杂志和守文联办公室的机会广结人缘，为自己毕业后的就业打下基础。结果，大半年的实习下来，第一点她落实得较好，果然多写、多发了不少文章；第二点却落实得相对差些，似乎有几次招聘的机会都被她错过了。毕业以后，她先在一所民办的职业学校干了段时间，后来又去了永川的什么服务外包园，前天问她永川作协开年会去不去，她竟说不知道——因为直到我打电话之前还没人通知她。

前不久才在区文联实习大半年的她竟被如此边缘化！但我忍住了没有说她：古板、口讷、不善交际，怕给人添麻烦——我这个当老师的尚且如此，还能指望她强到哪里去？

贺琼的散文其实写得很不错，也转录她一篇于下。

从它青色的寂静开始

贺 琼

（一）

越来越喜欢青色，总觉得它有一种莫名的寂静，是圆润的，悄无声息的等待。就像漫长悠远而又急促的生命，那么深不可测，那么耐人寻味。

（二）

果盘里的水果琳琅满目，缤纷多彩，而我只愿意轻轻拿起一枚青橘。她们倒也宁静，一点都不闹腾，不管是缀在树上还是躺在果盘，仿佛她们早已明了，我若无恙，必有阳光。等待，从来都是成长必不可少的风霜。杰克·凯鲁亚克说，我们非去不可，在到达之前绝不停止，我不知道我们要去哪里，但我们非

去不可。想来，之所以非去不可，大抵上是在等待中明白了些可贵之处。莫不是人人都怕“笙歌散尽游人去，始觉春空”？

（三）

有时候，美丽是非常孤独的东西，是一种忘乎所以的青色，带点涩涩苦感。你喜欢三月的繁花，你沉迷四月的新绿，若此，你便也一定知道一月的寒风和二月的冷雨。没有谁的王冠是那么轻易能够戴上——欲戴王冠，必承其重。我看见六月的阳光正好，斜斜铺撒下一片阴凉，有微风穿城而过，树叶沙沙作响，葡萄藤蔓延在老旧的墙上，顺其自然合奏出好一个青色的夏天。我看见玲珑的葡萄心安理得的青，葡萄藤不动声色的等待。最后，我听见葡萄藤下青涩的心事，看见满屋子的收获和欢笑。

（四）

前几天一位学妹发来信息说，最近又开始迷茫，感觉自己像一只栖息在风中的鸟儿，徘徊在风里，找不到出口，看不清自己未来的方向。

我想起自己高三的时候，也是这般措手不及。那时候经常会做梦，梦见大片的向日葵花田。那么蓬勃的生命力，永远向着太阳。可更多时候，我会梦见一片海，遥远的神秘的海，蓝青色的海面，白色的海浪。开始的时候，海面静静的，听得见海螺的歌声，不一会儿就起风了，巨大的风裹挟着滔天的波浪，向我滚滚而来。我咆哮，我后退。然后我惊醒过来。满头大汗。

那时候小姨总会告诉我，不要着急，再等等。等待着，等待着，我便不怎么做梦了，心情出奇的平静，仿若高考于我而言，何足轻重。

那天的后来，我终于回复了她的短信——不要着急，再等等。青橘虽涩，总有橙黄橘绿时。我知道，她肯定懂，一如当初小一告知我时那般，不言而喻罢了。

（五）

愿你不再感叹“欲买桂花同载酒，终不似，少年游。”

愿你不用惋惜“我来不及认真年轻，待明白过来时，只能选择认真老去。”

愿你有一颗饱满的心，珍藏那些青色的往事，那些青色往事里饱满的等待。

（原载《青春美文》杂志 2016 年第 6 期）

总觉得还欠着贺琼点什么，说明我主观上是不愿意有嫡庶之分的。惜才、爱才，是我于众多缺点中至今尚存的一个优点，因此，贺琼之后的令狐莉和陈政权，我就不再等谁来引荐，自己主动出击把他们“网罗”到门下来了。

2017 年春令狐莉（右二）、贺琼（右三）、陈政权（左一）等出席永川作家协会年会时在石笋山合影（右一为重庆文理学院文化与传媒学院院长、永川作家协会副主席、本书序言作者李天福教授）

令狐莉是教育学院小教专业的 2013 级学生，若不是文字为媒，我与她怕是无缘得见。那是 2015 年某月某日，我于无意间看到了她发表在《渝西青年》上一篇题为《错与对》的短文，对媒体舆论一边倒地攻击某小学女教师让小男生给自己打伞一事仗义执言，认为学生尊敬老师和老师爱护学生都是天经地义的，“打伞”只要是学生自愿就绝对没有错，媒体舆论无事生非恶意攻击的结果，不但使老师而且使可爱单纯的小学生也受到了伤害；而且，这种伤害，伤的是心——短文在结尾处甚至像这样写道：

“麦金托什曾说：观点上的对与错不能说明品德上的善与恶。不远的将来我也将成为人民教师，我只想说：如果与学生交好是错的话，那我不愿意对；如果师生友爱是错的话，那我宁愿错一辈子！”

“写得好写得好——”我看了便连连拍手赞叹，“不随波逐流已属不易，能仗义执言更难能可贵——难怪作者叫令狐莉啊，硬是有几分大侠风范！”

我当即把文章推荐到《永川文学》上转载了，然而对于令狐莉其人，我却是直到 2016 年暑假才终于见到。这是一位略显丰满的漂亮女孩儿，健康、活泼，言笑中透露出几分灵气。我们相识于学校校友总会 2016 年暑假“寻访校友足迹”的采风队伍中，采风的第一站是从学校直赴攀枝花，她坐在汽车的后排位置上颠簸了一整天计十多个小时，到达后当晚便展开采访，却仍旧乐呵呵地谈笑风生，说一点都不累……

但是，实事求是地讲，也和前面的一些师姐一样，令狐莉更擅长撰写的，还是自己可以随心所欲挥洒的随笔体散文，写这种带有新闻性质的人物专访就要稍逊色一些。比她或者她们更擅长驾驭这种文体的，还是要比令狐莉再低一个年级的男生陈政权。

2015 年下半年，我开始接触到陈政权的文章：《两千公里的梦想 ——318 国道骑行记》和《余旭东：年少从军行》。虽然内容上是在采写在读的本校同学，但体例上则都是一样的人物专访。其中，虽然《两千公里的梦想 ——318 国道骑行记》一篇标题欠完善，但行文简洁、用词准确、人物形象鲜活等特点通通出来了。2016 年 6 月，因见他的大块文章见报更频繁，写作技法亦更趋成熟，我便借着他新当选《渝西青年》社长兼主编、而我身为《渝西青年》顾问这个由头及时“召见”他，见他不但是清清爽爽一阳光男孩，并且吃得苦、受得累、禁得起摔打，立即决定推荐他参加校友总会“寻访校友足迹”的暑期采风队并担任组长。为期半月的外出采风活动结束后，十来个同学都回家度假去了，唯独他一人留在学校，一边帮助我完成改稿等善后工作，一边还自行联系到了《重庆晨报 · 永川读本》实习。2016 年下半年新学年开学后，他一边上课一边填补了校报编辑室主任赵立兵外出读博出现的空缺，承担了校报 1、2 两个版面的采访、写稿、组稿和编辑出版工作，同时还继续主编《渝西青年》并协助我编辑出版《渝西民间文艺》和《永川文学》两本地方刊物 —— 在集文传学院文秘系学生、校报编辑及记者团团长、永川作协及民协会员、渝西青年社社长兼主编等众多角色于一身的同时，成了我不可或缺的左膀右臂。

“一个人挑起了多付担子，你娃到底是吃亏还是占着便宜了？”一次我郑重地问他。

“晓得呢 ——”他略一愣神，竟避开了我所提出的选择性问题郑重答道：“反正我得到的锻炼机会比哪个都多。”

“聪明！”我心中暗赞但不露声色，但从那以后，我逢人便会这样介绍：

“这是我幺徒弟……”

这两人的作品也真的很精彩。

先看陈政权的《余旭东：年少从军行》。

余旭东：年少从军行

陈政权

2015年9月5日，这是极为普通的一天，然而，对余旭东来说，却是这两年来最悲伤、最难忘的一天。

他，退伍了。

老班长的最后一次讲话，战友分别时“来年必相聚”的誓言，大家围在一起痛哭的场面……这些情景，余旭东回忆起来还历历在目。

我想成为军人

2013年9月11日，刚进重庆文理学院一年的余旭东，在大二来临之际，他却休学了。在他们班所有的老同学都拖着行李箱原路返回重庆文理学院时，他却是背着行囊，作别父母师长与家乡，孤身来到了军营之中。

从小有着当兵梦想的余旭东，打小就羡慕着荧屏上那些悍勇无畏的军人，羡慕着一身正气的人民警察。“我喜欢看《亮剑》《士兵突击》《我是特种兵》等电视剧，我想成为军人，像李云龙那样有灵魂有血性的军人！”余旭东兴奋地说道，眼中闪烁着向往的光芒。

在余旭东参加高考那一年，他的哥哥就去了部队，时而打电话回家，向余旭东讲述部队训练生活的点滴。部队对他的诱惑越来越大，他向往，他神思，他想象自己身穿军装的样子。读完大一之后，这颗小小的从军梦，在他心中埋藏了多年以后，终于破土萌芽。

总算丢出去了呀

新兵训练，是部队训练中最苦的一段日子，不仅要矫正自己的各种坏习惯，还要进行繁重的训练。

每天规定六点钟起床，洗漱叠被，可是，刚入军营，新兵们连叠“豆腐块”都不熟练，余旭东每天都提前半个小时起床练习叠被子。宿舍地板不够宽阔，容不了那么多人蹲在地上叠被子，一些新兵干脆就去宿舍外的楼道上叠。“那绿花花的一片，把楼道都占满了，别提有多好看了。”回忆起来，余旭东欢笑连连。

六点半，新兵开始出早操，高唱嘹亮军歌，大呼忠诚于党、热爱人民的口号。七点钟，开始吃饭，吃饭之前，要按惯例“斗歌”，哪个班声音小了，就最后吃饭。八点钟，新兵就开始上午的训练，站军姿，走方队，狙枪打靶，投手榴弹……下午三点钟又接着训练。

说起在新兵连的日子，余旭东最难忘的是第一次投实弹训练。

“训练一个半月了，终于可以投真家伙了！”投实弹开始之前，余旭东格外兴奋，他想象炮火飞腾的激烈场面。可是，当他拿到真手榴弹时，精神一下子就高度紧张了起来，浑身都冒出了冷汗。因为，他拿到一颗裂弹（在运输储存过程中，受到一点损坏的手榴弹）。

余旭东紧紧握着那颗裂弹，掌心还在不断冒出冷汗，一双眼睛更是死死盯着手榴弹上那条细细的裂缝，生怕自己手上这颗裂弹会突然爆炸。紧张无比，他甚至都能听到自己心脏怦怦直跳的声音。

战友们陆续完成了投实弹练习，眼看要轮到自己投弹了，可是又有了突发状况：投弹区的枯草场被十几枚手榴弹轰炸过，燃起了大火。后面的人，必须等待大火扑灭，才能继续投弹。

投弹完成的士兵扑火，余旭东拿着裂弹在原地等待。“手上拿着一颗可能会爆炸的裂弹，我感觉那二十分钟，比我活过的二十年都长。”那时，他觉得这颗300克的手榴弹，是他这一辈子拿过最沉重的东西！

“嘀！”大火熄灭，尖利的军哨声吹响。

取拉环！

投弹！

趴下！

余旭东娴熟地完成这一系列动作。

“嘭！”听得爆炸声响起，余旭东趴在地面上，心中的一块大石头终于落下了，“总算丢出去了呀。”

怕死就对了！

在新兵连经过三个月的基本军人训练后，他们顺利转入了空降兵部队。

在空降兵部队的日子里，余旭东接受着专业的跳伞训练。在吊环上练习三点并紧（伞兵的落地姿势，脚前跟、脚后跟、膝盖，三点并紧），一吊就是两三个小时。从三四米的平台上跳下来，练习腿劲；离机训练，从停着的飞机上跳下来，练习起跳姿势。

“三肿三消才上云霄。”这是空降兵部队流传的一句话，意思是要把腿练得肿了三次，消了三次，才能进行跳伞训练。“我的腿一直痛了两个多月，才慢慢适应。”余旭东说道。

日复一日的练习，每天同一个时刻，同一个地方，同一批人，同样的训练。余旭东丝毫不敢松懈，拼命把每一个姿势练到最标准。“旭东很努力，有时别人

都在休息，他还在加班训练。”他的一位杨姓战友感叹。

2014年3月2日，天清气朗，飞机以380公里的时速在一千米的高空飞行。

飞机上，是四十五名第一次跳伞实训的士兵，他们此时正蹲站着预备姿势。这个预备姿势，平时他们要站半个小时，以防跳伞时紧张，忘记跳伞姿势。

飞机呼啸飞行，一个个初次跳伞的伞兵纷纷从一千米高空跳下去。

“余旭东！”班长大声点名。

“到！”余旭东努力平静心情，朗声回答。

“准备跳伞！”

“是！”带上头盔，检查跳伞装备，跑到预定位置……余旭东十五秒就完成一切预备动作，在飞机舱门站定。

班长站在余旭东身旁，指着他从一千米高空看下去，大声问道：“怕不怕死！？”

“不怕！”余旭东扯着嗓子大吼。

“怕不怕死！？”

“不怕！”

“怕不怕死！？”

当班长问到第三次，余旭东心情激动，深深吸了一口气，大吼道：“怕死！”

班长拍了拍他的肩膀，说道：“怕死就对了！在空中一定要做好伞降姿势，保证生命安全！准备跳伞！”

狂风激荡，虽然带着头盔感觉不到呼吸困难，可是，狂风卷得他衣裤猎猎抖动。

“叮！”起跳铃惊响。

纵身一跃，余旭东跳出了飞机。在强大的飞机尾流影响下，余旭东犹如暴风中的风筝一般，被挟带着向后飞去。

终于跳伞了。物体从一千米的高空自由落下，只需要22秒。也就意味着，如果在空中打开降落伞失败，生命，只剩22秒了。

余旭东按捺住紧张的心情，在心中暗自数秒。

0001秒。

0002秒。

0003秒。

0004秒。

拉伞！

余旭东直觉背后大力一扯，自己降落的速度顿时减慢了下来。

蓝天白云，余旭东背着军绿色的降落伞从高空落下。在还有一百米落地时，余旭东连忙稳定姿势，三点并紧，稳稳落地！

余旭东，胜利完成了自己人生中的第一次跳伞！

在空降兵部队待满时间后，余旭东带着“优秀跳伞员”的奖章，去了司训大队。后面的七个月里，他依次去了汽车连、防化连这两个单位，在军营中的生活愈加精彩。

我回来了

白驹过隙，两年的军营时光眨眼而逝。今年9月5日，服役期限满了，在挥别战友后，余旭东踏上了回家的路。

“在部队紧张节奏中生活习惯了，回到家中，反倒不习惯了。”余旭东笑着说。在刚回来那几日，他依旧每天早上六点钟准时醒来，叠被子、打扫、洗漱。11日，他回到了阔别两年的重庆文理学院。在文理学院大门口，他看着“重庆文理学院”几个大字，深深感叹了一句：“我回来了。”

风景依旧，人也依旧。他2012级的老同学都很好奇他这两年的部队生活，拉着他絮絮叨叨地问。他一位刘姓男同学有些羡慕地感叹道：“两年过去了，我们平淡无奇的大学生活也走到了末尾。余旭东去了两年部队，生活比我们丰富多了。”

只不过，2012级的他，如今却是和2014级的学弟学妹一起学习了。“我们班居然转来一个兵哥哥！真是难以置信！”2014级一个姓高的同学最先知道这消息，很是激动。“我还怕融不进他们的圈子，没想到，大家都这么热情开朗，让我没有生疏的感觉。”与新同学相处几日，余旭东已经喜欢上了这一群新同学和这个新班级。

（原载《重庆文理学院报》2015年12月10日第3版）

令狐莉的《错与对》全文如下。

错与对

令狐莉

当看到当事老师掩面哭泣的照片时，一丝疼痛在心中蔓延。何时何日，教

师连与学生交好也成了错误。学生自愿给老师打伞，这本来就是展现良好师生关系的一幕。然而，有心人却抓住这一点，拍下学生打伞的场面，并为其配字：学校组织学生游玩，一位老师不管是站着、坐着还是行走中，总有一位背着书包的学生为其打伞。许多“正义者”评论：照片中这位女老师手里拿着扇子，戴着墨镜，全程无表情，霸气外露，女王范儿十足。

每一张照片都是横切面，它并不能展示事实的全貌。也许女老师也曾对小男孩微微一笑，也许女老师也曾对小男孩温言关怀，也许女老师也同小男孩细心交谈。但这一切，都被照相机屏蔽在外。眼睛看到的有时并不是事实的真相。事后，打伞小男孩说：给老师打伞是自己自愿的行为。该校校长也表示：这位老师与学生关系比较亲密，所以对撑伞行为没有拒绝。当事老师说：我错了，但孩子们很单纯，请不要攻击他们。这是何等的大爱，即使自己身陷陷阱，也要保护好自己的学生。我相信，能说出这样一番话的老师，必定是关爱学生的好老师。

记忆中，我和老师的关系都比较好，和老师相处的点滴早已记不清了，记忆随着时间风干。可同老师玩耍那次却记忆犹新：难得那年冬天下雪，我们同老师一起扔雪球，脑袋上、衣领上、鞋子上，到处都是。我们互相攻打，扔起雪球毫不手软。老师也是如此。阴沉沉的天空下，只见雪球纷飞。有的用力过猛，将雪球砸进了老师的办公室。幸好那个时候拍照摄像没那么方便，而且也没有互联网。不然这件事又要被有心人谈论。“学生与老师互殴”“师生关系恶化”……我不敢再想下去，世人的评论也许远比我想象的更凶猛。

经历过黑夜雷电霹雳，也经历过冬日的风雪洗礼。但却没有哪一种伤害比语言更为伤人。外物只伤身，犀利的语言却像一把锋利的刀刃，直戳人的内心。那位女老师又要多久才能从这件事的阴霾中走出？一个月？两个月？一年？抑或是更久。她以后又该以何种姿态面对她的学生？学生给老师打伞，本身是一件极小的事。现在经过媒体的扩大，经过网络的传播，演变成全民抨击的事件。受伤的不仅仅是老师，还有那些可爱的学生，他们今后又该如何同老师相处？

在话题中看到一个评论：今天下雨，一个学生要给我打伞，我急忙推开，学生着急了，非要打，我语重心长地说“孩子，还是老师给你打伞吧，我给你打伞能写成故事，你给我打伞就成了事故了！”世人过于严格的要求，让原本和谐的师生关系出现了小间隙。不知何时，这个间隙才会消失殆尽？

麦金托什曾说：“观点上的对与错不能说明品德上的善与恶。不远的将来我也将成为人民教师啊。我只想说‘如果与学生交好是错的话，那我不愿意对；如果师生友爱是错的话，那我宁愿错一辈子。’”

（摘选自《永川文学》*2015* 年第 *4* 期）

二十九　王海英、颜如玉和李帅

除了令狐莉和陈政权，2016 年暑假“寻访校友足迹”采风队中还有个王海英也是我的学生。

王海英就读于文传学院传媒系 2013 级，刚进校不久就选修了我的“渝西民间文学作品赏析”公选课，2016 年下半年又选我做导师带她们的毕业设计。听说王海英也是个写穿越小说的主儿，但她所提供给我看的，除了为完成任务写作的人物专访，便仍旧是些随笔体散文。她是个勤奋的采风队队员，脸儿被太阳晒黑了也不退缩，采写的人物专访篇数也最多，但质量稍显参差不齐，所幸态度十分谦恭，听完训斥后改起来也快，并且无论是打电话还是当面，说完正事后总忘不了添加一句：

“您好好保重身体哈！”

只这一句，便教人想生气也发不起火来。

王海英的散文如下。

一路风尘，一路绽放

王海英

折一笠风，踏一袖月，于荒凉且热烈的尘世中，一路风尘一路绽放，去创造人生，在创造中享受人生。用生命去创造，用灵魂去享受。

流光容易催人老，迢迢年华，我们更应该用有限的光阴来实现内心的愿望。创造人生，并不是都能做到像钱学森一样，十八般武艺样样精通。天生我材必有用，只要脚踏实地，辛勤付出，为了梦想不畏遥远地奋斗，便是在创造人生。

她是个烟花一样慵懒的女子，也是个月光一样骄傲的女子、沙漠一样荒凉的女子。她这一生，都在流浪，都在拾荒。她热爱流浪却又渴望着自由，为了

自己的梦想，她选择以流浪的方式去创造人生。走遍千山万水只为安抚今生不安的灵魂，为了让生命的价值更加饱满，也为了撒哈拉沙漠，她不断地漂泊。但是，她在创造人生，她一路风尘一路绽放。朴素的文字平凡的叙述酿成了她的文字梦想。当我们都停靠在她心中的乐土撒哈拉时，她仍旧行走着。她用流浪的姿态告诉我们，她在享受人生，流浪是她天生的梦想。她一路风尘一路绽放，她在流浪的梦里创造人生，在流浪的灵魂中享受着快乐。她是三毛，一个用流浪谱写人生赞歌的平凡女子。

三毛并不那么聪慧，她只是用自己平凡但独特的方式脚踏实地地生活。倘若她一心只想著书而不做任何事情，我们在她之后又能否记得住撒哈拉沙漠？

我们总是以为，我们太过平凡，比三毛更普通，但是，当我们对生活支付了太多美好，预约了太多幻想，生命的价值便越来越小。等到我们终老，生命便是在我们的空想里创造，不切实际。其实，创造人生，并不意味着要成就满满，功勋盈盈。

西南科技大学的一位保洁员古棱锋，利用工作之余自学高等数学，课间闲暇之余帮大学生讲讲课、解解题，得到了众多学生的赞许。

这何尝不是在创造人生呢？在普通的职业中做自己力所能及的事，何尝不是在享受人生呢？

可是现实生活中几多挫折几多苦痛，一生便也飞沙走石，我们内心的明灯渐熄渐灭。现实下白领骨干精英的类似“白骨精”越来越多，大街上焦急郁闷忙碌的“焦郁碌”也已然诞生。他们用有限的生命创造金钱价值，他们上了发条，四肢朝地，火力全开，妄想成为第一只奔向小康大康的斗牛，可是当他们化为骨灰时，留下的不过是一堆骨灰、一块石碑和一些做作的哭声。生命是在创造，灵魂是在享受，不同的是金钱名利在领队，物质消费在战斗，在享受。

一路风尘一路绽放，在有限的生命里创造人生，在美丽的创造中享受人生。为了心中最初的愿望，请坚定地走，这一路，或许会有无数多的色彩，但是总有一种是你最喜欢的。找到方向，内心坚定无比，坚不可摧，让生命真正创造出人生，让灵魂在创造中安宁。

（摘转自《永川文学》2016年第3期）

和王海英一起请我指导毕业设计的2013级学生，还有颜如玉和李帅。

颜如玉，山西人，身材瘦瘦的，很精神，毕业设计之外的代表作是一篇题为《我的妈妈叫凤姐》的随笔体散文。文章采用第一人称的自叙笔法，把她妈妈的美丽以及“善”和“真”都写得活灵活现。

我的妈妈是凤姐

颜如玉

我的妈妈全名王金凤，在罗玉凤还没有火起来之前，人们都称呼我妈做“凤姐”这一点是我后来得知的，当时我们正忙着搬家，我从箱子里翻出我妈1993年收到的明信片，看到上面以“致亲爱的凤姐”为开头，联想到网络上那个炮眼大嘴鼻孔朝天的罗玉凤，我腿一软就瘫在地上，笑得止不住眼泪。除了“凤姐”，我妈还有许多外号。

我妈年轻时候特别爱笑，照片上的她描画着纤细的柳眉，涂抹着精致的口红，头发烫成当时最时髦的大波浪，双手合十托着下巴，双目含情，我见犹怜。据知情人士我爸爆料，我妈那个时候很潮，在那个年代她就特立独行，在肩膀上纹了一只凤凰，穿着波点短裤戴着蛤蟆镜和一众姐妹“闯荡江湖”。被戏称为“村花”的她，一条街上追她的小后生十个手指头也数不过来……

说到开书店，纯属是因为我妈的个人爱好，我妈说相由心生，她美丽的外表下还有一颗才女的心。当时才女的标志是一副眼镜，我妈鼻子上也架着副眼镜，听我姥姥说，那是因为以前家里穷，没钱点灯，妈妈总是凑在炉火边看书，这才把眼睛看坏了。她从小学习就不错，可那个年代我姥爷在皮鞋厂上班，一个月的工资才26块，要养活大大小小六口人，一块钱掰成两块花，哪里来的闲钱让一个女娃念书，于是我妈初中没念完就退了学，她那个时候的作业本却还一直保留到现在，常说没个学历是她一辈子的遗憾……

我妈还有一个外号叫“狐狸精”，这还是拜我奶奶所赐。我奶奶与我爷爷是娃娃亲，他们还在娘胎里的时候长辈就定了他们的婚事，爷爷是个文化人，却也没有忤逆长辈的意思，当兵回来就娶了我的文盲奶奶。奶奶迷信江湖上算卦的大师，因为我妈的头上有弯弯的美人尖，奶奶听信了“大师”的话，就说我妈妈是狐狸精转世，是来祸害我阿爸的，又因为我妈是村里人，她觉得配不上她城里的干部家庭，一直不看好我妈，明里暗里一直说我妈的坏话。

我爸妈结婚的时候，奶奶没有按照习俗给新媳妇缝制冬被，婚礼全程也没有给我妈一个好脸色。新婚之夜躺在破旧的被子里，我妈还是没忍住，吧嗒吧嗒的落泪。第二年我妈怀了我，爷爷买了一箱苹果给我妈补身子，奶奶看见了赶紧藏起来，不给我妈吃，自己也不吃，后来苹果发霉了，我妈也没能吃上一个。到我生下来，我奶奶的一个牌友出去旅游回来向奶奶炫耀，奶奶回了家就跟我妈妈念叨，妈妈就给奶奶和爸爸报了去香港的旅行社，一个人在家里给上学的我做饭。奶奶玩得很是高兴，回来给远在河北的表亲都带了礼物，唯独没有我妈的份。我妈嘴上一直念叨我奶奶的不是，第二年却又给他们买了去海南的机票。

狐狸精也有好有坏，我妈妈就是狐狸精中的聂小倩。

奶奶有皮肤病，皮肤很敏感，有个什么刺激就起一大片红疹子。我妈妈有一天知道了这个事情，从衣柜里把奶奶的衣服一股脑都拿了出来，手里还拿着剪刀。在阳台抽烟的奶奶看见了这个情形那还了得，一个箭步冲过来，怒目圆睁紧紧盯着我妈妈接下来的动作，随时准备撸袖子开战，我妈妈抬了抬眼，把衣服搁在床上，手拿起剪刀把衣服领子后的标签仔细拆下，又拿针线把针脚缝好，奶奶看了一会儿，神色一顿，憨憨地笑了，踱着步子回到阳台继续"冒烟"。在后来，奶奶有什么新衣服，都先放在床边，等着我妈妈来帮她拆掉衣服上扎人的标签。

如今奶奶年龄越来越大，见得越多，也越知我妈妈的好，狐狸精这个词我已经许久没有听到了，取而代之的是一口一个亲昵的"金凤儿"。

时光流转，带走了"凤姐""村花"和狐狸精，也带走了妈妈的青春，中年的妈妈把生活的重心放在我和妹妹的身上，每日不修边幅，身材也渐渐走样，但这在我眼里是岁月沉淀下来的风韵。妈妈始终以她的言行影响我，无微不至地疼爱我。母爱深深深几许，我忽地想起小时唱给妈妈的歌谣：妈妈的爱像小草，我是小羊，怎么跑也跑不到边……

（**摘转自《永川文学》2016年第2期**）

颜如玉的这篇文章，发表在她参与制作的《永川文学》2016年第2期上，我想，如果能亲自读到这篇佳作，那位曾经被叫作"凤姐"的她妈妈想必会特高兴。

当我把这段话告诉颜如玉时，她会心一笑道："我已经给妈妈看了——正如您想的那样，她当真很高兴。"

再说李帅，李帅还没毕业就参加公务员考试，取得了江苏省连云港市国税局的综合第一名。她不但公文和新闻作品都写得比较好，便连文学作品也很能写，我们在她参与制作的《永川文学》2016年3—4期合刊上，选登了她的意识流小说《我的金婚纪念日》。小说主人公是一位寿终正寝的农村老太婆，意识随着她刚脱离躯壳的灵魂在半空中游动，看着她的四个酒鬼儿子打打闹闹地为她举行简陋的葬礼并争夺着她的遗产，真是别有一番深意……

我问1994年出生的李帅，如此古董的另类生活，她是从哪个旮旯体验得来

的？她回答说她邻居奶奶的遭际便是如此，我于是不得不暗叹如此世风，并从心底打了个寒噤。这里转录李帅的另一篇文章。

谈当代大学生的恋爱、择偶与性安全

——记陈一筠教授的公益讲座

李 帅

致力于婚姻、家庭和青少年心理健康教育研究，现已75岁高龄的社会学家，青少年健康教育专家陈一筠女士日前受邀在我校作了题为“天涯何处觅佳偶”的专题讲座，本次讲座是重庆市“青春健康高校行”大型公益活动之一。

不是“早恋”而是“早练”

讲座中，关于怎样对待孩子早恋的问题，陈一筠说：“很久之前我们就已经不再用‘早恋’这个词了，为什么呢？我国的法律没有规定多少岁可以开始谈恋爱，所以我们无法去界定何为‘晚’，何为‘早’。”在谈到当代大学生的恋爱问题时，陈一筠反而赞成大学生应尽早与异性接触。当然对大学生来说已谈不上“早恋”，而是“早练”。即便没有恋爱对象，也要有异性交往对象。在现在自由择偶的时代，不是一个人第一次谈恋爱就要跟谁结婚，也不是第一次投入谁的怀抱就要做谁的终身伴侣。陈一筠认为，与更多的异性接触有以下好处：一是愉悦身心，增进健康；二是可以为恋爱择偶作练习与准备；三是有益心理健康，可以排解郁闷；四是男女同学可以优势互补，促进学习。

陈一筠提到，当今社会，大学生同居的现象屡见不鲜。对此，她认为，如果当事人已经经过慎重思考，决定要和对方在一起一辈子，那自然无可厚非。但是短暂的相处就确定了关系，这样的感情一般会存在隐患。浪漫的爱情有许多非理性因素在里面，包括本能性、主观性和虚幻性。许多人以为堕入情网就拥有了爱情，其实不然。堕入情网多半是性本能的驱使，最大的特点首先就是不具有选择性，因而也不会专一和长久；要知道婚姻需要的是天长地久、专一排他，而不是性的天堂。其次，初始的浪漫激情是一种主观感觉，然而在婚姻的客观现实面前，主观性往往荡然无存。再次，每个人都是双面人，沉浸在浪漫爱情中时，往往很难看到对方的缺点；爱情就像一支麻醉剂，可能麻醉感消退后，当初的浪漫激情就会荡然无存。所以不要轻易说出“我爱你”三个字。

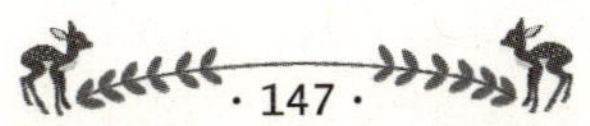

择偶需要考虑哪些条件

为什么两个人花了很多钱结婚，三五年之内又选择分手呢？为什么说了永远在一起，结果也不能走到永远呢？因为他们不知道现在做夫妻已不再是父辈祖辈那样单纯养孩子过日子的“经济合作社、生育共同体”。夫妻在一起要追求太多的功能，比如心理沟通、性生活的美好等。陈一筠引用了罗兰的一句话来描述夫妻之间的感情：“同船共渡便是缘分的信念，相互拯救去度过一生一世的决心。”

夫妻之间一起生活几十年，靠的绝不是一时的冲动；在选择伴侣时，还要考虑诸多条件。首先是文化上的匹配，这不仅仅指受教育的程度，还有双方从小成长的家庭背景和文化环境，即文化上的“门当户对”。文化“同源”的夫妻较少有深层次的“文化冲突”，即便有分歧和矛盾也比较容易协调；如果两个人来自不同的文化圈，以为结婚后可以彻底改造对方，这是不现实的。其次，两个人要有相同的价值观，对好坏、善恶、是非、对错的评判标准要一致。第三，注重性格的选择。一般情况下，两个性格类型不同的人比较容易走到一起，婚姻关系也比较默契，但一定要注意的是，如果对方有性格缺陷且未能治愈，要慎重考虑是否适合做伴侣。第四是关于年龄的考虑。选择终身伴侣其实是在选择心理年龄相似、社会年龄相当的异性，而生理年龄是不值得挑剔的。第五是对家庭和社会交往的权衡。恋人交往到谈婚论嫁的阶段就需要了解对方的家人，一方面可以更客观地判断对方的性格品行，另一方面可以判断自己将来的家庭关系。第六是择偶与婚姻的关系。选择配偶只是选择了原材料，幸福婚姻是创造出来的艺术品，需要两个人共同经营，并不是选择好了配偶就可以“一劳永逸”。婚姻有机遇的风险，有变化的风险。在决定结婚之后，要有坚定的承诺和永恒的责任感。

关于爱情与性

陈一筠说，爱情是心与心的碰撞，而不是性器官的约会。拥抱亲吻可能是爱情的表达方式，但也可能与爱情无关。但这种表达方式必定是具有隐私性的，不应该在光天化日之下进行。

爱情不能靠性来维持，但是在“性待业期”（专家们把从性成熟到结婚的这段时间称为“性待业期”）男女之间发生关系也是有可能的。如果发生，女生一定要懂得保护好自己，给将来的孩子一个纯净的子宫。男生如果爱自己的女朋友，也要保护好她，因为她是你将来孩子的母亲；如果只是想保持短暂的关系，那就更没有权利伤害她，因为她将来是别人的妻子。

陈一筠举了几个她接待过的病人例子：一个十四岁的初中女生每天上课睡觉，导致成绩急剧下降，被学校勒令退学。后来才知道她曾经做过三次流产，每天晚上睡觉都能听见婴儿的哭声，只能在课堂上睡。去医院后她被查出来患上幻听性精神分裂症。还有一个女生做过四次流产，其中两次大月份流产导致子宫破裂以致最后摘除。

陈一筠说，现在的大学生误以为性就是爱的大有人在。交往就必须有性的想法是不对的，如果仅仅为了满足生理上的需要而在一起那不是爱情。区分好爱情与性，在发生性关系时做好安全措施才是明智的，不要因为性的易得而失去了爱的能力。

（原载《重庆文理学院报》2014 年 5 月 10 日第 3 版）

这样一个严肃而敏感的话题，这么一篇老到而科学的论述，当然不是小女生李帅在“谈”或者主导。但她通过认真听讲、细致采访和精心归纳整理，弄成了这样一篇针对性极强并且颇有现实指导意义的文章，竟引得满校园少男少女们争相传看，看后都感到茅塞顿开。

干海英（左）、李帅（右）于毕业前夕与老师合影

三十　张子艳、陈霞和邓迪

除了王海英、颜如玉和李帅三人，2013 级的毕业设计，我还带了文秘专业的张子艳和陈霞。

关于张子艳和陈霞，我先说一句不好听的话：她们几乎就是我带过的最笨的两个学生，笨得几乎完全不敢下笔写作 ——哪怕是一个豆腐块的文章都不敢写。再说一句极好听的话，她们又是两个心地极善良、工作极勤奋的学生，可以任劳任怨地做很多自己力所能及的事……

当然，正是因为看上了她们的后者，由吴朝平担任办公室主任的学校期刊编辑部才聘请了她二人作助理，让她们利用课余时间帮着处理寄发期刊、制表打字、送信跑腿等一应杂务。在此基础之上，从 2015 年年初起，她俩利用晚上、周末和几乎所有的节假日，为我完成了《歌谣里的重庆 ——从巴渝民间歌谣的百年流变话重庆沧桑》和《文脉传香 ——重庆文理学院文化与传媒学院简史》两部书稿计约 50 万字的打印及机上反复修改等一系列工作。在我看来这已经是一个浩大的工程，可学校当局并不把这当成技术活儿，她们的毕业设计，还是在我带领下分别采写了简史中的几则人物小传才最终过关的。借此机会我又狠狠地教训她们，强调写作能力的重要。她们亦不止一次地向我保证：

“老师，我们知道了，我们会努力！”

虽是学生，并且是带着她（他）们学习做事，我却从不让她（他）们白白奉献力气 ——过去对聂荣、文富等诸君是这样，现在对子艳她们亦如此。我甚至把让学生白干活的行径，视为旧军官的“喝兵血”一类丑行！因此，《歌谣里的重庆》一书，我自己掏钱为子艳的辛苦偿付了薄酬，《文脉传香》一书属文传学院院史，我也请学院“出了点血”，支付了一点薄酬给她俩。

具体而言，两个“小妹仔”相互间又有细微区别。张子艳比陈霞更为老实，一是一二是二没半点含糊，甚至难得在她那张永远一本正经的小脸上见到一颦一笑，若把她所学的文秘专业结合起来考量，倒还真是个坐机关、管档案的角儿。而陈霞却相应显得灵巧些，因而也似乎比子艳走运，永川电视台采访我制作“不老教授”短片时，竟首先就逮到她，让她捧着我的书本入片，倒成了一个久远的纪念。

现在，2013 级即将毕业，老实人张子艳已经提前踏上工作岗位了，刚才还给我打电话说正在贵州遵义出差；李帅上个月报告在山东老家考公务员考了江苏省综合第一名的好成绩；王海英则早早在去年下半年就考到璧山区委宣传部带薪实习了 ——“儿孙自有儿孙福”，看来我不必太担心他们。因而目前想得较多的，倒是能干且甘愿默默无闻做事的“幺徒弟”陈政权和接替张子艳、陈霞的邓迪——也是个勤快、实在且品行端正的好女孩，在完成学业及期刊编辑部工作的同时，跟在我身边学了一些东西，也帮忙做了不少事——他们都还是在读的2014级学生，因此我现在就总想着他们，总想着看能不能从实习起就给他们考虑一个较好的去处……

附录：学友心声

难忘那些春风化雨的日子

——致我的老师夏明宇先生

陈 挚

2012年11月底的一天，我接到了曾经的同事的电话。他告诉我12月3日重庆作协将在重庆文理学院举行一场“韩青文学作品研讨会”，届时将有不少知名学者、作家莅会，而我们作为经历过夏老师指点的“门徒”、他的作品最初的一批读者，理应不错过这个学习和拜访的好机会。

当时，我离开文理学院已经两年多，而在相同的校报编辑岗位上，却依然还能不时得到夏老师悉心地指点，也有机会在一些校报界的会议上相遇。就在得知研讨会召开的前一个星期，夏老师还曾作为我们重庆高校校报研究会前任会长、好新闻评选专家，与我一同参加了当年的重庆高校校报年会。那次会面，他和我细致聊及我现在的工作、生活情况，但竟然对他的创作生涯里如此重要的事件只字未提。遗憾的是，研讨会召开之际，恰逢我校报出刊的周期，我没有能赶回永川亲临盛会。当我打电话给夏老师表示歉意时，他立刻表示了理解：“什么也比不得工作，按时出报纸重要！”作为与他共事两年、受教一生的学生，我了解，这并非由于他认为我没有资格参加，而是他为人的低调。

因为在任何场合，他都不遗余力地向别人夸赞我的文采、肯定我的优秀，以至于他的很多朋友、同事、得意门生……第一次见到我时都会不约而同地想起：“你就是夏老师常提起那个名字和文风都像男生一样大气的××”；在我刚工作不到半年的时候，他就引荐并没有什么像样文学创作的我加入了永川区作家协会，甚至推荐一些重庆作协知名作家的作品给我，让我撰写作品评论在期刊上发表……现在想来，那样没有一丝保留的鼓励和肯定，不仅为我搭建了一个原本需要长久积淀才能企及的平台，更是为这样一个向来自卑怯懦的我铺就了一条难能可贵的发展道路。

人生的一种幸运，就是在不同的阶段遇到不同的贵人。而我想我更幸运的地方在于，离开了校园以后还能得到师长般的教诲和呵护。夏老师是我人生的“伯乐”，我永远也不会忘记。

2007年的春天，我正处于四处求职碰壁的挫败和失望之中。在经历了已记不清次数的招考、面试的杳无音信之后，我把在重庆文理学院报刊编辑部与夏老师的见面，当做了一次普通的面试。简要陈述自己的经历之后，我已记不清他问了些什么问题。后来，他告诉我，当时就决定录用我，不是因为我是由谁推荐而来，也不是因为我多么能言善道，恰恰是因为我的拘谨和质朴，诚恳不张扬。他觉得，“静得下来”，是一个从事文字工作的人必需的素质。也是后来，我才知道，自己是幸运的。因为编辑部恰好有位老师调出，所以才空出一个编制。当时还有另一个和我相同专业的研究生也被推荐到编辑部。面试我以后，夏老师没有再考虑其他的人选，我就自然没有了其他竞争对手。虽然工作单位不在主城区，但经历了求职路上的磕磕碰碰之后，我也深知一个公办高校正式编制的岗位的难能可贵。就这样，在些许迷惘和焦虑的心情中我曲折的求职过程终于尘埃落定。

当时重庆文理学院的机构设置还是报刊编辑部，也就是学报编辑部和校报编辑部合并办公的一个部门。作为部门负责人夏老师自然也要同时担负期刊和报纸的主编工作。尽管我是编辑部当时引进的第一个全日制毕业硕士研究生，并且在研究生阶段有过在出版社实习和编校著作的经历，但夏老师并没有把我安排在看似更有技术含量、我也更加熟悉的学报编辑岗位，而是让我做校报编辑。求职的阶段，我曾寻求过教师、辅导员、出版社编辑、公务员等岗位。而当一名校报编辑，却是我始料未及的。第一天到办公室，翻开那些从泛黄到崭新的合订本，我对一期期四开小报的编辑流程还是一无所知。上岗的第一件事自然是从“画版”编排开始。拿出版样纸，夏老师开始手把手教我这个有些看似简单乏味的“技术活”：先数文章的字数，然后确定分栏，文字部分用“Z”代表，图片用“×”代表。说起来并不难的事，对于我这样一个动手能力很差的人来说，还是费了一番周折。尝试画了几版，看来总欠美观，也不知道字数究竟有没有算准。一两年以后，作为接受新生事物很快的年轻人，我和同事很快“抛弃”了这种繁杂又缺乏准确性的排版方式——自学飞腾排版软件。电脑排版让这个工序简单了很多，不用再一趟一趟地跑报社排版室，甚至可以直接跳过印刷厂排版这个步骤，只需微调就可以了，修改版面也大为简捷方便。而从铅字排版的年代经历过来的夏老师却始终不太认可这些先进的新生事物，他觉得我们学电脑排版都是为了“偷奸耍滑”。

其实，“古板”的夏老师对所有现代化工具都是“抗拒”的。已经出版了数本新闻作品集、小说文集和研究专著的他至今还坚持手写稿件。这种我们难以理解的固执和辛劳恰如他对待文字的严谨和专注——他认为认真的写作是不可能在敲敲打打的键盘中完成的。已经不记得第一篇独立采访的新闻稿的内容，但清楚记得夏老师在上面修改的密密麻麻如蜘蛛网的痕迹，让我感到无比羞赧。虽然之前也在大小报章上发表过一些文章、对文字颇有几分自信，但对于新闻写作我是仅仅停留于书本理论，实践为零。夏老师给了我几本书，是他写的一些新闻作品的合集——报告文学《为了未来的园丁》《春天，我们在这里播种》。那些像小说般生动曲折的细节描写、立体可感的人物形象、感人至深的素材挖掘，成了我通讯写作的启蒙教材。在后来的采写实践中，夏老师一直强调的通讯写作的“文学性”对我的影响日益加深。不久后，我已经能够独立完成人物通讯的采写，也得到了夏老师的充分肯定——“悟性很好，上手很快”。对新闻写作越来越有心得之后，我的稿子也越写越长。此时，夏老师拿出他曾经在《人民日报》发表过的一篇人物特写《大学校长插秧记》让我“刹车”。这种国家级报刊的版面之珍贵可想而知，这篇文章当然也不长，但其中的人物刻画形貌生动，神气活现。“新闻的好坏不是以篇幅长短来衡量的，抓住亮点才是重要的。”这让我明白新闻语言的简洁练达的重要性。与此同时，夏老师也很鼓励我的自由创作，“你是编辑，要把副刊当作阵地好好用起来。”原本以为编辑刊用自己的文章不太合适，但受到夏老师许可，我找出读书时恣意写下的一篇随笔《在陌生的城市行走》，以“念乔”的笔名登在了版面上。没想到得到了夏老师审版时“一字不改”的肯定。从事编辑工作数年以后，我才感受到，出于职业习惯，面对一篇文章动笔修改仿佛是不可避免的动作，真正能一字不改的文章少之又少，可见这是夏老师对我一种多么实在的肯定。我们都是内敛含蓄不善言辞的人，而从那以后，除了私底下改稿时一丝不苟的批评建议，在旁人面前，我听到的都是夏老师对我不遗余力的夸赞，时常让我受宠若惊。直至现在，我耳边还时常响起一个让我倍感愧疚的声音：“不要满足于写点公文式的新闻稿，有精力要多创作一些自己的作品。”当然，懒惰的我做得并不好。

当编辑需要理性严谨，搞创作希求文思飞扬；写新闻要通达明了，写小说要意蕴含蓄。这些看似矛盾的组合，在夏老师身上得到了很好的平衡。后来我又陆续读到了夏老师在上世纪八九十年代创作的短篇小说集。其中既有《邱员外传奇》《况二先生》《第二个老太婆是假的》这样带有虚构色彩的反讽小说，又有《菲菲小姐漂流记》《文秀》这样情感细腻、在今天读来有些小清新、“文艺范儿”的作品。尽管不少作品在创作手法上带有浓郁的时代色彩，但即使我这个叙事文学方向出身、自诩现当代文学作品读了不少的研究生，读来也颇有感触。夏老师说，他小说里不少人物是有原型的。在那个文学创作兴盛的年代，他的作品拥有不少忠实拥趸，其中还有我读研究生时为我们开过西方文学课程的老师。因为担任编辑部主任，繁重的行政和事务工作使得夏老师在创作方面的精力少了很多，靠着挤出来的时间，他依然笔耕不辍。一方面，他以自己的行动影响着周围的年轻人，另一方面，他常常半开玩笑地批评我“你有才华，就是懒得像猫一样。”刚踏上工作岗位，对自己的职业生涯充满迷惘的我并没有把创作、研究、争取项目这些问题放在心上。是夏老师时不时提醒和指点包括我在内的编辑部的年轻人，还在他的科研项目里带上我们的名字。因为这样，我少了很多周末逛街、晚上休闲的时光……的确，我是一个慵懒和有严重拖延症的人，有时候，我甚至感觉到这种期望是一种压力。然而，时隔几年，当我到了新的工作岗位和单位后才真正感觉到，这样的鞭策和关心对于一个缺乏自我约束和规划的人来说也许是一生都难能可贵的际遇。

当然，夏老师也有“有求”于年轻人的时候——他的长篇小说《清凌凌的桃叶溪》和《小塆风云》最初的手写稿就是由我们这些年轻人和实习学生敲成电子文稿的。《清凌凌的桃叶溪》在成书出版以前，更是在校报副刊上连载。他一边校改，一边和作为第一个读者的我讨论。有评论家认为夏老师早年的一些短篇和两部长篇小说可谓“风俗史”，而我所知的是，这大概和他特殊的家庭出身和个人经历有关。无论是《清凌凌的桃叶溪》里对思想禁锢环境里渴求梦想和知识的人物抒写，还是《小塆风云》里对七十年代末中国农村风情画的描写，他的作品里闪耀着鲜明的乡土文学色彩，很多文学研究者也把他归类为“乡土文学家”。

其实，夏老师的父亲曾是国民党高官，母亲也是出身书香门第的大学生。恰是因为在特殊年代的特殊家庭背景，他度过了一个父亲早逝，母亲被迫带着他下放农村的童年和青少年。然而，常常听他对我们讲起的，并不是那个物质匮乏的年代农村生活的种种艰苦，而是他对读书和知识的如饥似渴的追求。曾经读过夏老师自撰的文章《书虫记事》，其中回忆了他在那个一贫如洗的“广阔天地”里追寻读书梦想的故事。从小学起他就从自己微薄的生活费里抠出一毛两毛钱存起来买名著，宁愿饿肚子也要读书。由于就读的民办中学停办，年仅12岁的他只读了两学期初中就辍学回家务农。一贫如洗的“广阔天地”并没有掩盖他的梦想，挥洒汗水在田间劳作的他心里依然装着书上故事……有一次，为了翻墙出去读书，他不小心摔伤，这个因书而伤的印记至今还留在他的脸上。在那个“读书无用论”蒙蔽人们眼睛的年代，他的追求并不为他人甚至母亲认可。于是他年纪轻轻就离开了家独自生活。每天10多个小时的劳作之后，别人已早早歇息，他却点起蜡烛读书到深夜……他在《书虫记事》中这样写道：“就为了能够在辛勤劳作之余自由自在地翻上几页书，或者在油灯下信笔涂抹上几句什么，我无怨无悔……”因为特殊的历史原因，夏老师年过三十才有机会踏进了大学校门，终于实现了自己的读书梦。也许亦是因为这样的经历，加之夏老师的爱人秦老师也是爱书之人，他们的一双龙凤胎儿女自小就嗜书如命，酷爱学习，高考一个清华大学一个中国人民大学，如今都是留学海外的高材生，令人艳羡的同时也感慨言传身教的力量巨大。和一些同时代的作家不同，与新中国同龄的夏老师对自己人生经历的波折淡然置之。虽然出身于旧官僚家庭，但他一直信仰并热爱着中国共产党，早在1987年就入了党。闲暇时他常常以自己受党的教育，获得读书和求学的机会，得以在大学就职，过上安稳的生活的经历，告诫年轻人要懂得感恩。他说是因为有中国共产党的英明领导，全中国人民和自己才能过上今天的幸福生活。我能感觉到，这样的感慨不是道貌岸然的“表面文章”，而是像他的为人一样，实实在在发自内心。

从创作第一篇短篇小说《雨夜》开始，夏老师就为自己取笔名韩青。他自己说这个笔名取自“贫寒清白”之意，希望永远“清清白白地搞纯文学”。不过，学校安排他担任学报和校报的编辑，他也欣然答应了，而且一干就是二十几年。试想如果没有行政和业务工作的干扰，他肯定还会有更多的作品问世。但他就是这样一个“老实纯粹”的人。听同事说，有一年合家团聚的除夕夜，他仍然在办公室里编校学报……其实，20多年来他一个人兼顾校报和学报，经常是深更半夜还在办公室写稿、编辑，从来没有完整地过一个节假日，甚至从未请过一天病假或事假。2008年，我与夏老师共事仅一年多后，因为年龄和学校机构整合，夏老师从报刊编辑部主任和学报、校报专职副主编的位置上退了下来，到文传学院当了一名普通老师，教授《大学语文》《报纸编辑学》等课程。告别了付出艰辛多年、取得不少荣誉的岗位，有些不适应的同时他也有了更多的精力思考自己的创作和研究。这个时候，除了完成《小塆风云》这部长篇小说，他又把兴趣更多地集中在了渝西民间文化研究上。短短几年时间，他就出版了《文化视域下的渝西谚语研究》《渝西民间歌谣研究》和《现代民间文学研究视域下的渝西民间故事》几本著作，而这些都是重庆市社科研究项目的成果。为了提携和督促我们年轻人，他把我们的名字也加入了参研栏目。其实除了填写申报书，我并没有为他的研究做出太多贡献。而这些关于渝西地域文化和文学的研究，并不是他心血来潮的结果。他的文学作品中常常都能见到渝西民谣、谚语、俗语，那时他就搜集了很多山歌民谣、民间谚语和民间故事融入创作。如今把这些滋养过自己创作的文化研究整理和转化为研究成果，似乎是顺理成章的事。“板凳要坐十年冷，文章不教一句空”，这是他多年来持之以恒、相互促进的文学创作和文化研究的写照。而对渝西非物质文化的深情厚爱，也是促成他那些被称之为“地方志”“风俗史”的文学作品的原动力。

每当我向他表示一份对于恩师的感激之情，夏老师总是半开玩笑地摆手推辞：“你是你导师的弟子。”然而，他了解我的专业背景，也对我的研究能力充满信心，鼓励我利用自身优势，找准研究方向，能够有更多的科研成果。在参与他的研究项目的触动下，我撰写了一些文学评论在期刊上发表，以一篇《论“川渝合作”背景下重庆川剧的个性打造》参与重庆市青年人才论坛，获得优秀奖。后来这篇文章还被核心期刊《四川戏剧》选中发表。我也以这些前期研究为基础，“胆大妄为”地申请了国家艺术基金研究项目。虽然最后没能通过，但那种在学术研究上努力追求上进的精神如今也是难觅了。在我已经调离重庆文理学院后，夏老师还把我采写的部分新闻作品收录进了《记忆文理》丛书，并将我作为第二编著人出版。说来惭愧，选编这本书时，夏老师对我那些文章又进行了重新的校改编辑，修正了不少初次发表时忽略的问题，比如把我初写时搞错的“重庆人民大会堂”修正为“重庆人民大礼堂”，可见他为之耗费了多少心力。而我因为已不在文理学院，甚至没有校改过书稿，算得上是“坐享其成”。

我调走前的答谢宴上，夏老师依然不遗余力地在各位领导和同事面前夸奖我的能力。私底下，他还一直像父亲那样关心着我的个人生活。对于年近三十的“大龄剩女”迟迟未觅到另一半的尴尬，他无奈而关切地说，“我自诩在某些方面比你的父亲更了解你。表面淡然心气高，要找个和你精神追求匹配的人很难。”对于我离开文理学院调入主城区工作的选择，他在遗憾和不舍的同时也表达了充分的理解，“在那里也许更容易找到适合你的人”。于是，我也如他预言和祝愿的那样，走进了今天的生活。

工作近十年以后，当初被夏老师一把“推上”校报编辑岗位的我不仅获得了多个新闻奖项，业已取得了新闻专业主任编辑的副高级职称，在年轻学生和同事面前也可自称半个“老编辑”了。然而，我知道要当一名优秀的编辑和新闻教育工作者，我要学习的还很多。无论过多久，身处何方，在夏老师面前，我也始终以学生自居，那些春风化雨的日子让我终身受益也永远难忘。“吃水不忘挖井人”，是为纪的这篇回忆，既是为感谢夏老师的发掘教诲之恩，祝福他退休后的生活幸福安康，亦是勉励自己不忘恩师的嘱托和期望，努力写好、编好每篇文章，犹记初心，不忘上进。

老师赠予我的改稿笔迹

李文富

我常常说，是韩青老师的笔迹改变了我的人生轨迹。

韩青，是老师的笔名。老师本名叫夏明宇，1980 年开始发表文学作品，出版专著及个人作品集 10 余部，共计约 400 多万字。代表作有报告文学《为了未来的园丁》，校园文学集《春天，我们在这里播种》，中短篇小说集《邱员外传奇》，中短篇小说集《清凌凌的桃叶溪》，长篇小说《小塆风云》，短篇小说《第二个老太婆是假的》《况二先生》，中篇小说《布谷声声》《德高大爷》《狮滩的妹儿有点恶》等，还有一些关于渝西民间文学的系列研究著作一共是 6 本。

认识老师是在 2002 年 9 月，正值他从专职教师岗位重回校报编辑部任主编。说是“重回”，也是我后来才知道的，老师以前就是校报编辑部主任，因工作调整到了中文系作专职教师。那一年，我正读大二，是校报编辑部的学生记者。我并不是老师招进校报编辑部的，因此此前他并不认识我。

已记不清具体日子，那是在一天下午上课前，“秋老虎”并没发威，不是特别热。我正走在学校星湖广场边的香樟路上，去第一教学楼（即现在的“听湖楼”，这名儿是后来我在学校党委宣传部工作时取的）上课。突然间，我发现人流中一位穿着白色短袖衬衫的老师，右手抱着黑色讲义夹，左手提一茶杯，也正匆匆去上课。应是在哪里看过老师的照片，我一眼就认出了：传说中的韩青老师！我赶紧上前打招呼：“夏老师好！”老师并不认得我，只“嗯”了一声，便匆匆前往教学楼，把我甩在了身后。

后来，老师知道了我是校报的学生记者，写了很多校园新闻，接触便越来越多。从那以后，我写的每一篇稿子哪怕只有一两百字，他都会改得仔仔细细、字斟句酌，不放过任何一个词、任何一个标点符号。那时电脑还不普及，编辑部的电脑都是共用。我们都是在稿笺纸上手写稿件。刚开始，我写的每一篇新闻稿，老师都会用蓝色的钢笔字改得面目全非。有时，他甚至会把实在改不出来的稿子重写一遍，让我再敲到电脑里。我写稿的能力在不断提高，但进步并不快，老师却从来都是像教一个刚刚学写稿的学生一样，满怀耐心和细致。现在想来，从认识老师开始，我在学校待了多少天，他就手把手地教我写稿、改稿多少天。一共持续了三年，1 000 多天，直到我大学毕业。他的一对龙凤胎儿女或许都没有过这样的厚爱。当然，弟弟和妹妹都是人中龙凤，一个清华、一个人大（自己不愿意读北大），现在又都双双留学美国，写稿不可能像我这样笨拙，写得那么烂。

几乎每一次，老师都会把我写的稿子修改好后，一边递给我，一边站在我身旁严肃地说："你看看，给你改了好多，你好久才让我一个字都不改！"我也确实够笨的，总是让老师给我大篇幅地修改。老师还常常一边给我改稿一边打电话到我寝室去，教导我新闻的标题应该怎么写、怎么改，某一个词用得为什么不恰当，应该换成另一个词，问我换一个词之后是不是要好得多，某一句话"像你那样写，你会给我惹祸……"老师每一次打电话把我"骂"一通，刚把话一说完，就会不容你半句争辩，"啪！"把电话挂了！让你一个人愣在那里，傻眉傻眼地听电话的"嘟嘟"声。

再后来，我慢慢熟悉了新闻写作，老师就手把手教我报纸排版画版。那时，画版还不是在电脑上操作，而是需要拿着直尺在版样纸上数着格子画。要算好每一篇稿子有多少个字（假如 1 200 字），然后要算好在版样纸上 1 200 字加上标题、题花、留白……会占多大面积，再计划好一个整版放哪几篇文章，如何布局。

"整个版面要画得美观、协调，你怎么画，排版的工人就怎么装内容。要把字数算准……不能全是横标题，字号要有别。正文要画上'Z'，图片要画上'X'。'Z'就是'字'的拼音的第一个字母，'X'就是相片的'相'字拼音的第一个字母……"

等我会画版后，老师就让我做助理编辑，最多的时候我要编两个版。第三版是我的"自留地"，在老师的指导下，我把它做成了"校园版"，发一些通讯，大多数稿子都是我自己采写的。第四版是副刊，稿子由我选，老师再审定。就这样，我一边读书，一边做了校报的实习编辑。

慢慢地，我开始帮老师校对书稿，即使寒暑假，也形影不离……就这样，我的大学时光有差不多三年是和老师在一起。写稿、交稿、改稿、打字、校稿、画版、校版、清样、付印……这让我对老师和校报产生了特殊的感情。

那时校报编辑部还在永川的星湖校区，印刷出版需要一大早从永川的双竹镇乘车到《永川日报》印刷厂。到了印刷厂，便开始与工人一起排版、出小样、出大样、出清样，校对、签印……一个版往往需要校对不少于 10 遍（校报因此在每年的编校质量考核中名列全市前三，仅次于《重庆日报》和《晚报》）。做完整个"工序"需要差不多一天时间，中午也没得休息。因此，午饭就只能找个印刷厂外的路边小店吃。很多时候，我们一行会是四个人，也就三四个小菜，加几碗豆花——每次老师点菜必不会少的就是豆花。我曾写过一篇《豆花饭》讲述这事：

……工作餐十有八九是“豆花饭”，因为除此之外便没有比这更便宜的了。开始，我很不理解，为什么每次出报都吃这么简单，即使去“下馆子”回学校报账就是了。后来我才明白，老师生活一向十分节俭，特别是用公家的钱，从来都是精打细算，能节约就节约。

每次到了永川，下公交车后还有一段路程，但老师从来都只让我们换乘在城内跑交通的小面包车，十几个人挤在一起的那种。他从不打车，“打车太贵，起码要六七块钱，我们四个人坐面包车，一个人一块钱，才4块钱……”

老师的工作是没有节假日的。有一年除夕，我给他打电话，晚上7点过了，他竟还在办公室里编校学报。我在星湖校区上学的时候，每个周末几乎都是和老师在一起，跟着他学写稿子，采写、编辑。老师常常会犒劳犒劳我，这时便不会再吃“豆花饭”，少不了几个“小炒”和二两白酒。老师常对我说：“年轻人身体很重要，要吃得，今天我掏钱，敞开肚子整……”

现在想来，我的两次工作调动都与写文章有关。一次是2006年1月4日从潼南一中（当时叫梓潼中学）调重庆文理学院。写的文章是《先进性教育催生先进办学理念》。这是我一生也难以忘记的题目，是时任重庆文理学院党委书记、校长牟延林出的。这个题目，写两篇文章，一篇政论性的理论文章，一篇报道学校先进性教育情况的新闻稿。每篇文章都要求3 000字以上，与即将毕业的西南大学才子赵立兵一决高低。后来，机缘巧合，我们俩从“非此即彼”的竞争对手，变成了同事和好朋友。这是后话。另一次是2010年从重庆文理学院调到重庆某机关。考试是写一篇政论文，一篇调研报告。

这两次考试写文章，都离不开老师手把手教我写稿、改稿打下的坚实基础。仔细想来，如果把老师为我修改文章的笔迹一笔一画、一横一竖地连接起来，一定是一条曲径通幽的路，一定非常优美，而我就在这条路上前进。那每一笔、每一画、每一点、每一线都构成了每一步阶梯，从大学的校门走出，一直延伸到我的工作岗位上。

至今，我仍保存着老师为我修改的部分手稿，那上面是老师的对我的厚爱，给予我的“道”与教诲我的“言语”，更蕴含着老师的心血，也存储着我的记忆和足印！

我和夏老师

喻奇树

走上新闻这条路，夏老师是我的启蒙老师和引路人。

我是重庆师专中文系96级的学生。在师专，通过夏老师，我接触到新闻，后来一直从事新闻工作，一晃已过20个年头。

重庆师专报是学校的“权威党报”，在普通学生心中很高大上，能在上面发表一首小诗什么的，是一件十分荣耀的事，别人也会对你竖起拇指说，“哇，这娃子有些才气！”

所以，当杜术林师兄引荐我到夏老师主持的校报作学生记者，让我意外又惊喜，同时又有些缺乏底气。

夏老师当时是四川著名青年作家，并以韩青为笔名发表了一系列的小说和散文，尤其在乡土文学方面享有盛誉。

我马上搜出高中时写的几首小诗，又搜肠刮肚写了一篇散文，特意求著名校园诗人唐克伟师兄润色，希望借此能敲开夏老师的门。

夏老师治学严谨，对学生要求十分严格。而我又是一个十分慢热的人，很久都找不到写新闻的感觉，很长一段时间都写不出一篇像样的新闻稿件，一度让夏老师十分失望，甚至怀疑这家伙是否真能胜任学生记者工作。

还好夏老师并没放弃我这个呆头呆脑近乎木讷的学生，耐住性子一遍又一遍修改我的稿件，给我讲新闻的5个“W”，讲消息的倒金字塔结构。

我自然十分珍惜这样难得的学习机会，努力开悟。另一边，聂荣老师也时不时给我一些指点，钟老师、尹莉梅师姐也不断给我鼓励，让我慢慢找到些感觉，勉强能写出几篇简短的消息。

夏老师在学习上对学生要求严格，但在生活上，总是给学生以慈父般的关怀。

农村出来的娃儿，家里穷，每月的生活费都紧巴紧巴的。每个月，夏老师都会设法从有限的经费里，给我们挤出些补贴来，接济我们的生活。

还记得每次到永川印刷报纸，夏老师都会带我们去印刷厂旁一家特色豆花店，炒上几个菜，让我感觉每次都像打牙祭（不知道这家豆花店现在还在不在，店里的豆花真好吃）。

我是一个少变通、缺少些灵气甚至有点愚笨的学生，还好生性比较执着，认定的事一直会坚持做。也许这一点打动了夏老师，所以时时给我锻炼的机会。

1997 年夏天，学校组织队伍到石柱县西沱镇“三下乡”，带队的夏老师特意带上我，跟着一路调查采访。1998 年夏天，我又跟队到当时的双桥区“三下乡”，接触到了更广阔的社会。

正是因为有夏老师的言传身教以及在校报打下的坚实基础，所以后来才有了机会到重庆的报纸实习，再进入重庆青年报，再进入在全国颇有影响力的华西都市报。据说这后来还激励了不少师弟师妹，“原来喻师兄也能混入媒体圈，为什么我们不能？！”（参照《星湖二十年》）所以后来夏老师的办公室门前，总有一些学弟学妹带着稿件探头探脑，请求夏老师的指点，或是干脆请他去做讲座，一波又一波，一度让重庆媒体圈满是师专的学弟学妹。

我工作后，很少回学校看望夏老师，但夏老师却总是如慈父一般时时记挂着我们，关心我们的工作和生活。我调到成都后，夏老师有机会到成都出差，也一定会来看我，关心我的工作，还带来他新完成的著作。

这些年，夏老师在学术上辛勤耕耘，在写作上笔耕不辍，先后写出了超过 500 万字的报告文学、小说、散文和学术著作，尤其对渝西民间文学有着深入的研究和独到的解析。

夏老师严谨的治学风格，以及在写作、学术上的孜孜追求，给我时时以鼓励和鞭策，给我前行的动力。

还向老师要真经

何永胜

前不久，夏老师不晓得费了好大力，才通过喻奇树师兄找到我，说写了一本书，文章里面有我。后来一师弟把书稿传给我，我认真拜读，书中有我崇拜的聂荣老师，有我敬仰的谢国超大姐、尹道勇师兄等。夏老师写他们全是满满的正能量赞誉。写到我的时候，我变成了一个“动机不纯”，为了毕业好找工作才进校报编辑部的“功利”学生。

但，这确实是事实！进校报之前，我和夏老师是熟悉的，他至少认识我。大一大二，我是学校读书活动部的副部长、部长，在学校还算小有名气（毕业前夕还成了全校十大“校园名流”）。读书活动部经常组织一些辩论赛、读书比赛、系列讲座等。夏老师是学校的专家、才子、教授，还有热心肠，自然经常被我们邀为嘉宾、评委。一来二往，夏老师就认识我了。大二暑假前夕，我想参加学校组织的暑期社会实践活动，听说是夏老师带队，便托图书馆蒋书记去说情，夏老师难为情地应允了。半个月的朝夕相处，加上还能喝点酒，帮夏老师挡几杯，我自然给夏老师留下了“深刻”印象。大三开学，我那“部长”要卸任了，“工作”担子轻了，无事可做，加上还有一年毕业，没多少“硬货”。我找到夏老师，要进校报编辑部当学生记者。当时，夏老师不干哟，“你娃儿都大三了，学得到啥子哟”？我死皮赖脸说：“多发几篇文章好找工作嘛”。就这样，我便成了夏老师唯一的“功利”学生。

功利也好，不纯也罢。夏老师倒是真的希望我能多发几篇文章毕业好找工作。大三上学期，夏老师把学校举行的大大小小活动都让我去采写，虽然多次挨批重写，但校报上经常出现“何永胜”三个字。我目的达到了。期间，我采写我所在的政史系学生综合素质培养，校报发表后还在重庆《教育周报》发表，为我最终能够入党奠定了基础。说到入党，也是夏老师向系上书记向老师求情的。大三了，同寝室的兄弟几个都入党了，而我这个“优秀”学生（专业成绩前茅，综合素质得分前列，期期奖学金）却没有得到辅导员老师的认可，一直不让参加党校学习。最后，在向老师的亲自关心下，我才在毕业前两个月成了预备党员。

由于资质和能力的原因，加上学艺不精，我未能像中文系的兄弟姐妹们进入成都、重庆的各大媒体，而是带着夏老师的亲笔推荐信，灰溜溜地回到了老家渠县。7月1日毕业，7月3日正式上班，我成为了《渠县报》的一名编辑记者。一个月后，我便成了当地的名人。我采写的两篇文章被县委书记选中，在全县农村工作会上向领导干部推荐学习。我专门给夏老师写了一封信，“骄傲”地炫耀了这一重大事件。这封信后来以《教师节的问候》为题，发表在校报上。

时间过得很快，11个月后，一次偶然的机会，在夏老师的鼓励下，我应聘到了四川省教育厅机关报《教育导报》做记者。《教育导报》虽然不是什么大报，远没有成都的华西、商报知名，但她的读者群体却都是清高无比的“臭老九”——老师，因此必须把文章写得深刻些、生动些和深度些。慢慢地，我还基本得到了这些老九们的认同，成为四川教育系统有点名气的小记者。从事记者期间，我多次获得了四川新闻奖和四川教育好新闻奖，有几篇深度报道得到了教育部领导和四川省分管教育副省长的批示。

也许天生是个粗人，不是文人。三年后，单位创办了新的周刊，实行全民发行。我一个人跑的发行量占了四分之一。小试牛刀后，领导给了我新的安排，让我专职发行，兼职记者。现在还记得，领导找我谈话，我不干呢。因为一个名记者的背后，大家都懂的。后来，不干归不干，领导封官许愿，“威逼利诱”，我从了。这一干就到了今天，从单一报纸发行，到今天十个品种的报刊发行，从开始一两百万到现在的数千万，从发行营销到发行管理。一路走来，如果夏老师没有包容接纳我的不纯动机，我就没有加入新闻队伍的敲门砖，就没有今天养家糊口的饭碗，就没有今天孜孜追求的事业。谢谢您，夏老师！

如今，我所供职的四川教育报刊社，是有着两报三刊十个品种的教育报刊集团，单期有150多万的发行量，每年有近亿元的总码洋，是西部发行规模最大的教育报刊社，其中《少年百科知识报》发行位居四川第一，全国邮发报刊五十强；《今日中学生》发行位居四川杂志第二、全国邮发校园报刊五十强。这些数字背后，应该有我辛勤的汗水和心血，更有夏老师的殷殷鼓励。

东扯西凑，点滴回忆，向夏老师汇报。如果说，有点成绩值得欣慰的，是夏老师教给我知识；如果说，有些缺失有点遗憾的话，是夏老师未将真经传授给我。对吗，夏老师，谢谢您，我是不是记仇了呢？

夏日，回忆我与夏老师

万晴勤

刚结束我的暑期家庭旅行，提起那支除了写教案和做攻略几乎不怎么用的钢笔，回忆起那年，不，那些年伴我成长的恩师——夏明宇。

说来也巧，这次旅行的目的地是印尼的南部小岛 Bali。印尼本是一个几乎全民崇尚伊斯兰教的国家，请注意，是“几乎”而不是“全部”，这便是因为 Bali 的独树一帜。Bali 是一个信仰印度教的小岛，但仍能与印尼的其他地区和谐共处。这让我不禁想到了自己一个非中文系学生在校报编辑部的时光，想到了夏老师，回忆起那段一个理科生的文学之路。

第一次见到夏老师是在 2005 年初夏的校级班主任技能大赛上，当我一边朗诵《念奴娇·赤壁怀古》，一边书写毛笔字时，一位精神奕奕的老先生在台下看得大呼：“好！好！好！”赛后，这位老先生找到我自我介绍他叫夏明宇，是校报的总编，问我要不要进编辑部锻炼一下？当时，我那个开心溢于言表。于是，我作为一个只会给自己写写演讲稿之流的理科生就这样误打误撞，也算是顺风顺水地进入了无数中文系学生翘首以盼的校报编辑部学习。

记得，大一结束的那个暑假，我便开始了在老编辑部的实习生活。老编辑部是在星湖校区的一个不怎么起眼的石打垒小楼上，再被小树林一遮，更显幽静与神秘。说它“老”还真不是乱说，这里基本维持了上世纪八九十年代的陈设，空气中飘散着一股老式实木家具、书稿笔墨和碧螺春的混合气味，这恰好是我喜欢的风格，古朴而不失文化的氛围。

在编辑部的工作并不像大多数人想象中的枯燥乏味。慈祥而又自带些许幽默的夏老师，极好相处的朝平师姐，外加我这初生牛犊不怕虎的性格，“快乐文学”是我在这里最大的感受。

在老编辑部里，我陆续拜读了夏老师的作品《春天，我们在这里播种》和《为了未来的园丁》，我惊讶地发现原来文学创作并不像我曾经以为的豪情壮志的抒发或伤春悲秋的造作。它可以生活化，它可以十分平易近人，甚至还能带有浓浓的乡土气息。这独特的文风使我眼前一亮，我便开始琢磨自己的小作《老屋，你好》，也算是我自己对童年美好的回忆。这篇不算太长的文章在校报一共连载了六期，也让我初次领略了夏老师的深厚改稿功力。后来，在编辑部的磨炼中，我也渐渐改掉了啰哩啰嗦的文笔，一个理科生的文学之路这才算是真正起航。

前文中，我好几次提到了自己是一个不折不扣的理科生，这绝不是随便说说。对于一个头脑比较公式化的理科生而言，顶破天也就凭着高考写作文那点文笔写点随笔散文之类。夏老师应该是早就发现了我文学理论几乎为零的状况，特别送我一本他亲自撰写的专业学术著作《新闻的基本理论与实践》，以便在短期内增强我的新闻采写素养。老实说，这应该是我读过的第一本，也是唯一一本新闻类书籍，但从中获得的知识与提升是无穷的。

跟着夏老师“混”新闻的日子，老师叫我向东，我绝不往西；老师叫我修电脑，我就立马变回理科生；老师叫我去采写，我肯定是屁颠屁颠地跟去，然后全程笑脸迎人。重点是，每一位被采访的嘉宾都很给老师面子，即便老师人不到，人家依旧很热情地接受我们的采访。写好了初稿，老师会异常认真且神速地改好二稿，然后三稿、四稿，直至最终定稿。我们饿了，老师喜欢带我们去吃一碗物美价廉的豆花饭……怀念那些跟在老师身后的日子，想念我亲亲的夏老师。

过去的日子都是好日子，怀念那路多坡陡的卫星湖，还有那段激扬文字的文学时光。感谢夏老师不弃我这个对文字不太敏感的理科生，感谢老师带我走过一条独一无二的新闻之路。

祝夏老师及全家幸福安康。

与先生书

陈政权

世间岂无真先生？

随着“先生”一词的流俗，所用频繁，其词意日渐贬低。然而，追本溯源，先生，师长也，传道、授业、解惑。敢为先生者，终是世间少数。

夏明宇老师，是我的恩师，不可不谓先生。

与夏老师初相识，得缘于我接手渝西青年社的工作。渝西青年社所编的报纸《渝西青年》，是学校团委的机关报，夏老师恰恰是报纸的顾问。我作为《渝西青年》报的第十九任主编，自然而然，每一期报纸的样稿，都要先给夏老师过目审核。

事实上，在有幸得见夏老师之前，他的大名、他的故事，我最先是从校报编辑部主任赵立兵老师那里听说的。“他也是我的老师。”老赵对夏老师亦是执弟子之礼。

随着呆在校报的日子增多，夏老师的故事，也听闻更多。听说，是夏老师创办了学报和校报，一肩挑两刊一报；听说，当年夏老师为了办新一期《重庆师专报》，冒着瓢泼大雨，从老永川城步行回黄瓜山下这个“夹皮沟”；听说，夏老师将一双儿女培养成人中龙凤，双双在美国留学……夏老师从 1982 年考入重庆师专，然后留校任教，创办报纸，担任文化与传媒学院老师，教育学生……留在这一亩三分地上，也足足有 35 年了。他的细致严谨、他的爱生如子，名誉满校园。

听闻的故事愈多，对这位“神秘”的老师就愈加好奇。

初相见，是送《渝西青年》第 98 期样报给夏老师审核。当时，我就在人和居楼下，看着一个瘦削、头发花白的老头儿，穿着一件松松垮垮的老旧 T 恤，还没走近，便挥手喊道：“你就是陈政权呀？”

这是我和夏老师第一次面对面说话。当时夏老师还打趣我，说看到校报上助理编辑陈政权的名字，还以为我是新来的年轻老师，结果呢，居然是一个学生。夏老师对我的初次观感大致如此。

2016 年暑假期间，在夏老师和校友会曾祥禄老师的带领下，我参加了暑假走访校友的活动。从永川出发，去达州、去主城、去江津、去泸州，兜兜转转，又是采访又是被热情校友们劝着喝酒，外加车马颠簸，着实疲累。

走访校友，当时我和夏老师每晚是共住一间客房的。晚上就东拉西扯，唠嗑家常，作为资深采编的夏老师，经常还会提醒我在采访过程中的纰漏和注意事项，督促我一点一滴修改。

采风活动结束之后，便是陆陆续续写稿。因为2016年暑假我联系了去《重庆晨报·永川读本》实习，留在永川，于是写完一篇采访稿，就及时给夏老师送过去。我记得那时第一篇给夏老师审看的稿子是采写校友王伟的稿件，洋洋洒洒两千余字。

“天！我的稿子有这么糟糕吗？！”第二天看到夏老师返还的稿件，原稿基本被修改得面目全非，我心里忍不住发出感叹。

夏老师看到我脸色起了变化，就一个字词、一句话慢慢解释说明，最后说道：“先自己拿回去琢磨，你看该不该修改这些地方。”

这是夏老师第一次给我改稿，在随后几次改稿中，夏老师也慢慢教了我一些编辑的知识，让我对编辑工作有了一些大致的轮廓。这也为2016年下半年开始的校报编辑工作，打下了一定基础。

从那时候开始，我从夏老师身上，逐渐学到了一些东西，之于文学、之于新闻采编，甚至是民俗文化这一块，也算是近朱者赤，了解了一些皮毛。

偶尔会想起自己高考中选报专业，为啥自己不选汉语言文学（师范）而选择汉语言文学（现代文秘），便是因为在中学读书的过程中，见过各式各样的老师，自己也确实不想从事老师这个职业，生恐误人子弟。

然而，在夏老师身上，我看到了何为老师、何为先生、何为育人。师长精神，育人情怀，文学素养……这些，都是古时候那些真先生的气质。

我相信，在大学课堂上能学到的知识极为有限，或许说是这种群体教学的方式，只有极少的学生能学到真正的知识与技能。相对而言，夏老师自己戏称为“私塾”的教学方式，一年的时光，学得的知识与能力，远远超过大学四年课堂上的内容。

在我看来，身为人师，最重要的，不是教会学生具体的知识和能力，而是培养出学生的自学习惯和优秀品质。夏老师治学严谨、精细著文、做事勤快……有古时先生的气度，这些都在逐渐影响着我。

2016年下半年，随着2013级几位师姐离校实习工作，夏老师在校外负责的《永川文学》和《渝西民间文艺》两本杂志，也叫上我一起编排制作。那时候，一个月要做两期《重庆文理学院报》，一期《渝西青年》，双月份还要出《永川文学》和《渝西民间文艺》，着实忙得昏天黑地。

但也在于这一系列的磨炼之中，我在采写、编辑，甚至是排版上的各项能力都得到了飞跃性提高。不然也不会在2017年上半年，组织渝西青年编辑部的

记者编辑们汇集印制《“辉煌与梦想”优秀作品集》一书。

对于《渝西青年》这份小报，夏老师是背后稳健的靠山。每期报纸的审批、给记者编辑开讲座、为报纸做学年总结……夏老师对社团的每一次帮助，我们渝西青年的所有人都记在心里。

想起前不久发生的一件事，永川区作家协会的微刊推出关于夏老师的人物聚焦。这条推文发出来之后，我将链接转发到渝西青年的QQ群里面，结果呢，不少人都纷纷转载。事后，编辑这篇推文的海清涓老师还特意给我说，夏老师这篇推文是这小半年来转载分享次数最多的。

教育学院2016级的孙玥竹转载之后，评了一句“还想听夏老师讲故事”，事实证明，夏老师每次讲的那些民间故事，都深入人心，很多人都有心记着。

何为真先生？一言一行，即可给学子影响，引导其成长。

夏老师如是。

在校报编辑部坐班的时候，偶尔闲极无聊，就专门去翻那些泛黄的上个时代的老报刊来看，一天看到夏老师刊登在学报上面的文章，讲述自己教育学生的心得，大致是“少”“高”“博”“爱”“严”这几个字的内容。

夏老师的“严”，不仅是对学生的要求严格，对自己平日的生活处事也很严谨。平心而论，一个退休的都快七十岁的老人了，在年轻人眼里，这就是下下象棋、打打牌、喝喝茶、散散步的年龄。可夏老师丝毫不如此。每天都有自己的安排，从阅读到写作，哪怕是编排杂志，都是自己“亲身躬耕”，绝不拖泥带水。

对自己严格的老师，对学生也绝不会松懈到哪儿去。

不仅是我，连我的室友都深有同感！

每到编排杂志的时候，甭论冬夏早晚，只要工作来了，夏老师绝对会在早晨七八点钟给我打电话。

日子久了，次数多了。每次大清早夏老师打电话来催我起床做杂志，我那室友就会在被窝里懒悠悠翻个身，含糊说道：“老爷子真的精神好！”

在与夏老师做杂志的日子里，夏老师算是“精耕细作”，每一次都极为精细地校对文章，力求做到不出丝毫错误。这种对待工作的态度，我一直都在默默学习，在自己一次次的报纸编排工作中，时刻提醒着自己。

古时，士人求学，周游天下。学文不仅只在于校园课堂之中，更多的，还需要走出去。在夏老师的带领下，我加入了永川区作家协会和永川区民间文艺家协会，参加协会的活动，结识很多人，拓宽了眼界，学以致用，更多是知道了自己还缺哪块的能力，反馈给自己专项提升。

我记得 2016 年大作家杨绛去世的时候，有新闻报道其去世消息，标题是《世间再无女先生》。

先生，师也。

世界广阔，我等眼界有限，看不到其他先生。唯是，夏老师在我心里，是真先生，多年治学，博爱育人。

夏老师和我们

李帅

其实我很早之前就“认识”夏老师了，那时候我大一，刚进《重庆文理学院报》记者团做记者，有一次去校报编辑部办公室值班，校报的秦老师说我可以自己拿柜子里的书来看，于是我便拿了一本《在这方园地，我们头顶一片蓝天》。说实话，当时我是被作者的名字吸引的，因为我们有个专业课老师叫韩永青，而夏老师的笔名叫韩青，所以我总是不由自主地把这两个老师的形象联系在一起，印象中就感觉夏老师跟韩永青老师一样是个青年教师。秦老师告诉我说，等到我们大二或者大三了，夏老师可能会教我们的专业课，到那时候就能真正认识了。我还挺喜欢夏老师写的文章，所以一直盼着能上他的课，说来也“巧”，偏偏到我们这一级夏老师退休了，我就这样错过了认识他的机会。一眨眼，我就从刚进校的小丫头变成了大四的老学姐，也开始为毕业论文（设计）做准备，这个时候，几个熟识的师兄师姐都让我选夏老师做指导老师，辅导员也打来电话问（因为夏老师没有教过我们这一级，对我们不熟悉，所以让辅导员推荐几个学生），我想，看来我跟夏老师还是有缘啊。就这样，从大一听说了夏老师的名字，一直到大四才认识，而他也不是我印象中的青年教师，是个老帅老帅的、很有个性的老先生。

给夏老师整理《我和我的学友们》，我简直为他惊人的记忆力深深地折服，为什么这么说呢，他的文章内容从四十几年前一直写到 2017 年，每一个时间节点甚至每一个细节他都记得清清楚楚。我和陈政权师弟开玩笑说夏老师可真厉害，我高中的事情都不记得了，师弟说：“我连上周去办报纸的事都记不起来了……”

非常有幸能为夏老师写这么一篇文章，说实在的，我也不会写什么书评，但是《我和我的学友们》里确实有让我想去写一写感想的故事。给我印象最深刻的是董志斌师兄的故事，单从文章里夏老师的描述来看，董志斌师兄也是一个很有才能的人了，可惜却英年早逝，夏老师的文字貌似十分平实，可字里行间都能感觉出他在压抑自己的情感，也能读出董志斌师兄的去世带给他的伤痛，以及因为没有多“说他几次”而感到自责的心情。如今我也在机关单位上班了，师兄后来只写公文的故事也给我提了个醒，临离开学校时，夏老师跟我说，千万不要把写文章的本事丢了，有时间还是要多动动笔，大概是夏老师也想起了董志斌师兄吧。

再一个印象深刻的故事是夏老师为尹莉梅师姐帮忙找工作的事，哪怕是领导来为亲侄女要这个名额，夏老师和师母也是不让的，因为在他们心里，学生不一定不比侄女亲。事实上，夏老师确实视学生如子女，作为夏老师带毕业设计的关门弟子之一，他对我们的好是没有二话的。不仅是在毕业设计方面悉心指导，大热天地跑到食堂（夏老师已经退休，所以没有办公室）给我们布置任务、讲注意事项，或者是在小花园里挨着蚊子咬给我们改自评报告；生活上也对我们照顾有加，经常带着我们和师弟陈政权去小馆子吃一顿，到重庆四年，竟然在毕业时才吃了唯一一次豆花饭，就是夏老师带我们吃的，我想以后我也可以像李文富师兄一样，写一篇《一碗豆花饭》。

夏老师的书叫《我和我的学友们》，夏老师于我们确实亦师亦友，但我觉得自己还远远算不上夏老师的“学友”。夏老师文章写得极好，出过的书也不少，他送我的几本我还没来得及看，但我把它们都带到了工作单位来，就放在枕边，哪怕每天只能翻几页呢，也能给自己提个醒。夏老师为人时而严肃，时而又幽默风趣，像极了老顽童。对作品是一丝不苟，好多我们看不出的有误的标点符号这一类的细节，他都能看得出。但平时呢他又很爱开玩笑，吃饭时也爱与我们玩一些饭桌上的小游戏活跃气氛，好几个小游戏我都是向夏老师学来的。

很庆幸，在大学要结束的时候认识了这么一位老师，他就是我想象中大学老师的样子。

我的导师夏明宇教授

张子艳

2014 年，这一年我遇到了我的导师夏明宇教授，也是从这一年开始，我的校园生活有了色彩。

大二开始后，因为学院的安排，每一个文秘的学生都要去学校相关部门见习一学期，而我被安排到了学校的期刊编辑部见习。当时还有大四的师姐喻帮凤也在那里。第一次见到夏老师是在一个下午，老师带着他新出的作品——《渝西民间传说研究》来到了编辑部，我记得当时的办公室还在恪勤楼的 605，那时候的我挺内向的，跟夏老师打招呼的时候声音都很小，也不知道老师听没听见。在那半学期中，夏老师常常带着自己的新稿子来办公室，而我每次见到夏老师的时候，都会不自在，所以经常借看书来掩饰自己。

真正跟着夏老师学习是在大三的时候，那时候学姐毕业了，而我因为在见习过后继续留在了编辑部勤工助学，当时夏老师需要一名学生帮助他打稿子，在吴老师的推荐下，我接手了这份工作，之后的时间里，夏老师不仅仅只是让我帮他打打稿子，同时还会教我一些工作的细节，因为我们是在学校的部门，老师们都很和蔼，也很照顾我们，所以有时候我们没有注意到的细节，夏老师都会提醒我们，我记得夏老师曾告诉过我："作为一位实习生，每天应该提前半个小时到达办公室，提前把办公室整理一下，然后再为领导泡一杯热茶，虽然文秘专业学生不只是要学端茶送水，但是这样有利于增强领导对我们的印象"。在后面的工作中，我虽然没有做到提前半个小时到办公室，但是会准时，因为准时体现了我们对待工作的一个态度。

从大二到大四，我认识夏老师两年了，在这两年里，夏老师教会了我很多东西，在这两年里老师时刻提醒我要学会写文章，但是因为文笔实在太差，就没好意思提笔，而在这段时间里，夏老师总是恨铁不成钢地说我，虽然写过，但是无奈过不了自己内心那一关，所以到现在为止没有给过一篇文章请夏老师看过，更多的只是帮助夏老师打打稿子。

两年的相处中，夏老师给我的感觉就如同父亲一般，把我们当成自己的儿女一样去教育，在我们的学习中，总是提醒我们要完善自己的不足，就像我，夏老师会提醒我多看书，多写文章，还有一点就是要笑，胆子要大。同时要细心，就像有一次，当时我们是在做《文传院史》，因为放假，我忘记将已经完成的二校稿备份在电脑上，而后由于U盘长时间不用且忽略中了病毒，于是二校稿被损坏。于是我只能找夏老师说明情况，找出初样，重新校对。这一次仅在校对中出错，所以夏老师并没有怎么批评我，只是要我们下次细心点。还有一次更为严重的失误就是在拿样稿给老领导审查的时候，里面出现了很多错字。那次我们刚下课就接到了夏老师的电话，并且是很生气地叫我们赶紧到指定的地点，到了之后我们才知道，因为我们存的文件太多了又没有做好标记，所以导致在样稿里出现了没有改过的稿子。后来老师直接带着我们把电脑里的稿子全部删了，每个人的U盘甚至电脑都只保留了同一份稿子。最后，经过一年多的努力，我们在2016年11月份学校校庆之前完成了《文传院史》的编印工作。而夏老师也极力地向学院争取将这份《院史》作为我们的毕业设计，最后很幸运，因为夏老师的努力，我们获得了恩准，我们的毕业设计不再是枯燥的论文，而是有意义的《院史》，这不仅记载了我们学院的发展史，同时也是我们师生一起奋斗了一年多的成果。

虽然夏老师在学习和工作上对我们很严格，但是在生活上却是个很幽默的人，同时也很大方、重感情。在这个毕业离别的季节，夏老师会在学生离校之前请大家聚在一起吃一顿饭，然后一起说说在相处的时候的一些趣事，还会给我们鼓励、寄语。

如果没有遇到夏老师，我不会知道关于渝西的民间故事，如果没有遇到夏老师，我不会知道会有导师为了学生的利益跟院长据理力争，因为有夏老师的教导，所以我们很轻松地就完成了我们的毕业设计。在偶然的机遇下，我们认识了夏老师，是他带着我们回顾了学院的发展，也是他带着我们一步步成长。

现在，我们即将离开学校，而夏老师两鬓的白发又多了一些，以前在学校的时候一直没有发现岁月过得如此之快，不经意间，就带走了我们的大学生活，只给我们留下了点点滴滴的回忆，以及老师脸上又多出来的皱纹。虽然时间不曾停止，但是夏老师也没有停止对文学创作的追求，哪怕退休几年了也笔耕不辍，一直在对巴渝的民间文学进行探讨。给我们留下了了解巴渝民间故事的丰富的资源。

跟夏老师待在一起的时候，夏老师总会教导我们多写作、多读书，而他也经常出现在学校的博文馆里看书，在家里搞创作，以身作则地教导我们，我们无论处于什么样的身份，也别忘了学习，活到老，学到老，知识是学不尽的。他是我们的榜样。

我眼中的夏明宇老师

陈 霞

我从未想过自己有一天真的会被写进文章里，但当夏老师所写的回忆性文章《我和我的学友们》摆在我的电脑桌面时，我这点奢想成了事实。

夏明宇，重庆文理学院原学报、校报常务副主编、报刊编辑部主任，同时也是我的毕业设计指导老师，然而我和夏老师的结缘却不是始于我的毕业设计，事实上我觉得我和夏老师的结缘是次必然的意外。

那是2016年3月份，大三下学期刚开学没多久。这一学期我们的专业课很少，我也没有考研的欲望，因而有了大量的闲暇时间，于是就想找份兼职锻炼一下。恰在此时从在学校编辑部兼职的好友张子艳口中得知编辑部刚走了一个大四的学姐，可能会招人，于是就央求她帮我去问下编辑部老师还招人不，当然，很幸运的我得以到编辑部兼职。当此时，夏老师正在为文化与传媒学院写院史，张子艳承担了将纸质版院史打印成电子版的任务，因而夏老师会在张子艳在办公室的时间来找她，于是在第一天到编辑部工作我就有幸见到夏老师了。彼时张子艳正引导我熟悉工作内容，我听到有人在喊张子艳的名字，那个声音是从走廊上传来，尾音拖得比较长，懒洋洋的，我就想这是不是就是夏老师，张子艳给了我肯定的答案，她对着进办公室的人喊夏老师。而我第一眼对夏老师的感觉，我觉得这人不像一个教授、不像一个会写文章的学者，反倒像个农民，稀疏甚至开始泛白的头发，穿着朴素的黑色外套，宽松的裤子配一双运动鞋，这个形象简直出乎我的想象。但是这个“农民”却很照顾我们，第一天见面夏老师就问我愿不愿意和张子艳一起协助他完成院史的编写和打印工作，并且把院史作为我们的毕业设计。和夏老师接触之后，我对这个“农民”的感触更深，他很关心我们，也很尊重女性；他对人很和蔼，喜欢亲切地喊我们，就像一个可亲的长辈。这是生活中和蔼又绅士的夏老师，而在对待工作这方面，夏老师又是严厉且严谨的一个人：严谨是夏老师对待写作的态度很认真，就像作为我们毕业设计的院史，夏老师不断地修改，找到新的资料又继续修改，总之希望它能达到完美；严厉是说夏老师对我们的工作很严厉，他总说我们是文秘专业，以后是当秘书的人，不写点东西怎么可以？然而每次我和张子艳都是打哈哈躲了过去，就像夏老师书中写的那样，我们大概是他带过的最懒的学生，一点也不爱写作。然而，夏老师却又总是想尽办法帮助我俩。为了能将院史作为我们的毕业设计，他不惜多次和领导磋商，我想，这就是所谓的刀子嘴豆腐心吧！

接触多了，我对夏老师也有了更多的了解。不是他对衣着不讲究、不修边幅，而是因为他将精力都放在写作这一件事上，他将自己每天的时间都排得满满的，把时间和精力都给了工作，所以他才会没有更多的时间来打理自己，此时我才觉得当初那听着懒洋洋的声音其实是书生意味，是夏老师作为学者独有的“书气”。

2016年6月，我也撞上了好运气：永川电视台到学校来拍摄专题片《不老教授夏明宇》。因为我恰好在编辑部值班，便被作为学生代表安排到片里，用夏老师出版的著作作道具朗诵作品。亲眼看到自己的老师受社会尊重，作为弟子我也感到脸上有光，一不小心就留下了几个神采飞扬的好镜头，过后一看就喊“天哪”——简直不敢相信自己有这么漂亮！

如今，我们已离开学校，夏老师该又老上一岁了，跟着夏老师学习的时光匆匆而逝，他教会我的知识却永远不会忘记。

难忘我的大学编辑部

尹莉梅

白天，接到夏老师的电话："莉梅，你不是要发大学时候的照片吗？最先说起的是你，却到现在还没发过来!"老师的话语中有一丝亲切的责备，"多找一点和董志斌去仪陇实习的照片！""你大学用的笔名叫梅莺，还在用没有？你这娃儿，千里莺啼绿映红的莺，这个笔名这么好听！"

晚上，翻开积满灰尘的书籍堆，找出很多在大学时的老照片，尘封的记忆潮涌般扑来，五味杂陈的滋味涌上心头。因为生计，因为婚姻，我早已忘记意气风发的纯真的大学岁月，忘记曾经一路走过的日子。

（一）温暖可敬的老师们

大学二年级时，我退出中文系的星湖写作社，来到校报编辑部实习。有幸认识了如父亲般的夏老师，兄长般的聂老师，长姐般的钟老师，以及一同实习的同龄人董志斌。两年的相处，编辑部犹如一个大家庭，给予我精神的食粮，温暖我孤寂的心房，使我我更加快乐自信。

编辑部里，夏老师就是大家长，我们的一言一行、一举一动都随着他的指挥棒转动。在工作上，夏老师严格要求，不苟言笑，常常教导我们"不能有半点差错"，认真地带我们做好校报和学报。在生活上，夏老师常常叫我们去他家吃饭，尤其是师母做的豆花饭记忆犹新。尽管夏老师脸上的笑容不多，但仍能感受到他发自内心的父爱。犹记得夏老师有些责备和遗憾的话语"如果你少浪费些时间去重庆谈恋爱，你的文字功底会更好，写作水平提升会更高!"20 年后，我已中年，夏老师已年近古稀，头发有些花白，身体安康，精神仍矍铄，思维依旧活络，笔耕一直不辍，仍像从前那般对我谆谆教诲，关心我的生活，甚至还关心到了我的女儿。

聂老师是中文系 1989 级毕业留校的师兄，高大有些微胖，语言幽默风趣，是我心目中真正的才子。我等小辈挖空心思才憋出一首诗，聂老师可以根据场景人物不同即兴作诗，评论文章更是一流，观点独到，文字犀利，一针见血。如今，聂老师弃文从商，成为文人中最会做诗的商人，商人中最会做诗的文人。

钟老师是中文系 1985 级的师姐，个子娇小，说话软语，朴实真诚。她是编辑部正式员工中唯一的女性，每次被夏老师高声批评"钟 × ×，你这里怎么又校错了!”。钟老师脸有些微红，便会很认真去修改，有时候也会和夏老师争执几句。1997 年毕业后，再没见到过钟老师，听说她跟着夫君调去了贵州大学。

（二）没有成为恋人的他

董志斌，1994 级生物系，来自朱德的故乡仪陇县，和我同一时间进入校报编辑部。他当时看起来清秀有些腼腆，骨子里却有一股傲气和倔强劲儿，有些时候竟会为了一些词句用得是否准确和夏老师“掰”嘴劲。

董志斌做事踏实认真肯吃苦，写稿子上手很快。和董志斌两年的相处，我们之间建立了深厚的革命友谊。大大咧咧的我一直不知道他在心中爱慕我，像个男孩子一样不避讳和他一起编辑和写作，合写了文章便用“董尹”署名发表。有一年寒假，还跟随他回老家仪陇做社会实践采访，被他的父母和老师误认为是“女朋友”。毕业时他是省优生，分配到铜梁做后备干部；我只是校优生，通过夏老师的关心分到陈家桥镇中学当老师。

在校外，我们走动过几次，主要是他辗转乘车到学校探望我。毕业后第三年的某一天，他打电话来很开心地告诉我，他耍了一个女朋友，是护士，很漂亮；又有一天，他很得意地告诉我，他生了一个儿子，我毫不客气地取笑他，董家有后了!

离他生儿子半年左右的有一天，我已经不做老师，在报社当记者，突然接到一个陌生电话，铜梁县宣传部一位老师打来的:“董志斌在工作岗位上得病猝死”。晴天霹雳般的消息，让我难以置信他还这么年轻却突然就没了，脑中还回荡着他前不久得意的声音，想象着他噘嘴微笑的得意神情。随后的几天，我们曾经一起采访、谈论选题、写稿子、我在仪陇他百般照顾我的种种场景一幕幕地闪过。

很多年后，夏老师告诉我，董志斌曾经很喜欢我，因为当时我已先有男朋友，夏老师阻止了他向我表白。后来我在想，如果当时他向我表白，说不定我们会有机会呢，毕竟有共同的爱好、共同的志向。夏老师也略带伤感和遗憾地说“说不定你们在一起，你能压制他的傲气，他也不会心浮气躁生什么病，这么早就走了。”

董志斌，在你离开这个世界的时候，我没有来送别，今天提起笔头写下这段文字，权当我对你的正式告别。原以为对你只有革命友谊，不想，泪如雨下、一阵悲凉。

董志斌，愿你在天堂安好!

后 记

这本小书，从体例上看就有些特别，既有我贯穿始终的叙述线索，又编录了几十位学友在校时发表的作品，因此，以“编著”作为署名方式，原是最恰当不过的事。

事情的缘起，也正如大家在前面不断诉说的那样，作为大学里的一个教师，我与这些学友的关系，与通常的师生关系略有些不同，即并不止于课堂教学，课外还面对面、手把手地“传道授业”，奖其勤勉怒其不争，或斥或赞但随心所欲，或于不经意间让人学会了一些立身处世或谋生的本领，竟被过誉为“情同父子”，并由此结下了终生的友谊。师生们再相聚会时，常谈及十年、二十年乃至三十年前的那些陈年往事：大家在课外一起编报或者“三下乡”，一起晒太阳一起淋雨，一起过田坎一起爬坡，一起蹲在路边小店里狠吃“豆花饭”……说着说着，便有人撺掇起写回忆录来，我写着写着，忍不住就引用了大家当初那些经我删改的、还可称为习作的东西，原是想借此说明问题，不想后来越引越多，大家见了说就是这样好、这样极好 —— 便把本书这种特殊的体例造就出来了。

附录在后面的几篇文章，都是学友们在离开我之后自发写的，有的已相继在报刊上发表，在群里公示也是一片叫好，可谓虽有“歌功颂德”之嫌而无阿谀奉承之实，一篇篇情真意切且朴实无华，故而也不忍违拗了众人意思，但承蒙抬爱，内心里总是充满了深深的感激！

当然，感谢爱我的诸多学友，还得首先感谢我的母校重庆文理学院，是母校首先造就了我，又给了我一个平台和一片蓝天，我才有缘结识这么多可爱的学友。祝我的学友们健康幸福，在各自的岗位上取得成就；祝我的母校兴旺发达，跻身于全国强校之林，是我心中一直以来的真切愿景！

本书承我的挚友和曾经的上级 —— 学校文化与传媒学院院长李天福教授拨冗作序。天福曾与我共事多年 —— 在学校办公楼时虽各进一道门，却因工作性质相近而配合默契，后来到文化与传媒学院，他是院领导我是教师了，彼此之间仍心心相印，且每每对我这个“老朽”关爱有加。及至今年暑假，他自己肩上压着学院公事和国家级课题，仍慨然应诺为本书作序，写出了切中肯綮但略有过誉的锦绣文章，让我在感激之余又充满了内疚。

天意垂怜，竟赐我天福这样的挚友和忘年交！

本书系由师生们共同筹资出版，由陈政权、李帅、邓迪等几位 2013、2014 年级的小学友打字、改稿。有趣的是，回忆录写了，书也出了，课外带学生的事情却仍未结束，已经到永川区人社局实习的陈政权推荐的王保蓉、郑棋松、朱黎玥、曹斯鸣等更小的几位学友，已于暑假结束前提前返校，跟着我继续学习办报办刊了。

夏明宇

2017 年 9 月 6 日　人和居